SOMETHING ABOUT CLOUD　云那些事儿

　　云计算的到来，为信息产业的发展带来了前所未有的新机遇。它创新的计算模式将使用户获得近乎无限的灵活计算能力，以及难以想象的丰富服务。它所带来的不仅仅是技术上的变革，也引发出商业模式上的热烈讨论，更将影响到社会生活方方面面的改变。对于普通大众，如何理解这一深刻变革将给我们带来的机遇和挑战，并及时做出应对？

　　本书作者团队在过去两年中，一直从事云计算的市场开拓、咨询和部署实施工作，在第一线与用户沟通、探讨，并运用技术解决方案帮助用户实现行业的转型，产品的转型。如今，他们将这些累积的成果与经验，以通俗易懂的文字、简明清晰的表达无私地奉献出来，期望能帮助广大的读者认识身处的IT变革环境，并找出自己的应对之道。

　　IBM作为智慧地球的率先提出者，深信云计算必然是未来发展的方向。我们热切地期望能与业界分享智慧，共同把握时代的机遇，拥抱变化，开创更辉煌的未来。

易博纳
IBM大中华区全球信息科技服务部总经理

《云那些事儿》编委会成员

王胜航

王　仕

韩　燕

柳尽染

石　峰

SOMETHING ABOUT CLOUD
云那些事儿

著 者　王胜航 王仕 赵建华 温海峰 乔卫东 余晓东 胡鸣

　　　　万涛 于东凯 孙启仲 王华标 李明喆 孙宇纶

（以上排名按编写章节先后顺序）

电子工业出版社

Publishing House of Electronics Industry

北京·BEIJING

内 容 简 介

本书分成三个部分，分别阐述云计算理念、技术和解决方案。第 1 章和第 2 章侧重于分析云计算理念，第 3 章到第 5 章剖析云计算技术，第 6 章到第 11 章介绍云计算的主要应用即解决方案。

本书适合 IT 从业人员，企业技术主管、数据中心运维人员以及大专院校相关专业学生阅读。

图书在版编目（CIP）数据

云那些事儿 / 王胜航等著. —北京：电子工业出版社，2012.1
ISBN 978-7-121-14607-7

Ⅰ. ①云… Ⅱ. ①王… Ⅲ. ①计算机网络 Ⅳ.①TP393

中国版本图书馆 CIP 数据核字(2011)第 188395 号

责任编辑：刘　皎
印　　刷：三河市鑫金马印装有限公司
装　　订：
出版发行：电子工业出版社
　　　　　北京市海淀区万寿路 173 信箱　邮编 100036
开　　本：720×1000　1/16　印张：17.25　字数：210 千字　彩插：2
印　　次：2012 年 1 月第 1 次印刷
印　　数：5000 册　定价：69.00 元

凡所购买电子工业出版社图书有缺损问题，请向购买书店调换。若书店售缺，请与本社发行部联系，联系及邮购电话：(010) 88254888。

质量投诉请发邮件至 zlts@phei.com.cn，盗版侵权举报请发邮件至 dbqq@phei.com.cn。

服务热线：(010) 88258888。

鼎鼎大名的苹果公司可谓"一直被模仿，从未被超越"。那么，苹果公司靠什么挣钱？靠手机硬件吗？实际上，她的秘密在后端的应用商店。这个应用商店提供超过 40 万种应用，几千万苹果用户上百亿次的下载都需要向苹果付费；苹果公司从中获取的利润是惊人的。一家普通大型企业部署成百上千个应用已经捉襟见肘，而要管理超过 40 万种应用显然需要一种全新的技术——它，就是云计算。

苹果公司从未被超越的第二个原因是每部苹果手机实际上都是用户自己定制的。我们回想一下五年前的手机，同一个品牌的同一个产品，在谁的手上都是同样的功能。而现在每个苹果手机上的应用实际上各不相同。换句话说，每个用户都在花自己的心思去形成只属于自己的手机。正是苹果手机将过去标准化的工业产品，变成了极具个性的"玩具"，让用户倾注了自己的感情。这份独一无二的感情，才是苹果品牌不可替代的根基。用户如何定制自己的手机？依靠的仍然是后端的应用商店。一个大型企业允许几万员工定制自己的应用已经非常困难；允许几千万用户的定制，显然也需要全新的理念和技术。这种新理念和技术就是云计算。

除了苹果公司以外，我们还可以看到 IBM 等各大 IT 巨头都在不遗余力地推进云计算的理念和实践。实际上，当云计算被列入战略性新兴产业以"推动重点领域跨越发展"和"推动信息化和工业化深度融合"时，不管是否从事 IT 业，只要您希望了解未来全新的生活方式，未来全新的商业规则，我们都推荐您来阅读本书所深入分析的云计算。

本书主要分成三个部分，分别阐述云计算理念、技术和解决方案。其中，第 1 章和第 2 章侧重于分析云计算理念，第 3 章到第 5 章剖析云计算技术，第 6 章到第 11 章则介绍云计算的主要应用也就是解决方案。下面简要介绍一下各章的主要内容。

第 1 章主要概述云计算理念的特点。在深入介绍云计算发展历程、本质、组成要素、产业链分析后，本章还从建设模式、运维模式和技术模式三大方面具体介绍云计算落地的宏观层面。

第 2 章主要概述云计算理念与智慧地球和物联网理念的关系。在剖析云计算与智慧地球概念时，简单扼要介绍中国的智慧发展之路后，从金融、电信、电子、电力、医疗、政府、供应链、交通等八大行业分别阐述云计算在不同行业的具体应用。在云计算与物联网小节，在深入分析两者关系后，还分不同应用阐释了云计算与物流网的具体结合。

第 3 章主要剖析云计算涉及的网络技术。首先分析了业界典型案例，然后分别介绍设备节点的整合、MPLS 交换技术、网络虚拟安全、局域网和存储网络的整合，以及网络自动化部署等主要技术。

第 4 章是关于云存储的内容。在列举了云存储典型应用场景后，介绍了业界典型案例和云存储的相关产品；接下来，从云存储的结构模型、分布式文件存储系统架构、云存储服务系统和构建参考、云存储发展趋势等角度深入分析云存储涉及的主要技术。同时，本章还以 IBM SoNAS 云存储解决方案为例剖析了业界主要厂商的具体解决方案。

第 5 章阐述了部署云计算时需重点关注的安全问题。在对云计算环境下的安全问题作简要分析后，提出了云计算环境下的安全风险控制策略、安全防护的主要思路。同时，预测了云计算对安全行业将产生的重大影响。

从第 6 章开始，本书陆续介绍了云计算的主要解决方案。

其中，第 6 章介绍开发测试云。在列举典型应用场景后，分析了开发测试系统常见问题，并提出开发测试云的 ROI 分析；随后，介绍了 IBM 的开发测试云解决方案。

第 7 章是分析桌面云。在介绍传统桌面系统存在的问题后，深入分析了桌面云变革需要考虑的原理、突破点；同时，列举了不适合桌面云的具体场景。

第 8 章介绍业务连续性。阐述了业务连续性对云计算的需求分析，并针对企业私有云环境中业务连续性的实现提出新型的数据灾备模式。

第 9 章阐述了公有云的特性和服务形式，分析了适于使用公有云的场景，并针对具体的案例进行了效益分析。

第 10 章剖析云计算项目的规划。在介绍 IT 信息系统规划方法论后，从适用模型、投资回报、类型选择、运维管理和流程、企业 IT 信息系统的规范化和标准化等维度提出云计算在具体规划时的要点。

第 11 章探讨云计算与业务模式创新。在分析市场背景、业务需求、建设方案及规模、项目风险、投资收益后，通过 IDC 的实例分析了业务模式创新的具体应用。随后，以项目融资和 BOT 模式为例介绍云计算与投资模式的创新。

在编写本书时，我们力图使不同职业和背景的读者都能从本书中获益。

您如果是企业的技术负责人或数据中心运行维护人员，将更深刻地体会到云计算技术为企业 IT 部门、信息系统规划和数据中心运行维修带来的深刻变革。我们提供的技术讨论、产品比较和案例分析，将有助于您在脑海中勾画下一步的战略。

您如果是从业的技术研发人员，将能系统地了解云计算的产生背景、发展现状、技术要点和未来趋势。通过本书的梳理，能够更加准确地把握业界前沿的科技和理念，认清信息技术发展的大脉络，形成适用于产业未来的大局观。

您如果是大专院校计算机及相关专业的学生，将获得无法从现有课本中得到的技术知识。本书将为您打开一扇通往未来的窗户，帮您拓宽视野，完善知识结构，储备适用于未来信息产业的知识和技能。

本书既适合从头至尾阅读，也可按照个人喜好和关注点挑选独立的章节阅读。我们希望本书的介绍能加深您对云计算的理解，获得您所期待的信息。

目 录

第 1 章

云起
——追根溯源

在中央政府颁布的《国民经济和社会发展第十二个五年规划纲要》中，云计算被列入战略性新兴产业以"推动重点领域跨越发展"和"推动信息化和工业化深度融合"。

那么，云计算究竟如何推动重点领域跨越发展，为中国经济发展提供新引擎？下面我们先来看看云计算的发展历程、本质和产业链。

1.1 云计算来了

大约在 2007 年，云计算概念由 Google 和 IBM 提出，这是一个美丽的网络应用模式。狭义的云计算是指 IT 基础设施的交付和使用模式，指通过网络以按需、易扩展的方式获得所需的**资源**；广义的云计算则是指服务的交付和使用模式，指通过网络以按需、易扩展的方式获得所需的**服务**。这种服务可以是 IT 和软件、互联网相关的，也可以是任意其他的服务，它具有超大规模、虚拟化、可靠安全等独特功效。

如同互联网、SOA 等 IT 新模式的发展一样，云计算也是在社会经济发展需要一个新兴突破口的大背景下，借助多种技术系统性和创新阶段性成果的支撑，开始进入大众视野，并随着先行者务实的努力和有影响力的成功案例的实施，逐渐从概念到实践，再到事实上的行业建议模式。我们可以看一下云计算的发展历程。

1.1.1 网格计算

在 20 世纪 90 年代，个人电脑的发展出现了两种特征。

一方面，随着个人电脑技术的发展，个人电脑实际上已经具备高速的计算能力。而个人电脑使用的特点，也决定了个人电脑在每天实际上都有大量的空闲或者 CPU 低利用率工作的时间。考虑到全球范围内至少上亿台电脑的庞大基数，这种计算能力的浪费是极其惊人的。

另一方面，人们在探索更多的领域时发现急需更多的电脑计算能力，比如，寻找外星人。人类是否是这个宇宙的孤儿？这恐怕是人类需要探寻的终极问题之一。科学家们有个天才的设想：如果存在外星人，"他们"应该也会使用特殊频段的无线电通信，而这种通信一定存在某种规律。因此，利用地球的自转，理论上能捕捉到宇宙中任何经过地球的信号，而分析信号的规律性，理论上就可以找到外星人的大致位置，并为建立最终接触提供可能——虽然有科学家，如斯蒂芬·霍金认为这种接触非常危险。分析这些信号需要的计算能力显然是极其惊人的，以至于没有任何科研机构能够在适当经费的前提下完成这项任务。将极其庞大的个人电脑空闲计算能力组合起来完成单个巨大的计算任务，这就是"网格计算"的设计原理。

网格计算推出后，颇受科学界的欢迎，也取得了卓有成效的成果。比如，2003 年科学家们通过使用网格计算，在不到 3 个月的时间里便确定了 44 种对付致命天花的可能治疗方案。而如果没有网格，这项工作可能要花一年多的时间才能完成。

但网格计算存在天生的缺陷：侧重处理离线式任务。所谓离线式任务，通俗的理解就是发出指令（比如，点击"打开邮件"的图标）和拿到指令处理的结果（比如，看到新邮件）的时间间隔非常长（比如，长达几个月）。而所谓在线式任务是指这个间隔非常短，甚至是实时的。显然，在科研型任务中，存在大量的离线式任务。而在商业应用（如 ERP、邮件系统等）中，主要还是在线式任务。因此，网格计算还是集中在科研界应用。但网格计算的统一管理资源、统一调度资源等思想和技术为云计算提供了宝贵的经验。

1.1.2　效用计算

到了 2000 年前后，业界开始推出"效用计算"。所谓效用计算，就是用户（如各大银行、电信等企业）自行建设应用软件（如 ERP 系统），并租用效用计算供应商（如 IBM、Sun）的大中型计算机（如 IBM 的大型机 zSystem 系列）的 CPU、内存和存储等设备，并按照使用进行付费。

效用计算能够产生，一方面是随着用户越发认可 IT 系统的重要性，用户对 IT 系统的计算能力要求也越来越高，但计算能力需求总存在波峰波谷。比如，在月底进行财务结算时，ERP 系统对 CPU 计算能力的要求比平常一定高得多。如果按照最波峰进行采购设备，成本相对就偏高。于是，采取租用 CPU 的形式磨平波峰就成了用户很自然的想法。

另一方面，由于制造商大中型计算机制造能力的大幅提升，以及制造商对客户购买能力的错误判断，大量大中型计算机被制造出来后无法被成功销售出去。于是，在"将大家伙拆开了卖"思路的引导下，就出现了"效用计算"。

但是，由于效用计算存在两大问题，一是效用计算只侧重解决计算资源、存储资源等底层技术资源。虽然底层技术资源从成本等财务角度依然能够被用户高层老板如 CEO、CFO 注意到，但毕竟落脚点还是技术本身，对客户高层的影响力不够大。二是效用计算缺乏如何将用户"自建的应用"有效结合"租用的计算机设备"的技术手段。这就同时意味着，在业务模式创新上，效用计算迄今很难形成成熟的解决方案。这两点都限制了效用计算在业界的普遍应用。但是，效用计算的对大型设备虚拟化管理等思想和技术对云计算产生了比较深入的影响。

1.1.3　软件即服务

2000 年互联网泡沫破裂，虽然本身是个悲剧，但在废墟上却留下了大量低价的高速网络资源。软件即服务（Software as a Service）借助这些资源，很快引起了业界的重视。

所谓 SaaS，是指用户只租用软件。比如，对 ERP 系统，传统的模式是用户自己建数据中心、购买计算机和存储设备、购买 ERP 软件、进行定制化开发，并自行进行维护。而在 SaaS 的模式下，用户只需根据自己的业务特点选择相应的 SaaS ERP 供应商，就可以开始使用 ERP 软件。传统的模式适合存在大量定制化需求、财务数据极其敏感的大型企业，而对中小企业而言，则显得过于复杂、过于昂贵，而建设周期也过于冗长。而 SaaS 的模式，虽然在定制化、安全性方面有所欠缺，但考虑到巨大的成本节约，很多用户还是愿意选择这种新型模式。

比如，SalesForce 公司的 CRM（客户管理系统）软件，每租户每月价格不到 1000 元人民币。这比起一套 CRM 动辄上百万元的建设成本和维护成本，其成本节约显然有巨大的优势。

与效用计算更侧重底层技术相比，SaaS 更侧重应用模式；也就是说，SaaS 更容易形成业务模式，更方便用户的高层非 IT 人员（如 CEO、CFO）。因此，SaaS 推出后，在业界引起了切实的影响。

但是，SaaS 的已有用户毕竟更侧重中小型企业，其业界影响力还是稍嫌不足。而大型企业用户（如世界 500 强企业）的意愿才是 IT 行业趋势的真正风向标。

SaaS 服务的思想和技术对云计算有直接的影响；甚至，云计算直接引用 SaaS 命名其应用软件层的云计算。

1.1.4　云计算

云计算比起 SaaS 更容易在大型企业推广的本质原因之一，就是云计算涉及大型企业的各种 IT 人员。用户的设备相关运维人员，更关心底层技术架构如服务器、存储等，可以选择云计算的"基础架构即服务"（IaaS）；用户的软件开发人员，可以选择云计算的"平台即服务"（PaaS）；而用户的计划处等规划人员，则可以从 SaaS 角度考虑 IT 的建设模式。

比起其他计算模式，云计算对业务的创新价值也更容易引起用户非 IT 高阶主管的关注。实际上，国内外很多非 IT 媒体，如金融类、综合性杂志和刊物，有很多针对云计算的报道。这些报道以尽量直白的语言扩大了云计算的影响，不但为 IT 高阶主管推进云计算的项目打下良好的基础，甚至在有些情形下，成为企业实施云计算的重要源动力。

云计算能够流行，还有个重要的原因，那就是在理念一开始，便有几个极具意义的成功案例，包括 Google 和 AWS（Amazon 云计算服务部门）。Google 有着传奇的工程师文化，并管理着超过 100 万台服务器，其对自身 IT 设备的管理在很大程度上具备相当的说服力；AWS 孜孜不倦地在云计算领域辛勤耕耘，其超过 2 亿美元的年收入和极其惊人的低价策略也在无可辩驳地证明云计算的价值。AWS 通过其强大的营销能力、销售能力和技术能力对云计算的流行起到了引领的作用。

1.2 云计算是什么

实际上，对于云计算为何被称为"云"计算，业界有种流行解释：随着互联网技术的发展，人们习惯画朵云来表示互联网、企业内部网或任何"抽象"的无须关心内部运作情况的 IT 资源；因此，在选择一个名词来表示云计算这种抽象的、无须关心云计算内部运作的新型 IT 规划模式、建设模式和运维模式时，发起人就选择了"云计算"这个名词。

1.2.1 云计算的业务本质

云计算是一种新型的 IT 规划模式、建设模式和运维模式，是把 IT 资源、数据、应用作为服务通过互联网提供给用户的新模式。从这个分析可以看出，"IT 即服务"是云计算的业务本质。那么，服务究竟是什么？我们可以通过一个简单的生活场景来理解服务的本质：

当我们去宾馆开会的时候，因为口渴，我们会跟服务员说"服务员，请帮忙倒杯水"。这时候，在旁的服务员会立刻拎着开水瓶，轻手轻脚地倒上水，然后再安静走到一边。这位服务员提供的就是"服务"，我们得到的也就是"服务"。在这个场景下，作为宾馆的顾客，我们无须关心这个服务员如何招聘、如何培训、如何设计薪酬体制、如何安排工作时间、如何准备足够的水、如何确保水的卫生程度（资源抽象）等等，我们关心的只是：作为宾馆顾客（服务消费者），需要水并得到水（业务目标），服务员（服务提供者）在服务过程中的态度（服务交互）等。因此，在云计算中，服务的定义可以是：服务是由服务提供者和服务消费者组成的、达到特定业务目标或技术目标的交互行为。

而得到这种好服务后，我们可以安心开会、专注于真正需要关心的问题；换句话说，服务的核心价值就是：专注。因为专注，所以专业。而只有专业，才会有更强的竞争优势、更好的客户满意度，才能最终达到更好的财务回报和社会效益等各种目标。

如果 IT 能够演变为一种服务，从业务部门与 IT 部门的关系看，业务部门可以只关心业务本身如何实现，而不必关心 IT 的承载能力。比如，如果银行想推出一种新贷款产品，信贷部无须关心科技部的 IT 系统是 3 个月还是 6 个月后把软件开发出来并部署完成，也无须考虑这个信贷系统是否由于无法跟央行、银监会、银联等 IT 系统互联而导致信贷业务的监管失效，并最终导致信贷风险过高而使整个贷款产品无法推行。业务部门对业务支撑平台（IT 系统）的"无须关心"，也就是所谓的"资源抽象"。通过这种抽象，才能真正在一个灵活的、安全的、可靠的平台上较少受限制地实现创新，从而实现业务的增长。这就是云计算尤其在实践时的业务本质。

基于云计算应用的商业前景和创新模式是超乎想象的。下面列举几个云计算的应用前景，让大家了解一下云计算所能带来的深刻变革。

城市云：交管部门在安全的云平台上与电信企业合作，通过手机信号定位快速掌握各种交通工具、道路、地区的人流情况，无论那里是否有交管摄像头，都能及时地做到心中有数；而这类数据又可供城市管理部门更科学地规划商业区、居民区、公共交通、医院、学校，甚至加油站的合理布局；城市可以通过云计算来建立城市的总控中心，如果系统自动监测到突然有大量的人群聚集，根据跨部门的综合信息与数学模型分析，可以及时判断出是突发事件还是有登记的大型演出或活动等群体集会，从而提供相应的安全保障和疏导。

旅游云：云平台上的旅游攻略将更神奇，人们会找到更全面的信息，每处景致的详解与品评、所有酒店每间客房的 3D 实景，甚至某小饭馆的特色佳肴，这些信息都是取之于民用之于民，气象、交通、商业等部门的信息也汇聚在这一资源池，从而使未来的出行更完美；对政府而言也易于判断哪些景点应该投资开发，哪些公园可以免费开放，从而更科学地规划、开发旅游商业。

健康云：把保险公司、患者以及各级医院统一在一个云平台上，实现检验结果和电子病历共享、远程会诊、网上挂号和预约门诊等高效服务，减少病患排队、报销难的问题，节约整体社会的资源；同时可以有效分流各类患者，普通患者将被科学地分流到社区医院得到就近的便利服务，而大型综合性医院更专注于疑难杂症和危重病人的治疗；同时也可避免 SARS 或 H1N1 等流行病在患者初诊时乘坐各种交通工具去人流密集的大医院时可能产生的广泛传染，更有利于统筹监测和防控，而对于压力相对减轻的大医院，也得以通过云平台上的远程诊断提升社区医院的医疗水平。

电网云：电是一种特殊能源，产生以后没办法储存，必须用掉。云平台上的电网，通过协议价格、全网调度，使所有电网的运行从发电、输电、配电到售电各环节都能有机配合，实现电网的智能调度、提高电网效益、节约能源；同时，这一云平台也能帮助企业与居民更合理、经济地用电。

物联网云：通过云平台管理食品安全，例如将肉类、饲养或种植企业从养殖/种植、屠宰/收割、收购、储运到上市都控制起来，可以确保消费者吃到安全的肉蛋奶以及新鲜的蔬菜，减少因信息不透明造成的供需矛盾而产生的价格波动，降低因运输配送监管不利而造成的损耗；消费者甚至可以在超市选好商品后直接出门离去，通过 RFID（无线射频识别）技术进行自动货品识别、自动结账，并通过关联银行的账户进行付款，从而大大节省排队结账的时间。

产业云：例如汽车生产商可以和关联的零部件企业及 4S 点通过云平台无缝联接，从而统一产品质量标准、及时更新设计、降低配件库存风险、提高售后服务水平，并通过及时的售后反馈信息避免召回事件的发生；云平台还可以降低中小企业的运营成本，例如某零部件生产企业只是生产一个微利的模具或零件却要用到一个很贵的设计软件，产业核心企业完全可以在一个云平台上按使用时间付费的方式提供软件给该企业以及同类供应商，从而在统一设计标准的同时节省整个产业链的成本，进一步帮助中小企业将其投资集中在核心的制造优势上，而不是花费在 IT 采购上。

云计算的应用场景不胜枚举，但这些崭新、智慧的未来不是单纯靠购买软硬件就能够实现的；它不只是一个技术问题，还需要与企业的发展战略及业务特色结合在一起，这种创新导向的云服务才是提高利润、降低成本、开拓经营蓝海目标的关键。

以大中型企业用户为例，云计算将带来如下机遇。

1. **优化 IT 布局**：IT 将从包产到户的作坊模式，转化为具有规模化效应的工业化运营。大量小规模、运营绩效低的数据中心将逐渐被几个大规模、资源合理配置的云计算数据中心整合。这种优化，光从电力消耗角度，就可节约 30% 的成本。

2. **提升资源利用率的同时提高可用性**：传统的数据中心由于无法兼顾系统的可用性和高效性，一般设备的资源利用率在 10% 以下。而在云计算的平台中，若干业务系统共用一个大的资源池，资源池的大小可以适时调整。通过这些手段，云计算平台中的资源利用率可提高至 80% 以上。

3. **减少初期投资**：企业可将自己的 IT 业务外包交给云计算提供商，将一次性 IT 投入降到最低，从而有效地规避财务风险。

4. **降低运营成本**：资源的抽象性可有效降低 IT 的技术门槛，同时，云计算平台还可实现资源的自动化管理。这些都将在有效降低运营成本的同时获得更高的灵活性和自动化。

5. **创造新价值**：云计算能够形成新的业务价值链，促进跨领域的创新协作，从而产生更高的价值。

1.2.2 云计算的技术本质

云计算的另外一个重要分析是：云计算是一种基础架构管理方法，是把大量的高度虚拟化的资源管理起来，组成一个大的资源池，用来统一提供服务。从这个分析可以看出云计算的技术本质：虚拟化和 SOA。国际电联（IEEE）在 2010 年 6 月份的第三届云计算国际大会上，就明确提出了云计算的技术基础是虚拟化和 SOA。

过去的 IT 资源属于"包产到户"，也就是每个业务（如财务管理）、每个应用（如 ERP）除了网络等少数资源会做简单的共享外，实际上都单独使用；每个业务、应用实际上基本都是单独规划、单独部署和单独管理的。而 IT 部门除了设备监控等少数管理外，实际上也只是在单独地管理系统。这种"包产到户"的模式，弊端很大，比如，管理不灵活和成本高昂等。

为了避免出现这种弊端，就产生了虚拟化实现资源动态和共享。这种实现，如同农业从"包产到户"到"农业工业化"的产业升级。"农业工业化"以其巨大规模效应、成本效应、管理优势、质量优势，在发达国家已经得到普遍的验证。而借助云计算的技术特点，IT 行业也会因此走上大资源池、大集成、大统一和大管理的创新之路。

以组织和企业内部的桌面系统为例，云计算可以把成千上万台电脑简化成显示器、键盘和鼠标，所有的系统、文件和计算能力都会放入后台云上。由此，前端设备使用寿命将得以延长并易于维护，后端的服务器也易于扩展，从而大幅降低电脑采购与维护成本，这是一种很智慧的 IT 投资模式；此外，对于对保密性要求较高的企业来说，云计算也更具安全性。例如在 IBM 中国研发中心有包括员工和合作伙伴在内的数千人团队。为避免核心技术外泄、充分保护研发成果及专利性技术，IBM 需要聘请大量人员进行 IT 设备维护和各种安全监测。如今，IBM 把上千个外部开发人员的电脑变成了基于云的桌面系统，其电脑在后端授权后才可使用；员工输入用户名和密码，系统会自动判断和确认其隶属于哪个项目，只将其需要的软件开发环境打开，并分配相应的计算资源。这种桌面云在降低 IT

维护成本的同时，大幅度提高了系统的安全性。此类应用不仅适用于科研开发及 OA 办公环境，还适用于呼叫中心、教育培训、学校、政府，以及需要进行三四线城镇扩张的企业，包括银行、保险网点等等。

云计算还可以应用于测试开发的平台，某电信公司用这种平台来协助很多独立软件开发商（ISV），为其开发基于 3G 和移动业务的软件。过去仅部署一个测试环境就需要两到三周的时间，如果测试完成后发现少测试了某些项目，重新搭建测试环境又需要一到两周时间。最大的问题是第二次搭建的环境和第一次相比很可能不完全一样，导致测试质量降低。现在，在云计算的平台开发测试环境下测试效率高、成本低，资源使用率也能明显提高，并确保测试环境完全一致，从而提高测试质量，也使新产品的开发时间大大缩短，进而提高市场竞争力。包括银行在内的很多国外企业现在都用这种方式进行开发、测试。

但必须注意到的是，不论从法规等治理层面，还是从应用程序、中间件、操作系统等多个技术层面，过去几十年 IT 的技术模式都还是侧重于"包产到户"模式下的技术实现。真正要做到的"农业工业化"的大资源池、大统一，虚拟化等各方面技术还需要做深层次的变革。因此，在具体实践云计算时，需深入考虑技术特点，深入了解技术本质，细致定义风险，这样才能真正做好云计算具体落地时的风险控制。

如果说虚拟化还侧重技术基础架构，SOA 则从应用基础架构和应用程序本身的角度实现了这种大资源池和大统一。同样需要注意的是：SOA 理念的提出，也是试图以"服务"的形式转变 IT。但实际有限的市场接受度，也在深刻提醒提供云计算的咨询服务商、集成商和设备供应商，以及使用云计算的用户要深刻考虑变革的困难和风险。

云计算和传统技术的重大区别在于，它能够把各种业务相关的上下游企业和客户整合到一个基于云的应用统一、信息共享的虚拟化商业平台上，甚至实现跨行业的信息整合，从而实现外部经营模式的创新、协同业务伙伴共同创造竞争蓝海。例如，把银行、卖场、分销商以及生产厂商的 ERP 系统整合在云平台上，以短期信贷的方式提前实现卖场/网店与分销商/厂商/消费者之间的实时结算，大大缩短分销商和厂商的资金占用和周转周期，同时银行也得到相应的收益；另外，整合电子商务网站的信用评估系统及银行特有的信用评级体系，可以加快拓展小额信贷业务。据分析师预测，2011 年我国网上银行交易额将超过 1100 万亿元，到 2015 年网上银行交易额将达到 3500 万亿元左右，这种支撑跨行业运营的金融服务云平台蕴藏着巨大的商机。利用这种模式的云计算，CIO 可以将 IT 部门由一个传统的运营支持、设备维护的后台服务部门和成本中心转型为一个推动企业业务发展的创新中心，并通过 IT 整合能力进行数据挖掘，在正确的时间把正确的数据提供给正确的业务部门/领导使其做出正确的决策，推出正确的产品到一个正确的市场，成为企业步入蓝海的发动机。

以国家软件园的云计算平台项目为例。其定位就不只是为园区内企业提供一些计算能力和存储能力，还包括了通过孵化一些 ISV 开发的通用系统，将其提供给中小企业，使他们更专注于主营业务，以按需付费的方式降低 IT 成本；同时，这个云计算平台能够促成企业间的紧密合作和开辟新的商业模式；对于软件园来说可以通过多租户的方式来提高利润率。在这个云平台上有 IBM 及众多合作伙伴提供的各项特色"应用"，使得园区企业可以在"云上"实现软件产品的开发、测试、生产运营甚至商业化实施。比如，一个面向中小企业的 ERP 软件公司其传统的市场拓展方式是先帮助客户的每个门店安装 PC，然后安装单机版的软件。这样做便需要挨个"扫店"，现场实施及售后服务的成本高、速度慢。而现在此类业务可以完全在云上开展，客户只要有终端可以上网，从软件安装、升级到售后的全部服务都可以快速实现。有实例证明利用这种方法，起初一个名不见经传的小企业如今已经发展成为国内行业 ERP 软件的佼佼者。依托应用越来越丰富的云计算平台，软件园将孵化更多的成功企业。

可以看出，云计算作为一种新型的计算模式，能够把 IT 资源、数据、应用作为服务通过互联网提供给用户；同时，云计算也是一种新的基础架构管理方法，能够把大量的、高度虚拟化的资源管理起来，组成一个庞大的资源池，统一提供服务。对于各行业的企业管理而言，云计算意味着 IT 与业务相结合而引发的突破式创新——它能将 IT 转化成生产力，推动商业模式的创新，从而引领企业开拓出一片经营蓝海；在不断增加的复杂系统和网络应用，以及企业日益讲求 IT 投资回报率和社会责任的新竞争环境下，在不断变化的商业环境和调整的产业链中，云计算能够为企业发展带来巨大的商机和竞争优势。

传统的 IT 投资和运维模式是对软件、硬件、服务器、存储、网络等分别投资，在企业发展的不同阶段建立新的系统，导致许多 IT 资源重复投资、IT 成本不断增加；很多相关业务的应用不能有效互通，造成数据孤岛、资源浪费，不能及时高效地为用户提供信息，也无法做到全面的数据挖掘和业务分析，无法为市场开发与运营管理提供科学的决策依据。而传统的系统数据庞大却响应迟滞，致使企业很难快速实现战略部署以应对市场变化。相比之下，云计算模式能够实现企业内部集约化及网络化管理格局，能提高运作效率、降低运营成本，尤其是在 IT 与运维人员成本方面能够产生显著的效果；此外，它还能使企业的 IT 架构更灵活，及时解决运营峰值的压力，快速适应市场环境的变化。例如，电信企业在各类节日来临时，需要递送海量的短信，为了应对由此产生的峰值，电信企业不得不投入巨资，购置具备高计算能力的设备来应对这一巨大压力。而如果使用云计算平台，则可以在峰值到来时把一些不重要或闲置的计算资源合理调配，用以支持短信业务，从而减少诸多不必要的投资。当然，达到这种 IT 服务能力，要求企业拥有一个能够智能调配的资源池，减少画地为牢式的硬性分配，通过按需分配，对资源进行优化及最大化利用，把相关的各种应用变成一种服务目录，快速灵活地提供给客户。通过运用云计算，企业能够对突发的商业需求及市场变化按需调配计算资源，快速应对市场需求。

在随后的不同行业分析中，本书会侧重于不同行业实际特点，以及部分先行者在真正应用后的实际价值和风险控制，来深入探讨云计算的本质。

1.3 云计算什么样儿

完整的云计算系统有五大组成要素，即：被管理资源池、管理平台、管理员、消费者和建设者，如下图所示。

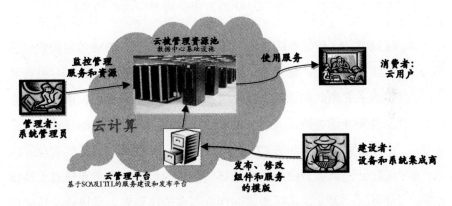

1. **管理员**：主要是进行云计算管理的 IT 人员和业务人员，一般由业主方组成。其中，业务人员主要对云计算提供的服务进行业务层面维护和更新，以满足消费者的业务需求；而 IT 人员主要根据业务人员提出的业务服务请求动态调用 IT 资源以满足业务需求，同时，还进行 IT 资源自身的设备更新、技术配置等。比如，电信运营商通常会建立一个巨大的数据中心，并对制造类企业、政府或互联网企业等租户出租这些数据中心设备，这种业务称为 IDC

（Internet Data Center）；在经过云计算改造后的 IDC 中，其业务人员根据市场变化，制定不同的出租价格、服务套餐等；而 IT 人员则一方面根据业务服务变化，灵活调整 IT 资源以实现这些业务，另一方面则负责对设备进行技术维护。

2. **消费者**：也就是使用云计算的用户。同样以 IDC 为例，其消费者是制造类企业、政府或互联网企业等租户。又如，对开发测试云（开发测试云具体描述请见"云惠万物——开发测试云，加速你的梦想"一章的相关分析）而言，用户是软件开发测试团队；对桌面云（桌面云具体描述请见"行云流水——桌面云，便捷移动生活"一章）而言，用户是企业的普通员工。在实施云计算时很重要的一点是对用户特点进行定义。因为，这直接决定云计算需要虚拟化的程度、需要自动化的流程和需要标准化的指标。

3. **建设者**：一般是系统集成商或服务供应商，如 IBM 的科技服务部和业务服务部。建设者一般对云计算的服务进行设计，并进行具体的系统集成和设备调试。世界在快速和持续变化，这就要求企业也要快速、持续变化才能做到适者生存；而企业的快速、持续变化就意味着企业的 IT 要变化。企业 IT 快速、持续的变化，体现在云计算项目中就是云计算所提供的服务自身需要快速、持续地更新。因此，系统集成商作为服务的建设者，其快速、持续的建设能力，包括技术能力、集成商自身的财务能力、持续发展能力等，在云计算项目中特别重要。

4. **被管理资源池**：也就是云计算承载业务目标的 IT 技术平台，以数据中心基础设施和应用软件为主。基础设施包括服务器、存储、网络、安全设备、中间件等，应用软件包括 ERP、SCM 等上层软件。不同大小（如上万台服务器还是几百台服务器）、不同规模（如几百万用户还是几万用户）、不同功能（如侧重业务实现的软件即服务的 SaaS 平台，还是承上启下的平台即服务 PaaS，还是测试 IT 基础设施的基础架构即服务 IaaS 平台）的云计算，被管理资源池实施内容差别很大。但基本上，基础设施所涉及技术主要为高级虚拟化技术，而应用软件最主要技术为 SOA（Service Oriented Architecture，面向服务的架构）。

5. **云管理平台**：主要是云计算所提供服务的建设者进行建设、管理员进行管理和消费者进行申请的平台。一般情况下，云管理平台分成 BSS 和 OSS 两大部分。其中，BSS（Business Support Service）是业务支撑服务，主要侧重云计算的相关人员和财务管理，如用户计费、账户清算等；而 OSS（Operation Support Service）是运维支撑服务，主要侧重云计算相关的 IT 管理，如设备配置管理、资产管理等。

1.4　云计算会怎样

正如前文分析的，利用云计算变革整个 IT 行业及相关用户需要各方面的积极参与。在一个完整的云计算产业链中，主要涉及如下几个方面：

1. **企业用户**：企业用户的实际应用是使整个云计算产业链价值得到体现的最重要途径之一。实际上，任何新技术、新理念若没有大规模用户的实际应用，都很难真正产生影响。而企业用户的理性看待和积极尝试是云计算产业链得以实现变革的根本因素之一。针对企业的实际痛点（比如业务上的困难和 IT 运维上的困难等），并能结合节能减排等主题进行立项和实施，是被证明行之有效的方法。

2. **个人用户**：云计算产业链价值得以体现的另一个要素就是个人用户。个人用户虽然个体影响力小，但群体影响力绝不亚于企业用户。由于个人用户更关注云计算的应用，而非云计算的建设或运维，因此个人用户更多能够体会到的是 SaaS 层面的云计算或者是基于 PaaS 和 IaaS 等底层技术实现的软件服务。比如，用户使用 Google 的搜索引擎就是典型的例子。Google 借助云计算技术管理据称超过 100 万台服务器的多个超大型数据中心，可帮助用户在 0.1 秒完成超过几亿个网页的搜索；这就是云计算带来的实际好处。又如，流行的 iPad 大大地增强了电脑的展示能力，但一定程度上牺牲了计算能力；当用户用 iPad 进行查询业务报表等需要大量计算能力的应用时，其所需的计算能力中的不足部分就可通过后端云计算数据中心加以补足。因此，简而言之，对个人用户而言，由于云计算整合了后端计算能力和存储能力，个人用户将能通过更简单、更方便、更快、更炫的前端技术途径访问后端更复杂、更强大、更可靠的 IT 系统。

3. **云应用提供商**：云应用提供商（如 Salesfore 公司）负责提供 SaaS 应用给用户。可以看到的是，云计算既给老牌 IT 应用提供商（如 IBM 等）提供了巨大的机会，也给新兴的应用提供商提供了生存和超越的良机。对新兴云计算供应商而言，强劲的资金储备、细分的市场定位和强大的技术能力是最重要的三要素。云计算供应商如同提供电话网络的电信运营商，其规模效应非常明显，这就要求这些供应商在到达规模效应，也就是到达盈利平衡点前有个比较漫长的过程；而强劲的资金储备将是度过这个生存期的最重要前提；因此，懂得在资本市场的运作是新兴云计算供应商最为必需的能力之一。同时，恰恰由于云计算应用前景非常广阔，供应商能否忍得住诱惑、耐得住寂寞，选择一个能够把握住的细分市场将是考验领导者的另一个核心挑战。第三，非常重要的是云计算所使用的技术跟传统 IT 技术有非常大的不同，供应商的技术积累也是兑现价值的核心基础。

4. **云平台运营服务供应商**：云平台运营服务供应商提供 PaaS 服务，业界典型的例子有 Amazon AWS 业务部门提供的 Simple Queue Service 和 IBM 的开发测试云服务。PaaS 的核心思路有两种，一种是把应用解耦，也就是把应用跟业务逻辑和展示相关内容归还给应用自身处理，但把跟 IT 技术相关内容交给 PaaS 平台实现。比如，如何确保不同应用间或应用内部不同模块间消息队列传输的可靠性等，这是典型的技术问题，这就是 SQS 擅长处理的地方。另一种是提供更好的平台环境帮助应用更好地运行，IBM 提供的开发测试云服务（www.ibm.com/cloud/enterprise）和祥云（WisCloud）就是 PaaS 另一个典型分支。这种思路更强调把应用当成一个整体，但强调提供应用所需整个更加动态的、更加可靠的、扩展性更好的平台环境。比如，IBM 开发测试云服务能够在最短 10 分钟时间内完成应用所需操作系统和中间件的部署，从而满足应用快速部署的需求；而 WisCloud 则能针对特定的应用提供近乎无限的平台扩展能力，从而确保应用性能永无瓶颈。

5. **云中心服务供应商**：云中心服务供应商提供 IaaS 服务，业界典型的例子是 Google 的 App。IaaS 提供的服务将更加底层，比如，单纯提供应用所需的 CPU 或存储空间等。为确保提供真正更低成本、更可靠的计算能力或存储能力，要求 IaaS 供应商具备更强的单纯技术能力。

除了这五者以外，云计算交付、咨询服务商，数据中心提供商，硬件软件等基础设施供应商，电信等骨干网络供应商，第三方支付、网络加速等供应商，数据管理、信息安全供应商，终端供应商，ISV、SI、软件外包商等都是构成完整云计算产业链不可或缺的组成部分，都扮演着非常重要的角色。比如，没有第三方支付供应商的加入，公共云计算的商业模型就几乎不可实现；而没有软件供应商（如 VMware）等开发出虚拟化软件，私有云计算的技术基础就很难存在。

1.5　云计算怎么办

从云计算涉及的企业内部和产业链角度看，云计算主要面临业务模式、建设模式和技术模式上的三大挑战。

其中，建设模式最大的挑战来自于企业创新业务价值的综合能力，运维模式最大的挑战在于恰当的云计算演进策略，而技术的最大挑战在于对虚拟化和 SOA 技术的掌握。

1.5.1　建设模式

建设模式主要包括业务模式、财务模式和项目管理模式三大块内容。其中，业务模式更关心如何满足被选择过的客户群的需求；财务模式更关心整个项目的财务回报，并确保正向的现金流；技术模式关心用什么样的技术手段和技术设备去实现；项目管理模式则更关心如何用确定的成本，在确定的时间用确定的质量达到效果。借助于云计算的技术创新，只要选对客户群和选对需求，业务模式和财务模式实际上实现起来比较容易。这，也正是云计算的魅力。但在实际项目中，业务模式和财务模式的规划通常由业务团队负责，运维模式和技术模式通常由 IT 团队负责；这两个团队的磨合实际上给云计算的项目带来了巨大的挑战。消除这种磨合，在很大程度上取决于项目首要负责人的沟通和对双方深层次想法的把握。

项目管理模式虽然还是关注传统的时间、进度、成本、质量，但由于云计算涉及的技术和供应商相对更多，项目管理难度加大了很多。这点在规划阶段需特别关注。

在考虑建设模式时，选择一个优秀的云计算服务供应商是特别重要的。由于云计算是把 IT 以"服务"的方式支持业务，企业内外部环境的快速和持久变化导致企业的业务也需快速和持久地变化，而这也进一步导致了 IT 的服务需要快速和持久地变化。云计算服务供应商能否快速、持久地响应这种变化，将是选择云计算服务供应商最重要的指标之一。

在这里，需要强调的一点是：中国很多用户尤其在建设包含 SaaS、PaaS 和 IaaS 的云计算项目时，喜欢自己做集成，做项目管理。坦白讲，云计算这种创新型项目本来就有很多风险，除非用户自身非常成熟，否则，这样做在很多时候会给项目带来不必要的风险。比如，如何让 SaaS、PaaS 和 IaaS 能够协同工作，清楚地了解哪些是硬件设备供应商需要做的，哪些是软件供应商需要做的，哪些是集成商需要定制化开发的，对于这些内容与边界的界定，通常用户自身很难完成。

另外，在有些公共云项目中，由政府完成初期投资是个有效方法。政府投资的项目，更追求社会效益和长远发展，包括示范性地节能减排、引领产业升级等。这样，前期进行业务模式规划时，对项目在短期内的财务回报预期相对就低，也就为云计算在到达更大规模效应前，争取了宝贵的时间。

1.5.2 运维模式

在云计算上线前做好运维的规划实际上是保证项目成功的最核心问题之一。

过去，很多 IT 项目的使用者是专业的 IT 人员。IT 人员自身的技术专业性实际上能弥补很多运维规划的不足。但云计算的项目，其使用对象有很大一部分是非 IT 人员。保证这些非 IT 人员的使用体验，是保证云计算项目成功的核心要素之一。同时，云计算模糊了硬件、中间件和应用程序间的界限，这就要求从运维组织架构规划、运维流程规划和运维技术平台规划等三大方面确保在"技术界限模糊"前提下"运维界限清晰"。

另外，云计算的核心价值是降低运维成本。如何充分降低运维成本也是设计运维模式需要重点考虑的问题。比如，在实施云计算之前，设备出现故障后，其更替、再启动基本要求在很短时间内完成；而实施云计算之后，设备出现故障后，其应用已经动态迁移到其他设备上，这就给运维提供了比较长的时间。原先为了保证维修及时而产生的维修成本（包括要求 7×24 小时响应时间等，包括每次维修开机房灯光产生的电费等），就可以在很大程度上压缩。而同时又能保证跟过去一样甚至更高的服务质量，这就要求对运维模式进行再改造。不幸的是，ITILv3（IT Information Library 标准的第三版本）针对云计算仅有少部分的涉及，现在真正可落地的流程通常还是集中在有大型数据中心实际运维经验的服务供应商的最佳实践中，还没有被公开化。

1.5.3 技术模式

云计算首先需要整合底层 IT 资源（包括服务器、存储、中间件等），而过去 IT 的整个技术模式基于竖井式"各管一摊"的模式。我们以个人电脑为例说明这种竖井式模式与云计算整合模式的特点。目前，个人电脑的 Windows 操作系统只负责管理本机底层的硬件（如 CPU）及上层软件（如 Office 办公软件），至于如何让本机的硬件或软件跟别的电脑进行资源共享，在本机 CPU 利用率过高引起性能下降的情况下，把应用也就是工作任务"转包"给别的电脑从而提升性能，目前的 Windows 技术就没有涉及。

而通过云计算进行整合，已经有很多厂商做了有益的研究并已有阶段性的成果发表。比如，互联网操作系统。互联网操作系统搭建一个大池子，在大池子中某台电脑如果同样出现 CPU 过高的情况，则该互联网操作系统会负责将任务"转包"到其他 CPU 利用率比较低的电脑上，从而更好地实现设备的有效利用。

为实现这种目的，一种有效的方式是使用电脑的虚拟化技术。但由于这些任务通常对时间延迟非常敏感；比如，用户很难接受打开一个 Word 文档需等待几分钟，而目前虚拟化技术在跨物理设备进行任务调度时产生的延迟，有时比在本机完成所需的时间还要长。因此，采用这种方式必须首先深入分析应用自身的特点。

另一种有效的方式是购买更大型的设备，通过把任务调度控制在设备内部的方式减少跨设备调度产生的延迟。但这种解决方法要求客户花更多的钱购买更高端的设备，随之产生的问题当然就是成本上升。

因此，在整个 IT 技术往云计算演变的过程中，很难有放之四海而皆准的统一方法，必须首先分析应用的特点，有针对性地提出解决方案。这样，才能提出一个成本合适、应用合理的技术方案。

回到以上个人电脑的例子，目前业界一种被证明有效的方法就是把个人电脑的主机单独剥离出来，统一整合并放到后端数据中心中，前端只留下键盘、鼠标、显示器等少量设备。这样，主机经整合，可以使用少量的中高端服务器替代；而中高端服务器可以有效避免跨物理设备的延迟问题。同时，前端没有电脑的主机设备，设备成本可以压缩到三分之一左右。考虑到电脑数量的庞大，整体解决方案的成本将有极大的压缩。而这就是桌面云计算解决方案的整体思路。

云计算面临的第二个技术挑战是应用的"服务化"问题。如果应用是两层架构，也就是说只有负责业务逻辑实现的应用核心和数据库两大部件。如果应用核心性能不够，新增加的应用实例（也就是将同样一个应用核心在另一台机器上启动）与原来的应用如何互相协调则成为一个大问题。这种协调包括不同实例如何有序地接收来自客户端的请求而不会出现互相争抢或都不响应的状况，如何往同一个数据库写入数据而又保证数据一致性问题等。又比如，当一个数据中心有上百个应用，每个应用又有上千个用户的时候，如何确保所有应用的身份认证能够统一，这也是云计算在一个平台上管理海量应用而产生的"量变引起质变"的问题。

云计算要解决的第三个挑战是技术集成的挑战。云计算的目的就是要简化管理，而达到这一目的通常需要更复杂的技术。比如，用户一个朴素的管理需求就是想了解现在数据中心都有多少台服务器和存储设备，这些设备都是谁在用，每台设备现在利用率情况怎么样。为实现这个功能，需要设备管理软件、设备监控软件、用户监控软件、资产管理软件和服务管理软件等多种功能软件。考虑到这些软件由不同厂商提供，有不同的工作原理、标准、技术和接口形式；被管理的硬件也可能由不同厂商提供，这些硬件厂商可能又有特殊的要求；用户则因历史原因而有不同的软硬件版本。因此，要真正实现这个需求，确保云计算方案的真正落地，集成工作量远比想象中的大得多。

云计算需要解决的第四个挑战是安全的挑战。有一点需要首先澄清的是：当用户使用服务器虚拟化技术后，虽然不同应用程序在同一台服务器上运行，安全风险实际上并没有增加多少。小型机服务器（如 IBM p 系列）在制造时已经把服务器虚拟化技术（如 Logical PARtitioning）通过"固件"的方式做了内置，而像 LPAR 这类的虚拟化技术，已经被各行各业的各种应用普遍地使用，而用户也几乎没有报告因 LPAR 产生的安全风险。云计算需要解决的安全挑战在第 5 章有专门的论述。这里先强调一点就是 WAF（Web Application Firewall）的问题。由于云计算是以网络的形式交付服务，网络安全就成了首要的问题。而网络访问又大都是以 Web 方式进行，如何保证 Web 的安全应是云计算应特别重视的问题。

从 1990 年代的网格计算到后来的效用计算、软件即服务（SaaS）再到云计算，IBM 在 20 年的时间里一直领跑于 IT 创新的前沿，全面推动着云计算的发展。IBM 云服务将 IT 服务、企业管理咨询、软件及硬件服务有机地结合起来，通过"云计算基础架构战略规划"帮助企业建立基于云计算的战略创新平台——确定哪些应用适合做云计算、哪些不适合，规划云平台上的各类应用的融合，并提出业务创新和技术结合的咨询报告，最终与企业战略经营及 IT 部门共同设计云计算的未来蓝图、实现落地以及后期维护方案。

IBM 通过提供从业务创新咨询、云计算架构设计到云计算部署的端到端服务，依靠分布于全球 13 个云计算中心的支持，帮助规模不等的各行业组织建立云基础架构，提供实现云的技术和产品，管理云计算中心，协助企业快速实现商业创新与变革、优化流程、降低成本、整合上下游合作伙伴并建立创新的产业生态链。

IBM 已经是在云上运营的企业了，包括销售管理、定单处理、客户管理等很多业务都已经运作在云平台上。结合 IBM 百年积淀的全球智慧资源，以及在企业咨询与 IT 服务方面的行业洞察，云计算将不只是一个愿景、一项技术，而是未来成功企业的一个重要战略。市场瞬息万变、商机一闪而过，让更多的企业从现在开始踏上一条云计算之路！

第 2 章

云智
——总揽全局

　　2008 年，IBM 公司 CEO 彭明盛基于其成功服务全球企业的经验，提出"智慧地球"的新概念。他认为，智能技术正被应用到生活的各个方面，如智慧的医疗、智慧的交通、智慧的电力、智慧的食品、智慧的货币、智慧的零售业、智慧的基础设施，甚至智慧的城市，这使地球变得越来越智能化。

2.1　云计算与智慧地球

2.1.1　中国的智慧发展之路

20 世纪 90 年代提出的网格计算概念，它的应用可以说是"云"计算的萌芽，是使"云"成为可能的助推器，其中的分布式和并行技术也正是"云"计算的核心技术之一。与网格技术不同，"云计算"强调的是"云"就是一切，人们希望在"云"上满足一切的需求，实现智能生活。

如今，"云计算"时代已经来临，基于互联网的业态、网格应用的基石，"云计算"一呼百应，炙手可热。在"云计算"时代，一切都是服务（EaaS，Everything as a Service）：存储资源、计算资源、开发环境、软件的使用和维护等，一切服务都在"云"上。"云"的"一切服务于世界"的展现，就是让世界的运转更加智慧，涉及个人、企业、组织、政府、自然和社会之间的互动，而他们之间的任何互动都将是提高性能、效率和生产力的机会。当然，随着地球变得更加智慧，也必将提供更有意义的、崭新的发展契机。

未来，IT 资源会像天空中的云一样，自由、飘逸、不拘形式、拥有不同特质。一如 IT 世界，存储、计算和数据等 IT 资源，基于网络连接着成千上万的用户。用户根据需要，通过终端接入网络云层，按照大家的共同规则，随时随地进行数据存取、计算和应用。规模比较小的企业，也无须再花大把钱建立自己专属的数据中心，而只在需要时"拿来"一块"云资源"即可；对于较大规模的企业，可以依托"公共云"或是搭建自己的"私有云"，也就是既可做"物业"，也可当"业主"。

可见，云计算已不是一个"概念"，而是通过互联网来交付、使用和追加 IT 服务的方法。基于互联网的网络资源，软件和数据服务以多租模式共享，并按需提供给客户，这就是共享的中心原则。这种标准化恰好显示了云计算最重要的用途，云计算提供者可以把成本分摊到许多客户上面，然后把节省的费用再花在客户那里。

从历史回顾可见，云计算本身并不是一个技术的突破，而是 IT 技术积累的成果。上个世纪 60 年代提出的虚拟化概念，是云计算的一个重要组成部分，网格计算也是如此。这些技术的演进为我们的今天提供了条件、为未来的智能奠定了基础。

如何把一些有智慧的组合连在一起，提高我们的生活，改善地球的智能？需要先了解三个概念。第一是感知，现在我们已拥有这种能力，去感知在地球上的很多的物品。比如，平均下来，地球上每个人拥有十亿个芯片，每一个芯片都能带来很多的智慧，怎样把这些智慧搜集在一起，并产生一些功效，这是我们可以做的。第二就是怎样全方位联通，前面我们提到了互联网、手机等的联通方式。这些方式可以把我们所探知到的一些智慧连接到一起做一些处理，达到我们想要的效果。最后就是高度的智能化，有智慧和联通，再加上一些技术方式，就有可能把这些智慧转换成让地球更加美好的事情——也就是我们所说的智慧地球。

智慧地球是 IT 新技术在生活中的应用，IT 新技术则是智慧地球得以实现的基石。其核心就是以一种更智慧的方法，通过新一代信息技术来改变政府、公司和人们相互交互的方式，以便提高交互的明确性、效率、灵活性和响应速度。如此，智慧的体现具有三个特征：更透彻的感知，更广泛的互联互通，更深入的智能化。

就其本质智慧的实现要经历四个环节。第一是数据的整理，即如何搜集并准确分析大量的数据，这是基础环节。第二是智慧运作，即如何在流程、方式，以及在所有的与人和物息息相关的事情上，处理得更有效。第三，在目前的 IT 形势里，如何让现有的技术支持智慧地球的创造。最后是绿色应用，即如何在现有的环镜里，使用我们的 IT 应用，将地球变得更加环保、绿色。

这就是智慧地球和云计算的关系。智慧地球面向组建的动态架构，即如何把 IT 环境变得更加简洁，运作得更有效，是要靠云计算的部署来实现的。比如某个航空公司或铁路的客运部门，座满率只有 15%，这种毫无效率的运作方式还能不能存在？类似的，目前 IT 行业也保持着这样的运作效率，平均下来，在全球的 IT 环境里面，只有 10% 到 15% 的计算机是产生价值的，其余 85% 多则是在空转，同样需要耗电，需要空调制冷，需要人员运维，却没有产生任何价值。另外，在 IT 的投资上，每一元钱中，有 70% 或 80% 是用来维护 IT 设备的运作，而没有创造新的价值。

下面八个领域改革前景的预测能很好地说明云端智慧将如何造福于政府、企业和人民，实现长期发展目标。

（1）**智慧的银行**：提高国有银行在国内和国际市场的竞争力，减轻风险，提高市场稳定性，进而更好地支持小公司、大企业和个体经营的发展。

（2）**智慧的通信**：云计算服务的实现将为传统的电信转型提供最佳时机。传统的通信服务商可以依靠现有的通信资产和资源优势，利用云服务的商业机会进行转型，这也将互通有无推上可能，成就通信的智慧。

（3）**智慧的电子**：智慧微电子设计的实现，为用户带来了高效率、移动开发设计、资源优化、整体安全策略和科学的运维管理等利益，不断成就智慧的 IT、智慧的生活。

（4）**智慧的电力**：赋予消费者管理其电力使用并选择污染最小的能源的权力，这样可以提高能源使用效率并保护环境。同时，还能确保电力供应商有稳定可靠的电力供应，同时也能减少电网内部的浪费，以达到经济持续快速发展所需的可持续能源供应。

（5）**智慧的医疗**：解决医疗系统中的主要问题，如医疗费用过于昂贵难以负担（特别是农村地区），医疗机构职能效率低下，以及缺少高质量的病患看护等。这些问题的解决可以推动社会和谐。

（6）**智慧的城市**：我国的商用和民用城市基础设施不完善，城市治理和管理系统效率低下，以及紧急事件响应不到位等都是亟需解决的问题。城市是经济活动的核心，智慧的城市可以带来更高的生活质量、更具竞争力的商务环境和更大的投资吸引力。

（7）**智慧的供应链**：致力于解决由于交通运输、存储和分销系统效率低下造成的物流成本高和备货时间长等系统问题。这些问题的成功解决将刺激国内贸易，提高企业竞争力，并助力于经济的可持续发展。

（8）**智慧的交通**：采取措施缓解超负荷运转的交通运输基础设施所面临的压力。减少拥堵意味着产品运输时间缩短，劳动者的交通时间缩短，同时减少污染排放，保护环境。

2.1.2 智慧行业解决方案分析

2.1.2.1 智慧的银行

智慧的银行具有以下特征。

- **优化且高效**：不涉及客户交互的后台流程被集中进行远程处理，确保流程合规性，以便分行员工集中精力关注增值服务。
- **创新**：持续开发新产品和新流程，提高竞争力并打入新市场。
- **客户洞察**：通过社会网络来发现并分析个人、团体和组织的非官方信息以及相互关系，从而更深入地了解客户。

* **更好的风险管理**：从数据体系结构、信贷管理、运营到货币交易，全面实施 BASEL II 项目，实现防范风险运营。
* **互联**：将交易和用户交互流程数字化，实时连接客户并实现客户自助服务，以便客户可以自主选择并掌握所需要的服务。
* **整合**：将跨区域、跨职能部门、跨服务业务及跨渠道整合到一个平台，从而形成一个共享用户视图，并为客户提供"一站式"服务。

智慧的银行可以更有效、更充分地使用信息，普遍深入地连接用户并与之交互沟通。例如用户可通过因特网进入虚拟世界的演示，熟悉不同的银行解决方案和服务。在虚拟参观后，用户可以进入银行的网站，个性化他们自己的账户，申请新的服务，例如增加信用卡附属卡持卡人，或者开通新账户，可以在线提交，从而省去在银行排长队的麻烦。所有的账户活动随后都通过短信或者电子邮件确认。智慧的银行和它的自我服务终端机，可以利用统一的后台中心来降低分行职员的工作负荷，从而提高用户的整体体验。此外，电子柜台让用户无须排队，就能体验银行产品，进行交易，享受多渠道服务；虚拟银行可以将银行服务从分行延伸到家里、办公室，或任何可接入因特网的地方。集中的后台中心将各分行和虚拟银行连接起来，进而实现低成本和高效率的运作。融合汉字自动匹配系统和行业知识风险评估机制的风险管理基础架构，将使银行风险管理高度智能化。

1. 后台作业集中化

用户等待排队时间过长是国内银行普遍存在的问题。据亚洲时代报道，在北京平均每个用户需要等待 85 分钟才能完成交易。其中一个原因就是柜台要处理复杂且不常见的业务程序。

通过在省或国家层面上建立共享服务中心，并将批准或审计流程及客户互动较少的后台活动进行集中自动化处理，使银行分行员工的工作量大大降低，从而可以着重于关注销售和市场营销活动。传统上通过 ATM、电话银行、网上银行等不同的渠道提供的众多功能可以整合成一个自我服务的柜台，设置在分行里，用户可以不必在柜台排队而进行自助服务。

不同数据库的数据可以被整合成一个单一的用户视图，它可以满足银行不同领域的各种应用程序对访问用户信息的需要。不同用户界面渠道的后台流程和 IT 应用程序也将同样得到整合。从风险管理的角度来看，后台作业的集中保证了各个分行执行统一的标准审批机制，单一的用户视图也可以帮助银行发现某个用户的非正常交易。这些都有助于降低坏账几率或者其他风险。

举个例子，某一流国际银行，在几年时间里通过加大兼并和收购步伐，迅速地从一家区域银行成长为国际银行。但与此同时，并购也使用户群、产品组合和分行管理变得更加复杂，利润率、效率和成本控制等方面的压力越来越大。后来，该银行将从 IT 基础架构、运营和服务中选定的前台和后台流程集中在一起，创建了"后台运营中心"，以一个统一的平台来支持多服务和多渠道。通过实施这些举措，分行的工作负载大大降低，因而能够投入更多的时间和精力来关注市场营销和销售。改革后，该银行加快了支付过程，降低了柜台交易时间，也减少了前台工作负载。从 1999 至 2003 年，由于实施了"后台运营中心"，其成本收入比从 58%降至 43%。

2. 核心（中间）业务创新

当前金融行业的核心业务，也就是核心利润来源（Core Banking）仍是挣取息差。简单的理解就是：银行吸引储户存款，支付一定比例的利息给储户；银行放贷给企业，收取一定比例的利息。这两者之间的利息差，也就是"净利息收入",就是当前银行利润的主要来源。虽然一直受惠于国家相关政策的强力支持,但金融行业的净利息收入还是普遍在下滑。于是,国有银行和商业银行开始纷纷把创新利润的来源放在中间业务上。所谓中间业务,主要是以手续费及佣金为代表的非息差业务。从各大银行的财报看,中间业务的普遍增长一定程度上维持了银行整体利润的增长。

云计算的核心要义是在业务创新上,而业务创新的核心资源是金融资本。因此,尤其对金融行业而言,当云计算的智慧插上资本的翅膀时,其中的创新空间将变得无比巨大。

同时,由于金融行业在 IT 领域有着高额投入,这也为节约成本提供了创新空间。下面,我们将通过两个具体的例子来分析如何创造新利润、管控风险和节约成本。

◦ 案例一:某商业银行与某商场的 BPaaS(Business Process as a Service)云计算实践

从图 2-1 我们可以看出该商场的传统业务模式:商场从供货商拿货、卖货,把部分货款还给供货商,挣取价差。

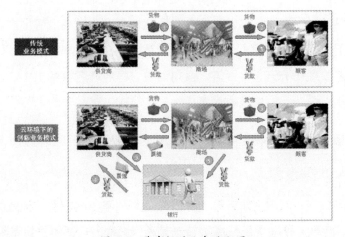

图 2-1 某商场的业务流程图

从商场角度看，如何保证卖的货比别的商场价格低，是在这种业务模式下的核心要义。而降低所采购货物的成本，是业务创新点所在。

从供货商角度看，如何尽快拿到回款是核心。下面我们以著名的杜邦财务公式来深入分析加快回款，也就是加快资金周转率的重要性。

净资产收益率 = 净利润/股东权益

　　　　　　 =（净利润/销售收入）×（销售收入/总资产）×（总资产/股东权益）

　　　　　　 = 销售利润率×总资产周转率×财务杠杆比率

所谓净资产收益率，也就是企业老板要投入多少钱做生意，并能挣回多少钱的比例；这是企业最核心的经营要义，也是进行业务创新的真正核心所在。

所谓销售利润率，简单理解就是所谓毛利率，毛利率哪怕是提高几个点，实际上都非常困难。但不要紧，运作好的业务，有总资产周转率和财务杠杆比率。

所谓财务杠杆比率就是自有资金和能够吸引的资金的比例。如果财务故事讲得好、业务经营得好，这个财务杠杆可以非常高。房地产行业之所以吸引了很多资金的涌入，原因之一就是财务杠杆比率非常好，好的时候甚至可以做到几十倍、上百倍。换句话说，房地产老板拿出 1 块钱，可以整合到几十块、上百块钱做生意。

所谓总资产周转率，就是拿 365 天除以从拿现金买原材料、生产、销售到最后回款的天数。

从供货商角度看，如果第一种情况是毛利率 30%，第二种情况是毛利率 20%，而第一种情况下资金周转率是 4（也就是三个月一个周期），第二种情况资金周转率是 12（也就是 1 个月周转一次），那么在同样的财务杠杆比率情况下，供货商在第二种情况下的净资产收益率将是第一种情况的（12×20%）/（4×30%）=1.8 倍。换句话说，通过简单地提升总资产周转率，将能很明显地提升供货商的整体收益率。

而不幸的是，商场为了提升自身的财务杠杆比率，通常都会压缩供货商的总资产周转率。供货商在总资产周转率低的前提下，为了保证自身的销售利润率，则会降低原材料成本和采购成本。

因此，在这种产业链模式下，商场和供货商难于挣到合理利润，而顾客拿到的则是高价低质的产品。

现在，基于 BPaaS 的云计算理念，引入银行提供贷款，进行业务模式的创新。如图 2-1 中的下半部分所示，在新的业务模式下：供货商提供货物给商场后，可以从商场立刻拿到票据。拿到票据后，供货商找到银行，银行根据票据立刻付款。由于没有了之前等待顾客购买货物的过程，因而供货商的总资产周转率可以立刻从以月为计量单位到以天为计量单位。回顾前面的杜邦公式，供货商是非常愿意通过缴纳一定比例的手续费（也就是降低供货商毛利率）的方式来提升总资产周转率的。这部分的手续费，一部分作为商场的利润回报，吸引商场参与到这个 BPaaS 的业务创新中，另一部分则作为银行发放贷款的利润回报。此外，商场也可以拿出一部分的利润，做些积分卡、促销卡等，吸引更多顾客到商场购物消费。这样，顾客也能获得实惠。

从银行角度看，在这种业务模式下，是商场而不是供货商申请贷款。而商场一般都有较大的固定资产，于是银行的风险可控度相对较强。更重要的是，整个商场的进销存系统运行在公共云平台上，银行可以看到商场和供货商整个供应链的财务状况，其风险进一步可控。

就这样，借助云计算的智慧，金融行业的中间业务实现了再次创新，真正为其创造了新利润。

● 案例二：云计算环境下的风险控制

现在银行贷款的发放对象主要是大中型企业，其中很大一部分是房地产。而如今在国家持续宏观调控和金融危机的背景下，房地产市场的不良贷款急剧增加。为此，银行普遍采取所谓"逆周期监管"计划，也就是在实体经济下滑、复苏期和调整期，采取一系列比实体经济上行期更为严格的金融监管政策和措施。这种愈加严厉的监管行为一定程度上能缓解不良贷款率上升的问题，但本质上，银行必须通过业务创新，开辟风险更小的新增贷款业务市场。

从另一个角度看，如图 2-2 所示，中小企业急需初期的发展资金，由于可抵押资产的缺乏和中小企业存活率偏低，银行很难控制风险。同时，由于中小企业比较分散，银行服务成本高，难于保证息差利润。因此，一直以来，中小企业一直很难从银行贷款，拿到能决定企业生死的启动资金和周转资金。

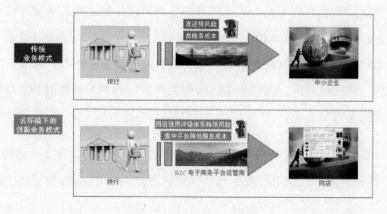

图 2-2 银行的业务创新

如何进入这个几乎空白的市场？金融行业可以通过基于云计算的理

念和技术，选择其中最有需求、风险最可控的细分市场，比如从事 B2C（Business to Customer）电子商务的中小企业。

CNNIC（中国互联网信息中心）在 2010 年 7 月份的《第 26 次中国互联网络发展状况统计报告》中宣布，截止到 2010 年 6 月份，中国网民达 4.2 亿，同时，预测 2010 年网购销售规模可能达到惊人的 5000 亿元人民币。而有媒体报道，从事 B2C 的网店 2009 年就已达 6300 万家，并在以每天新增 5000 家的速度增长。通过这些数据，我们可以很容易地看到网店这个巨大的中小企业市场前景。

在云计算的创新理念下，B2C 电子商务平台运营商被整合进来，将帮助直接解决银行与中小企业的贷款难题。首先，B2C 电子商务平台运营商为解决网店本身的交易问题，花费巨大的力气去解决信用评级体制问题；而这个信用评级体制恰恰就是银行最重要的风险控制措施——信用评估体系在电子商务领域中的翻版。因此，B2C 平台运营商具备解决问题的能力。其次，B2C 平台运营商为更好地支撑自身的发展，需要更好地服务其客户，也就是开网店的这些中小企业；如果能够帮助这些中小企业解决企业发展最重要的资金问题，B2C 平台运营商将能够更进一步凝聚中小企业对所运维平台的依赖性。因此，B2C 平台运营商也具备解决问题的意愿。

基于电子商务运营商所运营平台的平台效应，银行可以集中处理物理上极其分散的中小企业，这从根本上解决了银行提供贷款服务成本高的问题。更重要的是，银行可以直接利用电子商务运营商的信用评级结果，作为其重要的风险评估手段和依据，以控制贷款风险。

这样一来，借助云计算的先进理念，银行、电子商务中小企业和电子商务平台运营商就实现了多赢的局面。而云计算的技术整合能力，则能够让银行的信贷系统、电子商务中小企业的财务系统和电子商务平台运营商的信用评级系统三者进行互联互通，从而确保业务创新模式的真正落地。

2.1.2.2 智慧的通信

由于云计算需要对 IT 基础技术的深入研究，运营商不论从这些基础技术的实际应用、试验环境还是企业资本角度看，在云计算领域都可有广泛的作为。由于中国三大运营商业务发展的状况和拥有核心资源不同，它们对待云计算也有着不同的态度和实际状况。

中国移动由于拥有庞大的用户数，其战略重点被放在提升 ARPU（Average Revenue Per User）值上。因此，需借助云计算的先进理念和技术进行多种增值业务的开拓。中国移动核心的"大云"产品包括五部分：并行数据挖掘工具（BC-PDM）、分布式海量数据仓库（HugeTable）、弹性计算系统（BC-EC）、云存储系统（BC-NAS）和 MapReduce 并行计算执行环境（BC-MapReduce）。中国移动在 2007 年 3 月确定了大云的研究方向，在同年 7 月，利用 15 台闲置的服务器开始进行相关研究；2009 年 10 月进行了首次扩容，建立了 256 个节点的规模试验环境；2009 年 12 月进行了再次扩容，节点数量增加到了 1024 个。可以看出，中国移动在云计算领域的力度很大，进展很好，价值也很高。

而中国联通还未进一步披露关于"互联云"实际性的规划和产品成果。不过，也有报道认为联通将会以 IDC 转型为发力点。

中国电信同样也未进一步披露关于"星云"的信息。但从前期试点城市的试验内容看，有报道认为还是以 IDC 转型为发力点。

不论何种运营商，从电信行业看，在 BOSS（业务和运维支撑系统）、VAS（增值服务）、MSS（企业内部 IT 管理系统）、IDC（互联网数据中心）、开发测试系统等领域均存在云计算的相关机会。

1. 基于云计算的 IDC 变革

按照 2003 年的《电信业务分类目录》，所谓 IDC 是指利用相应的机房设施，以外包出租的方式为用户的服务器等因特网或其他网络的相关设备提供放置、代理维护、系统配置及管理服务，以及提供数据库系统或服务器等设备的出租及其存储空间的出租、通信线路和出口带宽的代理租用和其他应用服务。

2000 年之前，中国 IDC 市场曾以高于 50%的超高速增长。这种超高速的增长起因于互联网泡沫以及人们的投机心理。2000 年互联网破灭后，IDC 业务进入蛰伏期。2002 年以来，中国 IDC 业务再次迅猛增长。这一阶段的增长则更多带有理性特征，其增长基础是短信、网游、语音以及视频宽带业务的日益火爆。各种类型的 SP/CP 兴起，成为 IDC 业务的重要客户群。

早期 IDC 的业务范围主要包括：网站托管、服务器托管、高速接入、应用托管、企业网站建设、管理和维护。随着业务发展和客户增长，IDC 开始推出负载均衡以及集群服务、Web Caching 服务、VPN 服务、网络存储服务和网络安全服务等增值业务。

前面提到，电信企业不约而同地将重点放在 IDC 的变革上。一方面是因为 IDC 目前真实的盈利能力都不强，迫切需要改变；另一方面，IDC 似乎更直接地需要云计算的大尺度、动态、虚拟化等技术特点。

例如，某运营商在省级的 IDC 碰到了图 2-3 所示实际问题。

在这种背景下，该运营商在深入研究云计算的技术特点后，借力业界领先的某服务供应商进行相应规划。通过规划，该运营商发现，如果通过云计算的方式进行资源配置、管理和出租，从 ROI 分析可得出：出租 2000 个 Core 的虚机，即可实现云计算业务的盈亏平衡。

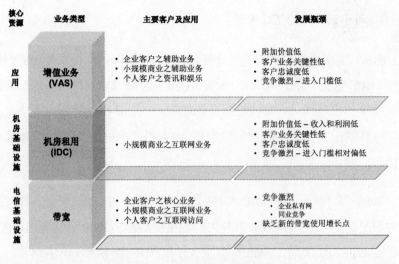

图 2-3　某 IDC 遇到的实际问题

　　但问题是：如何吸引租户将自身生产系统运行在运营商 IDC 的云平台上？

　　解决这个问题的关键除了进行营销推广外，最重要的是要在当地的大型用户中建立起样本工程。于是，在服务供应商帮助下，运营商对当地大型客户进行了仔细斟酌，最后选定一家当地最大的、已上市的、正在进行全球化的企业作为重点突破。服务供应商借助与该企业的良好关系，对该企业所有应用做了负载分析、风险分析和迁移分析，选择出其中 23 个非核心应用。通过严格的 ROI 分析，认为这些应用迁移到云平台上可以帮助该企业每年节省 40%以上的成本；更重要的是，由于没有 CapEx，该企业的财报数据也非常好看。从风险角度看，由于选择的应用是非核心应用，风险相对可控；同时，服务供应还在自身搭建的云平台上对企业的应用进行了实例 POC/POT 验证（ Proof Of Concept，验证业务模式的可行性；Proof Of Technology，验证技术的可行性 ），进一步证实风险的可控性。

　　因此，该企业很快与运营商签订了框架协议，运营商一下子卖出了

1200Core 的虚机。

于是，该运营商坚定决心，投资进行 IDC 改造，并预计在 2011 年正式对外提供云 IDC 服务。

2. 云服务商管理平台 CSP2

云服务市场将是今后的一个热点，也将是众多云服务提供商的必争之地。对于传统的电信服务商而言，现在是进行从传统通信服务向云计算服务转型的最佳时机，传统的通信服务商可以依靠现有的通信网络、资产和资源的优势，利用云服务的商业机会进行转型。当然在转型过程中，传统的通信运营商们需要确立正确的经营方针和云计算服务管理环境，才能有效地创建、管理和销售各种基于云计算的服务。

对于云服务提供商而言，如何为客户提供云计算服务是众多云计算服务提供商的一个普遍的要点。2010 年 10 月 14 日，IBM 在全球范围内宣布针对云服务提供商推出了云服务提供商管理平台（Cloud Service Provider Platform——CSP2）。CSP2 这一新的云计算服务商管理平台方案在发布的同时获得了"2010 亚洲电信读者选择奖"（Telecom Asia Readers Choice Award 2010）。

到目前为止，IBM 是唯一一家提供针对云服务提供商平台管理解决方案的公司，并保证方案具备运营商级别的高度安全性、可扩展性、可靠性和性能。CSP2 这个云服务平台除了提供卓越的云计算基础设施管理能力之外，还包括了对合作伙伴互补性产品的支持能力，可以快速地帮助云服务提供商集成第三方的云服务产品，并获得新的商业利润。

云服务商平台（CSP2）是一个整合的方案，包括了硬件、软件和全方位的专业服务，以帮助云服务供应商快速建立自己的云服务平台。平台包括各种先进的和必要的安全管理能力和服务管理能力，达到运营商级别的平台可靠性，可确保云服务提供商客户的安全。

通过云服务商平台的建立，可以使传统的电信服务提供商能够迅速改变其业务结构，以提供超过其现有通信网络的基于云计算的新服务，以推动其新的商业收入来源。例如，运营商可以用它来在云平台上提供诸如协作应用服务，客户关系管理服务，数据存储"作为一种服务"的产品，备份和恢复服务，以及针对特定行业的应用。

如图 2-4 所示，CSP2 云服务商平台提供了云服务的创造，提供和管理云服务，帮助实现云计算服务的运作和服务生命周期管理。它包括核心的服务自动化与管理能力，以及相关的多种扩展能力，包括安全管理、网络管理、存储管理和高级监控服务及服务水平管理。

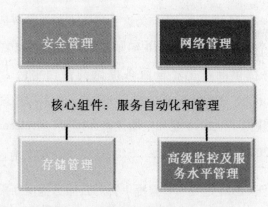

图 2-4　云服务提供商管理平台 CSP2

CSP2 的核心是 IBMServiceDeliveryManager（ISDM），是这种新的云服务管理平台解决方案的核心，ISDM 与云计算服务管理的需求紧密结合，完全满足云计算对服务管理的要求，可以帮助运营商加速新服务进入市场的时间，同时降低相关的成本和经营风险。

通过 ISDM，CSP2 提供了能够提供和管理任何基于 IaaS、PaaS 和 SaaS

的服务的基础。通过 CSP2 方案良好的扩展性，使云服务提供数商能够快速地利用 IBM 现有的服务供应商的完整的生态系统，包括 IBM 业务合作伙伴，快速提供各种 XaaS 的广阔服务市场。

2.1.2.3　智慧的微电子制造

EDA（Electronic Design Automation）的 IT 设施配备通常由三类功能性组件部分组成。

1. 微电子开发客户端工具

微电子开发是以工程师通过开发工具实现微电子设计开发。这部分属于桌面类型的应用。通常使用桌面 PC 或者工作站 IT 设备来实现。在工作站上安装的是具体开发工具的客户端软件。

而传统桌面形式的客户端开发模式遇到的主要问题有如下四个方面。

（1）**资产安全**：所有工程师开发的产品都是企业的核心知识产权资产。资产的安全对于企业在市场上的生存至关重要。但传统 PC 模式下，企业对终端的审计能力是有限的，工程师可以轻易地从终端上将企业的知识产权文档或代码通过 USB 口或硬盘复制并带走，这给企业的知识产权管理带来了很大的风险。

（2）**移动办公**：当代通信技术的发展已经给移动办公带来了充分的便利性，但微电子开发由于工具软件通常对 PC 的性能要求比较高而不得不依赖于比较高端的 PC 或工作站。这些高性能的 PC 使移动办公不可实现。工程师必须在集中的环境下进行开发设计。

（3）**许可协议**：微电子开发类工具软件属于专业性很强的软件，通常会比较昂贵。这类软件通常以每用户方式授权。在传统基于 PC 的开发模式下，这些软件被安装在每一台 PC 上，并被分配给每个工程师。当该工程师不使用 PC 的时候，该 PC 上的工具软件许可就被限制，造成浪费。

（4）**运维管理**：PC 和工作站的设备多样性和每台 PC 的使用者的使用习惯不同，造成 PC 上的操作系统镜像不统一，比较容易出问题。而出问题后的问题诊断也比较复杂。此外，在管理操作系统镜像的补丁更新、安全策略等方面也都会有比较大的障碍。

2. 微电子产品研发管理工具

与所有产品研发、生产制造型企业一样，微电子产品开发也需要有产品管理、产品线管理、版本管理、协作开发代码管理、缺陷管理等管理工具。这些管理系统属于在线交易系统，通常使用传统的服务器/存储/网络等基础 IT 设施实现。

这些管理系统通常被部署在专机专用的环境下，CPU 利用率并不高，平均在 10%以下。而对业务系统的资源管理缺乏自动化工具，资源使用不够优化，且高可用建设不够标准化、自动化，计算资源的扩充也不是很容易。

3. 微电子产品仿真测试工具

微电子开发过程中的仿真和测试需要大量高性能计算的处理能力。通常由专业软件实现计算模型，由高性能计算群集实现模拟和仿真。专业软件通常按照高性能计算群集的节点数量授权。模拟仿真任务由专业软件以批处理方式提交给高性能群集进行计算，而提交方式通常是手工完成。而人工操作造成的资源调度不够及时等问题直接导致高性能群集的计算任务不够饱满，通常高水平的管理也就能实现 40%左右的利用率。而专业模拟仿真软件通常比较昂贵，传统部署模式下造成一定程度的浪费。

除了上述核心功能性组件，EDA 环境下通常还有用户管理软件、运维管理软件、办公自动化软件、统计报表软件等配套系统的建设。

针对 EDA 环境的特点，IBM 提供了一整套 EDA 设计云计算解决方案，在解决上述问题的同时为用户带来高效率、移动开发设计、资源优化、整体安全策略和科学的运维管理等利益，其架构如图 2-5 所示。

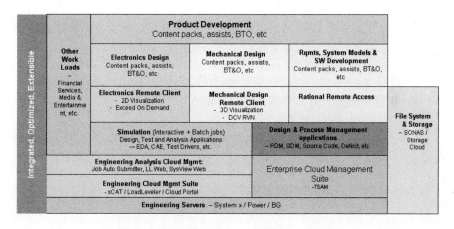

图 2-5　IBM EDA 设计云计算解决方案架构

该解决方案主要由以下几个组件集成实现：

1. 客户端开发工具的桌面云解决方案

IBM 桌面云解决方案把工程师使用的开发工具在服务器端虚拟化并通过应用/桌面发布工具将软件开发工具发布到工程师的简易终端，从而为用户提供了客户端的诸多便利。

- **资产安全**：所有开发工作实际上都是在服务器上完成，工程师的终端上并不能保存任何形式的代码或图纸等知识产权数据，并可以屏蔽掉外设数据接口，可有效地解决知识产权的安全性问题。
- **移动办公**：由于工程师可以使用简易的终端连接到服务器上进行开

发，因而可以使用较轻量级的终端设备，这样工程师可以在任何有
网络的地点实现开发。

- **节省软件授权**：由于开发工具软件部署在服务器端，当某工程师不
  使用该软件时，可以将该软件的授权释放出来给其他工程师使用。
  能够以并发许可协议的方式最大限度地解决软件授权的浪费问题。
- **运维管理**：桌面云环境下，运维管理变得很简单。由于软件部署在
  虚拟化的服务器环境上，软件应用环境高度一致，出现问题的数量
  和故障诊断的难度都会降低。

2. 管理系统服务器、存储云解决方案

IBM 基础设施云计算解决方案为管理系统资源使用提供了优化的解
决方案，同时为系统资源调度的灵活性和可用性提供了充分的保障，实现
了管理系统资源使用的自动化部署和资源调度，以及高可用系统的自动化
部署和监控。同时，当用户增加或公有云环境下的多租户系统需要快速部
署时，EDA 云都提供了有灵活快速的部署模式，以按需分配资源的模式实
现动态扩张。

3. 模拟、仿真、测试高性能计算云解决方案

IBM EDA 云通过 Tivoli Workload Scheduler LoadLeveler 实现 EDA 仿
真、模拟、测试等高性能计算的负载优化功能，提高高性能计算群集的
CPU 利用率，从而可以实现高性能计算相关软件的许可协议数量。

IBM EDA 云实现的 HPC 环境 CPU 利用率高达 90%。以业界通常的
40% CPU 利用率计算，能够节省相关许可协议费用和硬件投资费用达
50%。

- **多租户环境解决方案**。在公有云环境下，如何实现多租户共享应用

而互不干涉是个很大的挑战。主要涉及的挑战有计费问题和多租户信息资产安全问题。IBM 多租户环境管理系统提供了多租户环境下的统一安全及计费解决方案。

- **统一安全解决方案**。除了多租户环境下的用户信息安全解决方案以外，对于公有云建设者还必须要提供常规的统一安全解决方案。这包括网络防火墙、入侵检测、漏洞检测、病毒防护、应用防火墙、审计等一系列的安全体系建设。IBM 公有云安全解决方案为这些需求提供了完整的解决方案。

- **统一运维服务管理解决方案**。公有云的运营模式意味着服务提供方必须向服务消费者提供服务水平承诺。这需要公有云的建设者有完善的 IT 服务管理体系。该体系不单要保证系统的安全稳定运行，还要提供完整准确的服务水平协议和用户服务响应管理流程等一系列运营方面的服务体系。而 IBM 一直是 IT 服务管理领域的主要解决方案供应商和领跑者。

2.1.2.4 智慧的电力

过去，电网是进步的象征，为家庭、街道、企业、城镇和城市提供廉价、充裕的电力。而现在，电网只能反映这是一个能源价格低廉的时代，人们漠视耗电对自然环境的影响，消费者仅仅充当被动购买者的角色。旧的供电模式仅仅是为了单向传输电力，而不是管理一个动态的能源供求网络。

当前的能源使用趋势不仅是不可持续的，而且对经济发展和社会不利。预计从 2005 年到 2020 年，我国的能源消耗总量将是现在的两倍，届时，我国将成为世界上最大的能源消费国。自 2001 年以来，我国每年的能源消耗量一直以平均 12% 的速度增长，也就是说能源消耗量增长速度高于 GDP 的增长。例如，2007 年 GDP 增长了 11.3%，而能源需求增长则为 14.4%。

现在，可以利用高科技对事物有更透彻的感知和度量，不管是安装在室内的计量器还是发电厂里的涡轮。所有这些感知和度量都支持我们更好地收集信息和数据，透过先进的分析工具产生智能洞察，再以此实时地做出更好的决策。仪表管理技术的进步使个人和企业可以选择使用能源的方式和时间，这就为使用风能和太阳能等利于环保的能源奠定了基础。通过为客户量身定制符合其需求的电力服务包，智慧的电力可改善客户的总体体验，使客户能够更好地管理电力使用，也使其对电力使用的效果更加一目了然。

对于电力提供商而言，智慧的电力意味着更高的电力的可靠性和电力质量，更短的停电恢复时间，进而实现更高生产率和对电力潜在障碍的防护，从而更精确地预测需替换的资产设备及支出。此外，在严格的遵守温室气体排放目标，降低温室气体排放的同时，智慧的电力可以保持充足、低成本的电源供应。

1. 减少停电现象

停电现象普遍存在且颇具破坏性。会降低电网可靠性和客户满意度，浪费能源，使网络效率下降，也会影响公司收入（不管是买方还是卖方的收入）。

通过在智慧的电力中安装先进分析和优化引擎，电力提供商可以突破"传统"网络的瓶颈，而直接转向能够主动管理电力故障的"智能"电网。对电力故障的管理计划不仅会考虑到电网中复杂的拓扑结构和资源限制，还能够识别同类型发电设备，这样，电力提供商就可以有效地安排停电检测维修任务的优先顺序。如此一来，停电时间和频率可减少约 30%，停电导致的收入损失也将相应减少，而电网的可靠性以及客户的满意度则都将得到提升。

举个例子，DONG Energy 是丹麦最大的能源公司，该公司需要改善其电力传输网络的管理和使用率，以便能够更快、更有效地解决停电问题。以前采用的解决方案是安装远程监视和控制设备，它们可为公司提供史无前例的关于当前电网状态的大量信息。而新的解决方案同时包括对远程设备所提供的数据进行全面分析和对其业务流程的重新设计。

采取该措施后，DONG Energy 可以将停电时间缩短 25%~30%，将故障搜索时间缩短 1/3。更重要的是，由于能够更快速、更高效地对停电做出响应，电力服务质量得到提高，DONG Energy 现在握有很明显的竞争优势。另外，通过充分利用现有电量应对增加的需求，公司大大节省了额外发电的资本开支。

2. 智能电表

在智慧的电力设施的支持下，智能电表可以重新定义电力提供商和客户的关系。通过安装内容丰富且读取方便的设备，用户可了解任何时刻的电力费用，并且用户还可以随时获取一天中任意时刻的用电价格（查看前后的记录），这样电力提供商就为用户提供了很大的灵活性，用户可以根据了解到的信息改变其用电模式。智能电表不仅可以测量用电量，它还是电网上的传感器，可以协助检测波动和停电。它还能储存和关联信息，支持电力提供商完成远程开启或关闭服务，也能远程支持使用后付费或提前支付等付费方式的转换。总而言之，智能电表可大幅度减小系统的峰值负荷，转换电力操作模式，也能重新定义客户体验。

举个例子，Energie Baden-Württemberg（EnBW）是德国的一家电力公司，拥有 600 万用户，发电量约为 15 000 兆瓦。几乎所有的德国人都是其客户，所以通过增加新客户实现增长不太可行。因此 EnBW 需要授权客户做出"更智能的"电力消费决策，进而增加客户用电的灵活性。

智能电表是一个首创的解决方案，它根据一天中电量的变化产生基础价格，并将信息显示出来以供消费者查看。价格透明使用户知道什么时候征收高峰电价，这样他们能够在了解所有情况后自行决定用电时间。而且，该解决方案减少了用电高峰时间的电力需求，降低了整个系统的成本，最大化实现了可再生资源的供电，并且授权客户管理其电力使用。

2.1.2.5 智慧的医疗

全球的公共医疗水平还远未达到人们的预期，医疗行业需要迎接三大挑战——效率较低的医疗体系，质量欠佳的医疗服务，以及看病难且贵的就医现状。我们需要智慧的医疗，实现人类更健康的生活。

智慧的医疗有以下几个特征。

- **互联**：经授权，医生能够随时翻查病人的病历、患史、治疗措施和保险明细，患者也可以自主选择更换医生或医院。
- **协作**：把信息仓库变成可分享的记录，整合并共享医疗信息和记录，以期构建一个综合的专业的医疗网络。
- **预防**：实时感知、处理和分析重大的医疗事件，从而快速、有效地做出响应。
- **普及**：支持乡镇医院和社区医院无缝地连接到中心医院，以便可以实时地获取专家建议、安排转诊和接受培训。
- **创新**：提升知识和过程处理能力，进一步推动临床创新和研究。
- **可靠**：使从业医生能够搜索、分析和引用大量科学证据来支持他们的诊断。

例如：尽管半个世纪前世界卫生组织曾称赞过我国的三级医院系统和以农民为中心的农村医疗体系，但我国的医疗保健体系还远远不能满足经济和社会发展的需求。由于缺乏资金和管理不当，医疗保健体系覆盖率很低，39%的农村居民和 36%的城市居民无法享受专业的医疗治疗。而且，由于一直以来有限的政府投资主要针对的是规模更大、等级更高的城市医院，农村地区医院的床位严重短缺。资金较少的医院于是将其核心竞争力从临床治疗转向创收活动，而这反过来极大地影响了对患者护理的质量。

然而，我国一直都在竭尽全力发展一个现代化的医疗体系。2009 年 1 月，国务院通过了民众盼望已久的新医改方案，承诺将用 3 年时间为全国 13 亿人民提供全民医疗服务。其中关键点包括：到 2011 年内城镇居民基本医疗保险及新型农村合作医疗参保率提高到 90%；优化医药品供应链，降低药品价格；加大对小城镇诊所的投资；通过引入差价引导患者去社区医院就诊并建立统一的居民医疗档案，减轻大医院工作负载。

发展和完善 21 世纪的医疗体系，必须采取智慧的方法进行信息共享管理。实时信息共享可以降低药品库存和成本并提高效率。有了综合准确的信息，医生就能参考患者之前的病历和治疗记录，增加对病人情况的了解，从而提高诊断质量和服务质量。智慧的医疗能够促成一种可以共享资源、服务及经验的新服务模型，能够推动各医院之间的服务共享和灵活转账，能够形成一种新的管理系统，使开支和流程更加透明化。

这里是未来智慧的医疗中的一个场景：孙先生是一名退休工程师，某天他背部有点疼，于是打电话给社区医院，门诊狄医生接电话的同时就可以看到孙先生的医疗档案，详细询问孙先生的情况后，狄医生认为有必要联系地区医院的高级医师，因此随后他与市第一医院高级医师进行了视频会议，实时诊断后，高级医师建议孙先生去做 X 光检查。狄医生向市第一医院预约第二天上午 10 点进行 X 光检查。孙先生第二天上午 10 点来到市第一医院，不用排队便直接进行 X 光检查和诊断，而结果和处方则自动记录在他的医疗档案中。下午孙先生到家，便可收到医药物流按处方配送的药物，费用通过医保支付，无须孙先生个人申请。

1. 整合的医疗平台

我国医疗系统的弊病在于未能充分利用广泛的医院网络资源，也未能开展信息共享。不同部门的重复登记和记录不一致使得数据十分混乱，影响了诊断的效率、增加了成本，使得转诊非常困难和低效。

整合的医疗保健平台根据需要通过医院的各系统收集并存储患者信息，并将相关信息添加到患者的电子医疗档案，所有授权和整合的医院都可以访问。这样资源和患者通过各医院之间适当的管理系统、政策、转诊系统等，能够有效地在各个医院之间流动。这个平台满足一个有效的多层次医疗网络对信息分享的需要。

举个例子，我国一家大型现代医院，每天有一万多名患者就诊。它面临的主要挑战包括：不同部门之间信息零散，对各分院的可视性低，各医院门诊数据的格式和系统不同，这使得信息整合十分困难。

通过实施一个依照医学规章和中医院的需求定制的医院综合整合平台，医院将门诊服务标准化，并在总院和分院之间实现了信息共享。这些改变使得门诊数据得到整合和重复使用，通过访问新的医疗保健信息应用程序，这家医院实现了服务质量和医院行政管理的显著提高。

2. 电子健康档案系统

当前，医疗系统面临的一大挑战就是医院之间缺乏信息交换和共享。信息整合仅仅限于医院级别，而且通常查询所需时间过长（要么是纸文件，要么分布在不兼容的系统中）。

如果电子健康档案系统通过可靠的门户网站集中进行病历整合和共

享，那么各种治疗活动就可以不受医院行政界限而形成一种整合的视角。有了电子健康档案系统，医院可以准确顺畅地将患者转到其他门诊或其他医院，患者可随时了解自己的病情，医生可以通过参考患者完整的病史为其做出准确的诊断和治疗。

举个例子，在加拿大，一家由政府出资成立的非营利组织正在推广电子健康档案（HER）。其目标是到 2010 年为止 50%的加拿大人建立电子健康档案。它们的计划是通过开展 276 个 EHR 项目，构建并完善 EHR 体系结构。事实证明这些行动颇有成效。它们通过分布式访问改进了护理服务，通过精确、快速、可靠的信息整合改善了医院内部转诊安排，采用有效的科学和业务导向规则来分析患者信息和病历，并可提供海量的标准化数据来为医疗研究提供便利。

2.1.2.6　智慧的城市

智慧的城市具有以下特征。

- **灵活**：能够实时了解城市中发生的突发事件，并能适当即时地部署资源以做出响应。
- **便捷**：远程访问"一站式"政府服务，可在线/通过手机支付账单、学习、购物、预订和进行交易。
- **安全**：更好地进行监控，更有效地预防犯罪和开展调查。
- **更有吸引力**：通过收集并分析数据和智能信息（例如，客流和货运）来更好地规划业务基础架构和公共服务，从而创造更有竞争力的商业环境吸引投资者广泛参与、合作，实现不同政府部门之间常规事务的整合及与其他私营机构的协作，提高政府工作的透明度和效率。
- **生活质量更高**：越少的交通拥堵意味着越少的污染；降低交通拥堵和服务排队所浪费的时间意味着市民可以更好地均衡工作和生活；

更少的污染和更完善的社会服务意味着市民可以拥有更健康快乐的生活。

当前，我国大多数城市在 IT 基础架构方面远远落后于其他发达国家。北京宽带覆盖率为 55%，远远低于伦敦、纽约和东京 80% 的平均覆盖率。城市基础设施的不完善，不仅无法满足居民日益提高的物质文化生活需求，也不利于创造良好的商业环境吸引国外投资。

城市管理低效和公共服务落后是阻碍中国城市发展的两大系统挑战。由于缺乏内部整合和协作，不同的政府机构和职能部门在流程及数据管理上相对分散并且重复严重，由此带来的后果就是处理公共事务和公共服务时响应缓慢、效率低但成本很高。上海企业的平均清关时间为 8.7 天，而韩国为 5.3 天，比中国快 1/3。与此同时，全球自然环境和政局不断变化，使人们对安全问题也更加关注。近年来，自然灾害发生率不断增高，因城市化带来的大型传染病压力增大，食品安全越来越被关注。全球金融危机造成的社会问题更对社会的稳定造成了潜在的威胁。

为了更好地满足市民不断提升的需求，必须建立一个由新工具新技术支持的涵盖政府、市民和商业组织的新城市生态系统。在智能且互联的工具的支持下，政府可以实时收集并分析城市各领域的数据，以便快速制定决策并采取适当的行动。市民可以远程工作、购物、学习和进行交易，从而令生活变得更加便利、灵活和自主。企业可充分利用集成数据管理所支持的跨政府职能部门的"一站式服务"，快速通过企业建立、运营所需的政府流程。还可以通过公司内部以及业务合作伙伴之间的互联互通更有效地管理产品开发、制造、物流和配送。

1. 突发事件管理

传统的突发事件处理仅仅关注响应和救援，而新的突发事件管理包括了预防、准备、响应和救援 4 个阶段的管理。这也是一个系统的、跨职能、跨部门的活动，涉及医疗救助、后勤支援、营救行动、财政支持和数据基础架构等多个方面。

2.　实时城市管理

管理一个拥有庞大人口，每秒钟都可能发生数百起事故的城市绝非易事。实时城市管理通过设立一个城市监控报告中心，将城市划分为多个网格，这样系统能够快速收集每个网格中所有类型的信息，城市监控中心依据事件的紧急程度上报或指派相关职能部门（如火警、公安局、医院）采取适当的行动，这样政府就可实时监督并及时响应城市事件。

举个例子，北京市朝阳区政府承担着繁重的道路清扫、垃圾处理和处理城市资产失窃的任务；还需处理行人交通事故、电力分配和通信系统受影响等多种问题。

为解决这些问题，朝阳区在国内首次使用了以 SOA 为基础的城市管理平台。城市管理平台将朝阳区划分为 1 万个不同的网格，并对网格中的城市资产进行了标记。社区的监督员通过使用移动终端收集信息并将之报告给监控中心，随后中心会判断其严重级别并采取适当的响应措施。新的城市管理系统可实时监控意外事故和犯罪，并及时做出响应。

这一新平台使每年的城市管理成本大大降低，并提高了运营效率。交通事故响应和交通流量管理更加高效，城市实物资产损失大幅下降。

3.　整合的公共服务

由于政府职能部门分散，数据和流程管理孤立，居民不得不仓促赶至不同政府机构并等待数小时才可以申报税款、申请社保等。新的公共服务系统将不同职能部门（如民政、社保、公安、税务等）中原本孤立的数据和流程整合到一个集成平台，并创建一个统一流程来集中管理系统和数据，为居民提供更加便利和高效的一站式服务。

举个例子，南京市玄武区政府通过整合流程和集中管理，将税务、医疗和工商管理等公共服务整合到一个新的平台上。居民可通过这一集成的公共服务平台在市政府中享受一站式公共服务，从而使事务处理时间从原来的 10 天有效地减至 4 天。

2.1.2.7　智慧的供应链

我国物流成本所占 GDP 百分比一直都高于发达国家，这反映出供应链运营效率低下的体制性问题。仅以 2006 年为例，中国物流成本占整个 GDP 的 18%，而日本为 11%，美国为 8%，欧盟仅为 7%。在这 18% 中，运输成本总计超过 55%，而存储成本达 30%。法规、基础设施和运营等三大瓶颈是中国供应链低效的深层原因，这不仅削弱了中国企业的竞争力，也妨碍了内部货物流以及国内需求的扩大。

未经规划的物流网络快速扩张导致物流设备重复建设且使用效率低下，而供应链合作伙伴之间缺乏协作使得效率降低、成本增加，也无法满足终端客户的需求。

要解决这些问题，必须通过利用新技术和新方法。智慧的供应链是更深入的智能化供应链自动监控，并在全球货物和服务流通中断时自我识别和自行纠正。经济活动的参与者，也不仅仅充当产品和服务的生产者、分销商和消费的角色。更重要的是，他们共同构建了一个复杂的信息网络。智慧的供应链将促使物理网络和数字网络融合，将先进的传感器、软件及相关知识整合到系统中，通过先进的计算技术和专家经验和对海量实时数据的分析展示出更深入的洞察力。智慧的供应链的价值在于我们可以从各种数据中抽取有价值的信息（包括基于地理空间或位置的信息、关于产品属性的信息、产品流程/条件、供应链关键业绩指标等）以及数据流的速度。智慧的供应链可以满足世纪的需求，它可以提高效率（如动态供求均衡，预测事件检测和解决，旨在降低库存的库存水平和产品位置高度可视性）、降低风险（如降低污染和召回事件的发生频率及其影响，减少产品责任保金，减少伪劣消费产品），也能减少供应链的环境保护压力（如降低能源和资源消耗、减少污染物排放）。

供应链物流网络看起来似乎很简单：仅仅是开发一个能将商品从供应商送到客户手里的系统。然而，若深究一步，将发现冗余而低效的设施、高库存成本和低负载率等因素严重影响到了供应链网络的运行。当前市场不断变化，合并、收购、进入新领域或推出新产品频频发生，这些都使商品配送更加复杂。

智慧的供应链通过使用强大的分析和模拟引擎来优化从原材料至成品的供应链网络。这可以帮助企业确定生产设备的位置，优化采购地点，亦能帮助制定库存分配战略。使用后，公司可以通过优化的网络设计来实现真正无缝的端到端供应链，这样就能提高控制力，同时还能减少资产、降低成本（交通运输、存储和库存成本）、减少碳排放，也能改善客户服务（备货时间、按时交付、加速上市）。

中远公司是中国顶尖的物流供应商之一，全球知名度正不断提高，亟需减少分销成本、干线运输和库存。该公司已经实施了一个项目，以期能够优化从生产地到客户交付的物流规划，并简化供应链网络。此外，项目还进一步分析了当前的碳排放量并开发了其他物流策略来减少碳排放（例如，碳排放、物流成本和客户服务之间的折衷分析，以及替代方式和货运整合策略）。结果，公司成功将分销中心的数量从 100 减少至 40，分销成本降低了 23%，燃料使用量降低了 25%，也将碳排放量减少了 10%~15%

（相当于每年减排 10 万吨温室气体）。

2.1.2.8　智慧的交通

出行从来都不是一件容易的事。是的，这是一个大难题。汽车、卡车和公交车司机都需忍受交通拥堵。而除此以外，运输的发展也带来了世界最严重问题之一：污染。

很明显，我们需要新方法来解决交通拥堵的问题。世界各地的城市都亟需完善基础设施来满足民众需求，但往往都是心有余而力不足。例如，交通拥堵造成的损失占 GDP 的 1.5%到 4%。这些损失来自于多个方面：员工生产效率降低、不可预知/增加的交通时间、环境危害和财产损失等。

解决交通拥堵的传统方式是增加容量（例如，新增高速公路和车道等）。但在当今的环境中，需要其他解决办法。将智能技术运用到道路和汽车中无疑是可行的。例如，增设路边传感器、射频标记和全球定位系统。应重新思考我们可以如何通过使用新技术和新政策使我们从 A 点到达 B 点更加方便快捷，这可改变人们固有的思维和习惯，丰富驾驶者的经验，而不再仅仅关心出行时间及路线选择。同时，它还可以改进汽车、道路以及公共交通，使之更具便利性。

设想一个这样的交通系统：乘坐公共交通的人可以通过手机查看下一班的市郊火车或地铁上有多少空座位。集成服务和信息对未来的公共交通至关重要。例如，为均衡供求，未来的交通系统将可以定位乘客位置，并为他们提供所需的智慧的交通工具。许多交通规划者已开始努力促成多个系统的集成，并在各种交通类型、多个城市甚至国家或地区之间整合费用和服务。

智慧交通就是拥有更透彻的感知、嵌入在道路中的传感器可监控交通流量。车上安装的传感器监控车的状态,并将其移动的信息传送到交通网。更全面的互联互通建立在先进信息技术和电子技术基础上的整合的无线及有线通信可对交通状况进行有效预测,以帮助城市规划者实现交通流量最大化。

智慧的交通具有以下特征。

- **环保**:大幅降低碳排放量、能源消耗和各种污染物排放,提高生活质量。
- **便捷**:通过移动通信提供最佳路线信息和一次性支付各种方式的交通费用,增强了旅客体验。
- **安全**:检测危险并及时通知相关部门。
- **高效**:实时进行跨网络交通数据分析和预测,避免不必要的浪费,而且还可将交通流量最大化。
- **可视**:将所有公共交通车辆和私家车整合到一个数据库,提供单个网络状态视图。
- **可预测**:持续进行数据分析和建模,改善交通流量和基础设施规划。

智慧的交通系统不仅可以缩短人们的空间距离(提高生产效率、降低旅程时间和加速突发事件交通工具的响应速度),也可保护环境(如改善空气质量、降低噪音污染、延长资产生命周期、保护古迹/景点/住宅)。

针对交通基础设施设立一个后端和前端通用的用户账户,这样用户使用一张交通卡即可通行公交、火车和摆渡、出租车,甚至是停车场,这也使得服务更加快捷便利。

通过 RFID 技术以及利用激光、照相机和系统技术等的先进自由车流路边系统来无缝地检测、标识车辆并收取费用。

举个例子,瑞典斯德哥尔摩的交通拥挤非常严重,因此道路交通管理部门决定采取措施将交通拥挤降低 10%~15%。为此，他们设计并实施了一个随需应变的解决方案，对来往车辆进行检测、标识，并收取费用。

最终，交通拥堵降低了 25%（远远高于预期目标），交通排队所需的时间下降了 50%，出租车收入增幅超过了 10%，城市污染级别下降了 10%~15%。并且，每天新增 4 万名公共交通工具乘客。

2.2　云计算和物联网

云端的智慧，不得不谈的又一个领域，就是基于网络实现的新兴产业——物联网。在《中华人民共和国国民经济和社会发展第十二个五年规划纲要》中，物联网与云计算一同被明确列为"战略性新兴产业"，那么物联网究竟是什么，云计算与物联网又能够如何有机结合以发挥出最大化效益？

2.2.1　物联网概念

所谓物联网（Internet Of Things），是指通过在车辆、人员、机柜等物件上安装射频识别（RFID）、红外感应器、全球定位系统、激光扫描器等信息传感设备，使其如同计算机一般，能够按约定的协议与互联网相连接，并完成智能化识别、定位、跟踪、监控和管理的一种网络概念。简单讲，就是在计算机互联网的基础上，利用 RFID、无线数据通信等技术，构造一个覆盖世界上万事万物的"Internet of Things"。在这个网络中，物品（商品）能够彼此进行"交流"，而无须人的干预。其实质是利用 RFID 技术，通过计算机互联网实现物品（商品）的自动识别和信息的互联与共享。

具体而言，物联网有如下三个特点。

- **全面感知**：利用 RFID、传感器、二维码等随时随地获取物品的信息。
- **可靠传递**：通过各种电信网络与互联网的融合，将物品的信息实时准确地传递出去。
- **智能处理**：利用云计算、模糊识别等各种智能计算技术，对海量的数据和信息进行分析和处理，对物品实施智能化控制。

物联网的概念突破了传统思维。过去我们一直是将物理基础设施和 IT 基础设施分开，一方面是机场、公路、建筑物，另一方面是数据中心、个人电脑、宽带等。而在物联网时代，钢筋、混凝土、电缆将与芯片、宽带整合为统一的基础设施，在此意义上，基础设施更像是一块新的地球。故而也有业内人士认为，物联网与智能电网均是智慧地球的有机构成部分。

2.2.2　物联网与云计算

云计算与物联网有着很强的关联性。首先，物联网的核心和基础仍然是互联网，是将互联网基础之上的各计算机之间的通信延伸和扩展到了物品与物品之间。因此，可以将物联网公共服务平台理解成前端传感设备、核心基于云计算的海量计算与数据处理平台和上层物联网应用系统三者的结合。云计算作为物联网在互联网的核心，天生更擅长处理物联网中地域愈加分散、数据处理愈加海量、动态性和虚拟性愈强的应用场景。其次，云计算将打破 IT 各种硬件和软件的边界，并以服务形式呈现出来；而真正能把这些服务兑现成具体的应用场景，对物联网显然是有更广阔的空间；同时，云计算在业务模式创新领域的理念也对物联网涉及多产业、多系统的整合有直接的推动作用。

云计算作为一种新兴的技术模式，可以从以下两个方面促进物联网的实现。

第一，云计算是实现物联网的核心。运用云计算模式，使得对物联网中数以兆计的各类物品进行实时动态管理以及智能分析变得可能。从前面的介绍可以知道，建设物联网的三大基石包括：（1）传感器等电子元器件；（2）传输的通道，比如电信网络；（3）高效的、动态的、可以大规模扩展的计算资源处理能力。而其中的第三块基石，正是通过云计算模式的帮助得以实现。

第二，云计算可以促进物联网和互联网的智能融合，从而构建智慧地球。物联网和互联网的融合，需要更高层次的整合，需要"更透彻的感知，更全面的互联互通，更深入的智能化"。这同样也需要依靠高效的、动态的、可以大规模扩展的计算资源处理能力，而这正是云计算模式所擅长的。同时，云计算的创新型服务交付模式，简化服务的交付，加强物联网和互联网之间及其内部的互联互通，可以实现新商业模式的快速创新，促进物联网和互联网的智能融合。

因此，物联网是让物品更加智慧的前端，而云计算则是能够处理这些智慧前端信息的技术平台，同时也是让这些信息更有价值的商业模式。

2.2.3 物联网的应用模式

目前，物联网的应用模式主要有以下几个。

1. **垂直应用模式**。其特点是企业生产业务流程紧密结合，这类应用专业性很强，门槛也很高，但其优势是高度标准化应用。只要企业有非常强的执行能力，该应用推进速度将非常快，比较适合以集成方式、以应用企业为龙头做深入合作开发。往往一个龙头企业就占据了行业主要领域。例如：电力行业、石油行业、铁路等。

以城市综合管理应用为例，如图 2-6 所示。

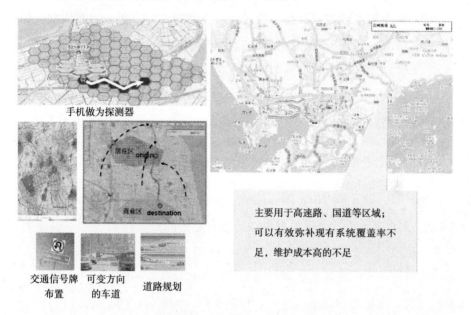

手机做为探测器

交通信号牌　可变方向　道路规划
布置　　　的车道

主要用于高速路、国道等区域；
可以有效弥补现有系统覆盖率不
足，维护成本高的不足

图 2-6　城市综合管理应用

以手机作为物联网终端探测器，通过手机与基站通信的信号，经整合传送给城市管理部门的管理平台，城市管理平台基于云计算的数据整合、数据挖掘等技术，可以非常迅速地判断出人群、车流等的分布态势，从而为城市综合管理（如反恐、城市道路规划、加油站布局规划、银行网点规划等）提供切实的决策依据。

2. **行业共性平台模式**。其特点是具有行业明显的共同特征。该行业里面可能有很多不同的企业共存，这些企业往往有许多个性化需求，这就会影响其规模发展。这种模式需要公共平台的支持和服务，把共性需求提炼出来进行平台化建设，减少各个企业自己建设的成本。但这类应用中的问题是标准化推进难度比较大，需要政府、行业、企业共同合作推进，才能做到规模最大降低成本。例如：物流行业、医疗、智能家电、食品溯源等。

3. **公共服务模式**。目前，很多地域公共服务平台需要提高信息化服务水平，采集到的公共信息也需要由多个公共服务部门共享共用，这样才能最大效率发挥丰富信息的作用。在这种模式下比较大的问题是缺乏比较健康的商业模式，例如智慧城市、数字城管这类应用。

在公共服务模式下，特别值得注意的是移动支付。

据统计，截止到 2010 年 6 月底，中国手机用户在 2010 年已经高达 7.4 亿。对很多人而言，手机已经成为随身必带的最重要 IT 设备；其重要程度已超过另一个随身必带的最重要非 IT 设备——钱包。如果能把一个人随身最重要的 IT 设备和最重要的非 IT 设备整合在一起，这个市场有多大？而这，就是业界最热点之一的移动支付。拥有 IT 的运营商行业和拥有钱包的金融行业，也正为此进行着全方面的合作和博弈。

目前，移动支付已进入实际应用阶段，如上海世博园和上海公交系统。在世博园的自动贩卖机，游客可以用手机直接支付商品费用；而上海公交系统，如地铁，也可以直接通过手机支付车票款。

（本章部分节选自 IBM 白皮书《智慧地球赢在中国》）

第 3 章

云网
——包罗天下

要实现云计算，网络的支持是至关重要的，网络是云计算得以提供服务的最基础的技术和通信平台。在网络层面实现对云计算的支持，需要使用云计算的基础架构平台——动态基础架构中的网络虚拟化来满足上述业务需求。

要实现云计算，网络的支持是至关重要的，网络是云计算得以提供服务的最基础的技术和通信平台。而云计算服务的实现地点又多是以数据中心为核心，数据中心通常是云计算资源的物理部署场所。当前和可见未来的数据中心趋势是部署有多个业务和领先技术。从商业的角度来看：

- 新的经济形势需要节省成本的技术，如前所未有的整合和虚拟化。
- 兼并和收购活动带来了快速整合的压力，需要业务敏捷性，以及信息科技快速的交付服务。
- 劳动力队伍日益流动，员工普遍需要随时随地访问企业资源成为当务之急。
- 数据安全已成为一个法律问题。公司可能被起诉和罚款，或承担安全漏洞和不遵守规定所带来的其他经济损失。
- 对能源资源的消耗正在成为一个约束，因此需要一个整体的企业级的网络设计。
- 用户对 IT 服务可用性的依赖带来越来越大的压力，需要具有应变能力的基础设施，即动态基础设施（Dynamic Infrastructure），以获得对业务竞争和需求的实时服务和支持。

在网络层面实现对云计算的支持，需要使用云计算的基础架构平台——动态基础架构中的网络虚拟化来满足上述业务需求。

作为 IT 信息系统的基础架构的底层支撑平台，无论在网络上提供云计算服务与否，一些基本的方法论和做法都还是通用的，尤其在网络设计的需求分析阶段。以数据中心网络建设为例，所有的这些问题和挑战，都可以映射为对数据中心建设的需求和策略。例如：不同系统之间对数据的共享，要求应用系统标准化；对业务不间断的支持，要求数据中心可以实现对业务系统的支持和保护；IT 投入的不足，要求 IT 系统可以实现对 IT 以往投入的保护，以及尽量延长 IT 投入的寿命。

如图 3-1 所示，以上数据中心建设的需求和策略，反映到数据中心的网络架构上，就需要数据中心的网络架构具有高可用性，以提供应用对业务的不间断支持；具有高灵活性如多层（N-Tier）的服务器网络架构，以实现对不同应用系统的支持；同时，通过这样的架构，提供给系统更高的安全性。对 IT 投资的保护，要求数据中心的网络具有高度可扩展性，使现有的网络架构可以在一定的时期内支持对应用发展和扩容的需求。在数据中心网络的建设中，也需要统筹考虑对不同网络接入基础的支持。

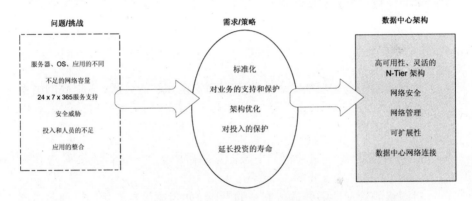

图 3-1　数据中心网络架构需求的演化

这些对数据中心网络架构建设中的要求，称为 IT 网络系统的非功能性需求。它们是指系统架构所必需满足的质量上的要求和限制。它们阐述了对系统在运行和功能方面的主要要求，以此来保证系统的健壮性。

这些网络架构方面的非功能需求可以归纳为如下几个方面。

1. 可用性

通过网络的设计，提供对 Internet 用户、移动用户、中介机构、合作伙伴、上级单位、其他成员公司和数据中心内部的网络连接。

2. 可靠性

网络的设计需要充分考虑关键系统的网络可靠性，提供从冗余的 Internet、冗余的防火墙、冗余的交换机和路由器、冗余的广域网线路到冗余的服务器网络连接。

3. 灵活性/可扩展性

使用模板设计的方式，使各服务器区可以根据需要采用合适的服务器区网络的模板实现网络的扩充。

4. 安全性

对不同的安全和功能要求分成不同的安全和功能分区，以提高网络系统的安全性。

5. 可管理性

对网络的管理性需要进行充分的考虑，如考虑设置专用的管理服务器分区、远程服务管理等。

6. 先进性

除了采用成熟的先进网络技术外，还需要同时考虑网络对未来数据中心技术的支持，如云计算、网络虚拟化、服务器和存储系统的虚拟化等。

3.1 业界典型案例和网络整合

业务驱动力推动了信息技术的发展，特别是数据中心的基础架构，并且网络必须适应新的业务发展、新的网络、服务器、存储技术和解决方案。

3.1.1　服务器、存储的整合

云计算技术使 IT 信息技术的发展焦点返回到以数据中心为核心的集中式的环境中来，分布式计算模式无法和这一动态的需求环境相比拟。因为"一台机器，一个应用程序"的应用部署模式正在改变，虚拟化和整合技术的结合，将更多的数据通信交汇到了一条网络链路。这可能会导致瓶颈，并可能增加网络接入层的压力。

例如，列头柜[1]的网络模式最终不能维持这种新的数据通信模式，而顶头柜[2]的网络模式模型则渐渐地流行，并带来了新的网络管理问题。不断扩张的接入交换机可以整合成一个更大的虚拟交换机，从而实现有效地管理。

图 3-2 显示了服务器和存储虚拟化的整合方案。

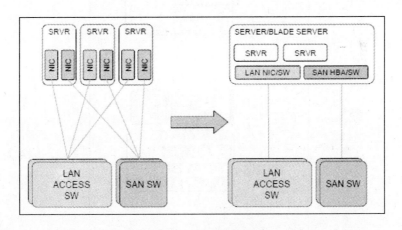

图 3-2　服务器和存储虚拟化的整合方案

1　End of Row（EoR），一种在一排机柜的一端设置网络机柜和网络设备的数据中心网络部署模式。

2　Top of Rack（ToR），一种在每个设备机柜的顶端安装网络设备的数据中心网络部署模式。

3.1.2 服务器整合对网络的挑战

虚拟化为网络设计和建设带来了新的挑战。传统的网络管理工具无法管理服务器内的虚拟交换机，因为它通常被看做是服务器而不是网络的一部分。此外，这些虚拟交换机只具有有限的能力，无法与传统的网络硬件设备的功能相比（没有组播和端口镜像，只支持有限的安全功能）。不过，也有一些厂商的虚拟交换机提供了越来越多的功能，如提供了安全、端口镜像等功能，为开发功能更丰富的虚拟交换机提供了新的机遇。

业界的最佳做法包括在 **VMware/Xen** 环境中的服务器和存储的整合和虚拟化，还包括刀片服务器的部署方式。IT 的管理模式将要应对这种新的基础架构模式，为此，IT 业务管理流程需要明确定义，甚至重新定义。

图 3-3 显示了传统网络引入虚拟交换机后所带来的挑战。

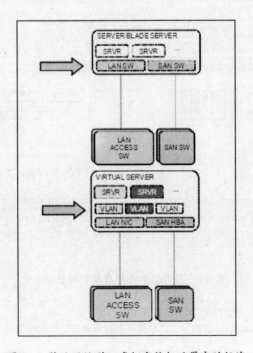

图 3-3　传统网络引入虚拟交换机后带来的挑战

3.1.3　存储整合对网络的挑战

在过去的数据中心内，服务器和存储日益分离，数据存储通过 SAN（标准的选择）或 NAS（用于文件服务器）来实现，从而实现应用数据在数据中心内的流动。目前，万兆以太网已经具有了一个较有吸引力的价格，因而用户已经可以负担得起在数据中心内进行实际部署。理论上，在同一网络链接上，这一带宽容量可以承载数据存储和实时数据传输。当然，目前还不清楚实际的用户还需多久可以采用这种新的数据中心网络设计和部署方式，特别是因为 Fiber Channel 这种光纤连接的存储方式在数据中心被广泛采用，如何保护和利用已有的投资和人员技能是个现实的问题。同时，在一些地方，存储和网络系统管理属于不同的管理团队职责，这也会造成一定的管理问题和人员技能更新问题。

图 3-4 显示了存储虚拟化在网络上的整合应用。

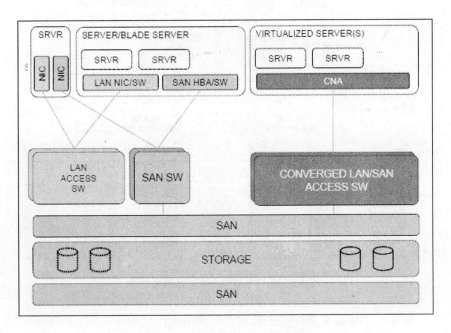

图 3-4　存储虚拟化在网络中的整合

3.1.4 数据中心网络整合

从前面的章节可以看到，随着服务器、存储系统在整合和虚拟化技术中的发展，云计算在基础架构层面使用动态基础架构的方式得以实现。这些整合、虚拟化的基础同时对它们的底层支持平台——网络系统平台提出了挑战。网络系统平台通过使用新技术实现了对这些云计算动态基础架构的支持。

在业务应用核心的数据中心网络，考虑到对以往投入的保护，可以像图 3-5 所示的案例一样实现数据中心的网络虚拟化。需要指出的是，虽然该案例使用了 Cisco 的相关技术解决方案，但其他厂商也同样具有类似的网络虚拟化解决方案和技术。

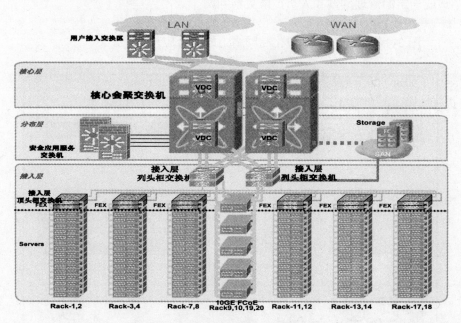

图 3-5　数据中心网络虚拟化解决方案

这是一个企业数据中心内私有云的网络虚拟化设计方案，具体包括如下内容：

* 每个机柜内使用接入层的顶头柜接入交换机，机柜内的服务器接入该机柜的顶头柜交换机。
* 机柜内使用一条服务器到顶头柜交换机的万兆以太网连接，同时实现服务器存储和实时数据通信。
* 列头柜中接入层交换机分别提供连接分布层的网路连接和 SAN 存储网络的连接。在存储设备支持万兆以太网的情况下，该方案可以演变为存储设备直接接入以太网核心的方案，从而完全实现数据以太网和 SAN 存储网络的整合。
* 分布层和核心层使用虚拟交换机技术实现分布层和核心层的整合和虚拟化，不同的虚拟交换机实现如同不同物理交换机一样的独立的功能，如独立的路由协议交换等。

在一个实际的网络虚拟化的场景下，很难使用到所有的网络虚拟化技术或者时下先进的技术。在上面的案例中，只是根据该企业用户的实际业务和 IT 需求，以及未来的发展趋势，并结合业界的最佳实践经验来进行设计。

本书是以云计算理论和技术为主，后面的章节将着重于对云计算和网络虚拟化的一些先进技术的介绍和阐述，供读者在工作和学习中参考和借鉴。对于业界应用多年的传统网络设计方法论、功能需求分析、网络技术，如网络多层架构、多层交换技术、动态路由协议等将不会提及，对此感兴趣的读者可以参考其他网络技术的专业书籍。

3.2　设备节点的整合

传统的网络虚拟化技术，如 VLAN，不能支持现有业务应用对网络，特别是对数据中心网络在复杂性和需求方面的要求。如今，随着一些新技术的出现，可以在维持网络基础架构（如分区）不变的条件下，通过简化网络拓扑结构，使用节点聚合等技术来减少（汇聚）节点数量，或者减少网络层级来解决这些问题。这些专有技术中，有些是特定的供应商提供的，但其主要驱动力还是要提供新一代动态基础架构，从而可以支持云计算服务。

3.2.1　节点聚合技术

节点聚合（或 MEC[3]）技术某种程度上类似于服务器集群技术，许多物理网络连接在逻辑上组合为单一的网络连接。这种技术方式可以使网络监控和管理较少的逻辑节点，从而可以禁用生成树（Spanning Tree）协议，聚合不同的物理交换机之间的连接。同时也可以减少风险，因为节点连接仍是冗余的，不存在单点故障。事实上，网络成为了一个逻辑上的 Hub-and-Spoke 拓扑结构，用专有的控制取代了生成树协议。

图 3-6 显示了节点聚合技术。

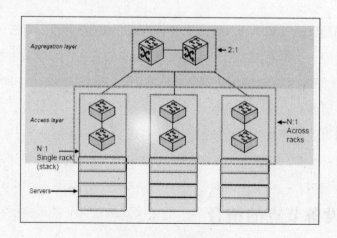

图 3-6　节点聚合技术

3　Multichassis EtherChannel（MEC），多机箱以太通道。

从技术上讲，节点聚合技术又可以分为以下两种方式。

（1）2:1 聚合

这是一种在核心层或汇聚层实现聚合的方式，提供了一个扩展背板和简化的双上联的拓扑结构。它允许双活（active/active）配置和链路聚合技术。逻辑上网络成为一个点到点的拓扑结构，因此可以禁用生成树协议。通过使用一个 Hub-and-Spoke 的拓扑结构，再通过使用 MEC 技术使网络可以使用所有可用带宽，如 Cisco 的虚拟端口通道（virtual Port Channel，vPC）。以 TRILL（Transparent Interconnection of Lots of Links）为标准基础的话，可以实现一个多厂商设备环境的透明的互联互通技术方案，该标准由 IETF 制定。

同时，这种技术也允许禁用默认网关冗余（HSRP/VRRP）功能，但同时提供相同的网络弹性和可用性水平。由于它们是共享的两个物理节点，因而在三层路由交换处理和所使用的路由表方面也得到了简化。

（2）N:1 聚合

这是一种在汇聚层或接入层实现的技术，它允许多个（尤其是顶头柜）物理交换机被视为一个交换机。这非常重要，因为它可以简化顶头柜的网络拓扑模式，在增加网络的复杂程度的情况下，依然能够使网络支持动态基础架构和云计算，并且易于管理。

N:1 聚合方式可以用来聚集在同一物理机架上堆叠起来的服务器，或者用于跨越不同的机架实现整个接入层/汇聚层的虚拟化。此外，这种聚合方式还可以减少或者去除汇聚层。更多的网络数据流量可被限制在接入层，从而大大提高网络的效率，减少网络的投入、复杂度，简化网络管理。

这种网络虚拟化的实例是许多顶头柜交换机聚合成一个顶头柜交换

机，或者多个刀片交换机作为一个单一的顶头柜交换机。在这些场景中，许多上行链路可以组合成一条汇聚的上行链路，同时提供更好的网络弹性和冗余能力。如果一条网络链路失败，网络上联的整体容量将减少，但整体的可用性仍将得以保持。

值得注意的是，经典的二层（L2）拓扑由专有的拓扑所取代。这需要技术人员有一定程度的了解，以便在设计网络时注意。这种技术很少可以在一个多厂商网络环境下通用。此外，它的实现大部分源于增加设备的运算量，这可能不适合根据容量和数据转发要求来严格设计网络的通信和计算容量以及选用产品。采用这种特定技术模式的解决方案有：Cisco 的 Virtual Blade Switch（虚拟刀片交换机）、StackWise，Nortel 的 Split Multi-Link Trunking（SMLT），以及 Juniper 的 Virtual Chassis（虚拟机箱）。

3.2.2　节点分区技术

节点分区技术可用来分割一个单一节点的资源，同时保持分离，并提供简化的安全管理。节点分区技术超越了常见的 VLAN 技术中所使用的转发和控制方式。

这种虚拟节点将节点的管理方式虚拟化，把节点的资源分隔开，并为各节点资源提供彼此的安全防护。在这种情况下，一个多租户的云计算环境，可以无须为每个租户配置专门的硬件。这项技术的另一个可能的用处与不同是提供所需的差异化的安全保障，在同一硬件上实现不同的网络区域分离，从而提高效率并减少整体节点计数。

这种模式类似于服务器虚拟化技术，在服务器虚拟化技术中，允许多个操作系统运行实例同时运行在同一硬件上。这种方法可以最大化成本投入，提高动态基础架构对业务变化的迅速反应，带来更灵活的部署方式，但它需要一个低延迟网络。

典型的部署场景是虚拟的路由器、交换机和防火墙，可以为不同的网络分区提供服务，而不必重新配置不同的网络硬件，如在数据中心网络扩展时，新的租户入住数据中心网络，而不必添加新的网络设备。因为这些虚拟的防火墙解决方案减少了对专用的串行（in-line）防火墙的需求（这一可能成为网络瓶颈的问题），尤其在网络链接速度非常高的情况下，多个串行防火墙可能影响网络的性能，因此在有些场景下（如 IDC 机房）是非常有用的。相应的解决方案有 Cisco 的 virtual Device Contex 和 Juniper 的 Virtual Router。

3.3　MPLS 交换技术

3.3.1　MPLS 技术介绍

MPLS（Multi-Protocol Label Switching，多协议标签交换）技术最初是为广域网开发应用的，但已开始在数据中心网络中使用，因为它本身可以提供诸如网络范围内的虚拟化，提高可扩展性、灵活性和对数据流进行控制。

MPLS 是一种使用 IP 网络基础结构作为底层的网络通信技术。不过，这种技术是在 90 年代中期以提高交换路由设备能力为目的时的状况，今天的 MPLS 则是作为部署在一个 IP 网络上的服务而存在的。在下一代数据中心网络中，MPLS 的三层 VPN 可以作为提供路由和外联网连接的解决方案。在 MPLS 的三层 VPN 功能的帮助下，多个不同客户或业务单位的路由表可以彼此分离，通常它已经具备并且实现了防火墙的部分功能，但防火墙体系结构设计中却没有路由的功能，而且目前也没有这种技术应用于防火墙。

根据对许多案例的研究，在网络核心部署防火墙的数据中心网络拓扑结构，会带来一个性能瓶颈。由于这样的防火墙同时肩负着大量复杂的安全规则的执行，以及执行基于策略的路由工作，因而该架构会使得业务开支急剧增加，并且影响网络系统的可用性。

互联网服务提供商还会使用 MPLS 提供二层的城域网连接，这种解决方案主要是为了取代 SDH 的接入网络，使其能够提供宽带服务，并且更具成本效益。今天的 xDSL 服务，正在从基于 ATM 的解决方案向以太网技术方案过渡，即今天的 DSLAM 设备的上行链路通常是使用百兆或千兆以太网实现连接的。千兆以太网连接更具成本效益，并且比一个基于 ATM 的 STM-4 连接要简单许多。宽带服务的成功推行，带动了新的以 MPLS 技术为基础的二层交换技术解决方案的发展。这些新的服务可分为两大类：伪线路仿真边到边（Pseudo-Wire Emulation Edge to Edge，PWE3）和二层虚拟专用网（Layer 2 Virtual Private Networks，L2VPN）。

3.3.2　MPLS 的应用实例

在实际场景中，网络上的分段和隔离可以通过在网络的分布层和核心层使用访问控制列表（ACL）、虚拟防火墙和 MPLS VPN 技术来实现。使用访问控制列表的方式非常耗费人力，容易出错，并且没有很好的可扩展性。另一方面，MPLS VPN 技术可以使网络上的分段和隔离同时具有高可扩充性和安全性。

对于简单的单层架构的数据中心网络环境，所有网络层（核心层、分布层和接入层）都在一层交换机上时，访问控制列表方式是一个可以接受的选择。但是，对于多层的数据中心网络架构，应尽量避免使用访问控制列表。

MPLS VPN 可以实现在一个很大的范围内建设三层架构并具有端到端的安全性的网络环境。虚拟路由可以使数据中心环境扩展到跨不同的非透明的和非安全的网段，每一个虚拟路由代表一条 VPN 通道。这些 VPN 通道可以根据具体的环境和要求，在网络的二层和三层上自由创建。对于那些需要二层以太网环境的数据中心，MPLS 可以通过使用 VPLS（Virtual Private LAN Service）技术来实现。

图 3-7 所示是一个使用 MPLS 作为网络分区的例子。其中，红（Red）、绿（Green）、蓝（Blue）及管理（Management）在图中的路由表中有各自的针对于不同应用数据的单独的路由表，并与图中同色的分区相配合。

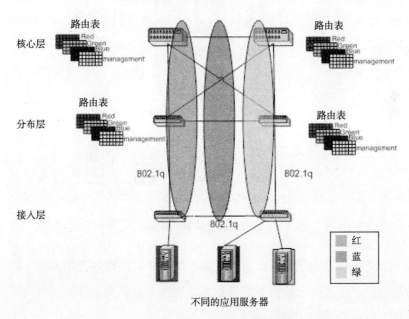

图 3-7 使用 MPLS 作为网络分区

另外一种设计选择是在分布层使用虚拟防火墙来实现。防火墙设备可以是在分布层交换机上的模板，或者是独立的连接到交换机的防火墙设备。每个安全区都可以拥有自己的虚拟防火墙。

图 3-8 所示是一个虚拟化的数据中心网络的例子。它是通过在接入层使用 VLAN 技术，在分布层使用虚拟防火墙，同时在核心层使用 MPLS VPN 技术来实现的。其中，红（Red）、绿（Green）、蓝（Blue）及管理（Management）在图中的路由表中均有各自的针对于不同应用数据的单独的路由表，并与图中同色的分区相配合。

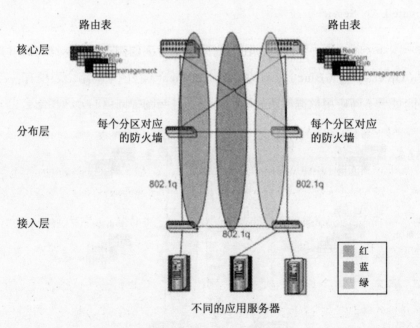

图 3-8　虚拟化的数据中心网络

企业业务增长总是要求 IT 基础设施不断扩展。经常需要增加服务器以支持新应用，而这会导致许多服务器无法得到充分利用，进而使网络管理成本增加，灵活性和可靠性降低。

前面已经提到，虚拟化可以减少服务器数量，简化服务器管理，同时明显提高服务器利用率、网络灵活性和可靠性。将多种应用整合到少量企业级服务器上即可实现这一目标。通过服务器的整合及虚拟化，数百台服务器可以减至数十台，而 10% 甚至更低的服务器利用率则将提高到 60% 或更高。IT 基础设施的灵活性、可靠性和效率也都将得到改进。

与其他任何服务器一样，虚拟化服务器也需要高性能网络连接。不同的是，采用虚拟化之后，服务器端口数量变得至关重要。例如，VMware 推荐至少需要千兆位以太网端口才能处理服务器、网络与 VMware 服务之间的流量。如果希望提高可靠性，还可使用冗余故障切换连接。

在此以 VMware ESX Server 为例。ESX 主机把自身的虚拟主机连接到一起，并采用软件的方式通过虚拟交换机（Virtual Switch，vSwitch）与外部网络相连。虚拟交换机通过模拟一个常规的物理上的以太网交换机，实现在网络数据层（二层）的数据交换。ESX 服务器可以包含多个虚拟交换机，每个可以提供 32 个内部虚拟接口给虚拟主机使用。

虚拟交换机通过 VMNIC 网卡连接到外部网络。最多 8 个 Gbit/s 以太网口或者 10 个 10/100Mbit/s 以太网口用于虚拟交换机和外部网络的连接。虚拟交换机可以绑定多个 VMNIC 卡使用，如同传统服务器中的 NIC Teaming 技术所做的那样。ESX 内部网络有时被称为虚拟网 VMnets。

虚拟交换机支持 VLAN tagging 和接口组（port group，把物理上的多个网络接口组合成逻辑上的一个接口）的方式。一个或者多个接口组可以同时存在于一个虚拟交换机上。从分布层交换机来看，802.1q trunk 在虚拟交换机中的作用可以看做像一个虚拟的 trunk 到一个物理上的接入交换机一样。

图 3-9 所示是一个使用 MPLS VPN 技术、802.1q trunk、VMware 等技术支持虚拟服务器的例子。

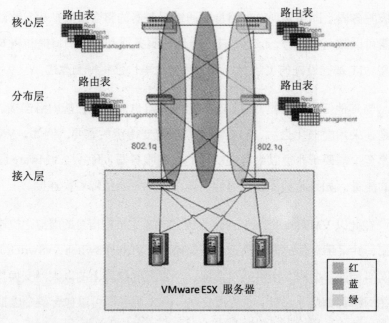

图 3-9　使用 MPLS VPN、802.1q trunk、Vmware 等技术支持虚拟服务器的实例

3.4　网络虚拟安全

云计算为云计算服务提供者提供了提高服务交付效率，简化 IT 管理，更好地调整 IT 服务，响应动态的业务需求等众多好处。目前广泛应用的主要是公共云和私有云。

虽然云计算的好处显而易见，但实施适当的安全体系结构仍然是非常必要的。在不久的将来，云计算将会把许多数据和控制转移到云计算供应商手中。云计算对于使用者和提供者都将可能存在与传统的 IT 解决方案不同或者更大的风险，即使业务和安全责任明确地落在一个或多个第三方服务提供商身上，也还是难以提供安全保障并追究责任。IBM 的做法是在战略管理风险中实现端到端的所有 IT 信息领域的安全保障，其 IT 信息安全架构如图 3-10 所示。

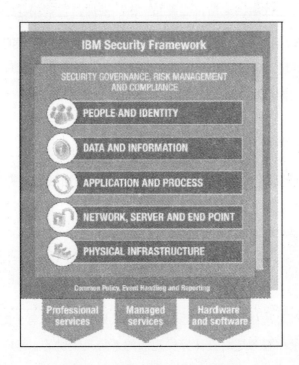

图 3-10　IBM 的 IT 信息安全架构

本节我们将具体关注该安全框架中的网络、服务器和终端设备的安全。在云计算环境中，将会涉及如下方面。

1. 多租户隔离和虚拟域信任

在共享的云环境中，客户希望确保所有租户域得到妥善隔离，没有数据或者交易从一个租户域泄露到另外一个租户域的可能性。为此，客户需要有能力来配置和管理信任虚拟域或基于策略的安全区。

2. 防止潜在威胁

令人担忧的不仅是对客户信任虚拟域的侵入，对数据的泄露，还要担心一个潜在的客户端被利用来对第三方虚拟域进行攻击。同时，业务数据和应用部署在云计算服务提供商那里，可能更使租户关注基于互联网的拒绝服务（DoS）攻击或分布式拒绝服务（DDoS）攻击所带来的潜在安全危险。在这种环境下，云计算环境中的安全防范系统和事件管理要比在一个封闭的企业内网环境中显得更为重要。

3. 治理和风险管理

使用云计算服务的租户必须在合同管理等方面做好前期的风险评估和风险控制的部署。法律部门对云计算环境在合规上的评估将成为 IT 信息安全的重要一环。

4. 加密

在云计算环境中，数据和系统软件将会跨过企业私有云的安全边界，系统软件目录和服务是由云计算供应商的系统来提供的，客户不仅希望数据和系统软件是安全的、正确的、未被篡改和未被滥用的，还期望这些数据和软件是经过加密认证和保护的。在云计算环境中，这些网络的通信是通过 IP 网络来进行的，因此网络路径应进行安全隔离和加密保护。

3.5　局域网和存储网络的整合

传统的数据中心网络（如图 3-11 所示）是一个 IP 网络和存储网络相对独立的网络架构，而这也是目前绝大多数数据中心正采用的解决方案。

随着网络技术的发展和虚拟化技术在服务器、存储系统上的不断应用，IP 网络和存储网络也在不断融合。在前面的实例介绍中，云计算网络架构采用了局域网和存储网络的解决方案（如图 3-12 所示）。这种方案是基于把服务器上的多种接口卡（网卡、存储卡、网管卡等）整合到一种 CNA（Converged Network Adapter）卡上，并使用万兆以太网作为网络连接，所有的数据通信都通过该卡连接到网络中。

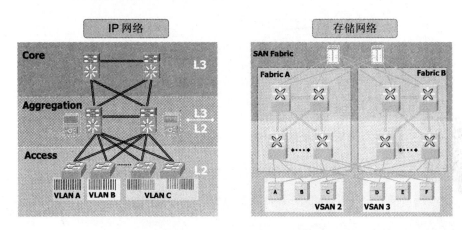

图 3-11　传统的数据中心网络

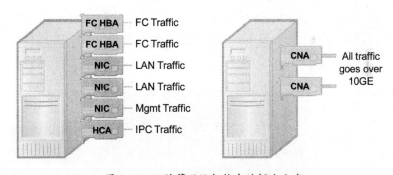

图 3-12　云计算网络架构中的解决方案

但对于绝大部分用户来讲，一次实现双网的融合是不现实的，这里牵涉到技术的成熟性，以及运维人员和运维体系的成熟度，尤其是对原有 IT 投入的兼顾。因为当前的数据中心网络大部分是采用传统的 IP 和存储双网分离的方式建设的，因此在双网融合的过程中，需要采用分步实施的方式。

第一阶段：新一代的数据中心网络通过使用 FCoE（Fiber Channel over

Ethernet）技术连接 IP 网络和存储网络，如图 3-13 所示。

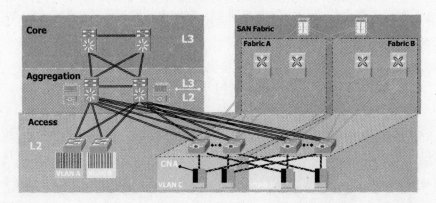

图 3-13　使用 FCoE 技术连接 IP 网络和存储网络

在这一阶段，从实际网络连接的角度看，双网在服务器接入端整合成一张网，使网络架构更加简单。但是 SAN 存储网络还是存在的。SAN 交换机通过传统的光纤连接接入到接入层以太网交换机，而存储设备，如盘阵等，依然直接接入到 SAN 交换机端。

第二阶段：实现完全的 IP、存储双网合一，将存储系统和设备直接连接到数据中心 IP 以太网中，从而不再存在独立的存储网络，如图 3-14 所示。

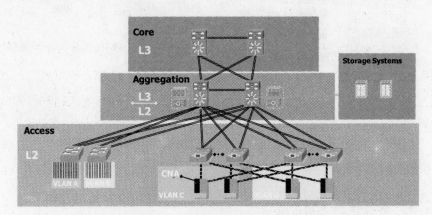

图 3-14　存储系统和设备直接连接到数据中心的 IP 以太网

在这一阶段，SAN 交换机已被以太网交换机所完全取代。存储设备直接连接汇聚层的网络交换机，实现 IP 网络和存储网络的完全整合。通过建立统一的网络架构，为使用者降低建设、管理、日常数据中心运行等方面的运营成本。

这里需要特别强调的是关于所用标准的成熟度。在过去数年里，重大的变化是在制定标准和支持单一整合光纤技术方面。整合服务器上的 I/O 设备，使存储光纤通道和以太网网络共享一个单一的、集成的板卡。在双网融合的解决方案中，一个重要的技术就是实现板卡整合的 FCoE（Fiber Channel over Ethernet）技术，它负责把存储的光纤通道数据帧打包到以太网数据帧当中。目前，多个标准化组织正在为实现协议的标准化而工作着，涉及的协议包括：

* Fibre Channel over Ethernet (FCoE)，FC-BB-5 草案。
* Priority-based Flow Control (PFC)，IEEE 802.1Qbb。
* Enhanced Transmission Selection (ETS)，IEEE 802.1Qaz。
* Congestion Notification，IEEE 802.1Qau。
* Data Center Bridging Capabilities Exchange Protocol (DCBX)，IEEE 802.1AB。

这些新的协议需要在网络和服务器端使用新的硬件和软件来实现连接。协议的初始版本目前仍在不断完善。不过，部分厂家在协议发布前就已经提供使用草案中标准的产品，希望用户在充分考虑技术支持和技术成熟度的前提下进行选择。

3.6　网络自动化部署

本节我们将尝试回答下列问题：网络只是提供在数据中心内自动化，

还是也可以参与到自动化过程？在后一种情况下，在何种程度上可以通过网络实现动态配置，哪些是现在可以做到的，哪些是未来可行的？网络在传统上被看做是支持自动化服务的数据的条件，因为它提供了可以远程访问分布式资源的能力，使用者不用到设备面前就可以访问所控制的设备并进行操作。

虚拟化技术把物理的服务器和逻辑的服务器进行了解耦，并实现动态的资源配置。智能化的管理工具使得对这些虚拟资源的管理变得越来越容易，从而可以减少人工干预，以避免失败和中断的风险。在存储系统方面，大规模自动化配置和部署一直在使用着，在足够高的机械精度下能够实现很小碎片的收集。

这些虚拟化和自动化功能，在早期由于网络和其他的一些限制而没有被利用。事实上，如今这些方面的任务仍然多通过手工执行，无论是在设备前还是通过远程执行命令行的方式。此外，一个小的网络配置的变更可能会影响到整个基础设施，因为网络设备不能被视为一个独立的元素。网络设备之间互相交流信息，并且网络问题不只是孤立地存在于一个子网，而是经常会传播到邻近的网络。网络上的故障排除和解决问题的手动流程，更像是一种艺术而不是一项可以实际操作的科学任务。这个特点限制了网络的动态配置和自动化部署。

对于网络资源的配置需要执行各种不同的任务，在动态环境下实现网络自动化配置所需要考虑的关键内容包括：现在的技术可以帮助我们做什么？有什么限制？以及在未来技术发展的情况下，可能发生什么变化？

3.6.1　网络的自动化配置需要实现的内容和功能

可以想象到的网络自动化部署需要完成下列配置元素。

- VLANID。
- 生成树。
- 端口设置（speed，duplex）。
- 三层接口。
- 路由配置。
- VRF（RT/RD）。
- 二层连接。
- 三层连接。
- 防火墙或接入控制策略。
- IPS/IDS 配置。
- 设备配置文件。

网络的自动化配置可能包括一个以上的更改/添加/删除配置命令，相应的配置还需要在连接到该设备的其他设备上进行。自动化部署同时应是可重复使用的和系统性的。然而，网络设备的配置将有所不同，因为每次为每个使用虚拟化的服务器可能使用不同的网络设置。网络自动化配置程序应该足够聪明，以反映当前的网络环境。此外，自动化配置还需要提供安全功能，如配置的回退功能。

3.6.2　现有网络的自动化配置在多厂商网络环境下实现的可能性

今天，网络自动化配置在部署多设备时都使用基本相同的方式。供应商使用专有工具，在网络设备的初始安装时，使用一些脚本编程语言，如 Perl 来实现。可以实现：

- 管理设备的操作系统版本。
- 特权用户 ID 的密码变更。
- 备份配置文件。

- 管理分布的控制列表。
- 管理 QoS 参数。
- 部署组级别的安全策略。

比较先进的工具支持网络的自动化配置，如 IBM 的 Tivoli Provisioning Manager（TPM）可以同时实现对服务器和网络的自动化配置。

一个比较先进的案例代表了当前的最佳做法。在一个数据中心外包项目中，IBM 使用了自动化配置管理工具。在这一案例中，自动化部署包括：

（1）服务器和存储配置

配置的安装和定制实现了无人看管，同时进行服务器和 vSwitch 上的配置。

（2）网络配置

网络配置和服务器的配置是分离的。在大多数情况下网络配置和自动化需要在服务器配置任务完成之前完成。因为单个厂商管理工具（如供应商的专有管理服务器）用于每种不同的网络和服务器设备，网络自动化配置不能和服务器的自动化配置同时进行。

（3）管理

所有活动都经过统一明确的管理程序批准，并记录在配置数据库内。

依据不同的场景，有不同的自动化水平。

场景一：手动方式

完成物理的网络和服务器配置活动：

- 添加更多的资源到现有的资源池，如电缆、交换机和连接等。
- 由一个客户请求触发（几个星期的准备时间）。
- 资源管理和性能监测用来与设定的阈值作比较，从而制定资源配属计划。

场景二：自动方式

服务器供应没有产生对网络配置活动的影响：

- 添加虚拟资源池的资源，如 VLAN，但没有防火墙规则。

该方案适用于现有数据中心的客户。在大多数情况下，相对于为一个客户建立全新的环境或应用程序而言，它是一个比较简单的基础设施配置任务。

- 网络参数配置（MAC 地址、VLAN 、IP 地址、2 层连接），如果需要，还可以进行服务器的配置。
- 如需要，配置资源池的工作量平衡。
- 添加、删除和改变防火墙策略。

场景三：混合方式

更复杂的活动，如配置一个新的 VLAN 段和三层链接：

- 这种情况通常是在接受新的客户或着应用程序在数据中心部署。
- 这种情况会同时包含手动和自动化的配置。
- 任何变化都可能会致使数据中心的网络配置需要手工完成。例如，增加一个新的 VLAN 或三层连接到数据中心网络。

想实现上面的三种方式，需要如下条件：

- 标准化规范化设计，包括硬件和软件的详细的网络组件设计。
- 标准化的集群服务器、存储和网络。
- 综合系统管理和网元管理。例如网络使用集中的 AAA 管理系统，像 LDAP、RADIUS 或 TACACS 系统。

在这个实际案例中，有许多自动化的配置和有益的经验教训值得借鉴。我们不能在没有规范和标准的网络和服务器设计下实现自动化配置和部署。同时，我们也不可能用一个工具来实现服务器和网络的自动化部署和管理，但工具应当隶属于集成的管理框架。

3.6.3　限制

现有的网络自动化部署解决方案具有如下的限制。

1.　有限的范围和能力

没有强大的网络设备的操作标准。SNMP 协议是基于 UDP 协议的，对于处理复杂的自动化任务不太合适。此外，MIB 的结构对于不同的供应商和 OS 版本也不同。当前的网络自动化是在一定程度的同质网络环境中实现的，往往使用自定义解决方案，从而限制了未来在已有环境中顺利地融入新的网络解决方案。

2.　服务器配置工具零碎

基于服务器的配置和自动化工具没有达到满足网络配置和自动化的水平。

3.　网络配置工具零碎

网络供应商的专有配置和自动化工具不包括服务器端的配置和自动

化功能，而且通常也不会整合作为基础设施管理框架的一部分能力。

3.6.4　未来

对于未来的网络自动化部署，我们希望网络供应商的工具可以配置服务器，并且可以集成到基础设施管理架构中，并能够最大化动态基础架构的优点。

图 3-15 展示了一个理性化的网络自动化配置系统。自动化功能使用厂商的专有配置工具，但未来开发的标准可能替代它们。NETCONF 是 IETF 所开发的一个标准网络管理协议，它公布在 RFC 4741 中。该协议提供了安装、操作和删除网络设备配置的机制。它采用以 XML 为基础的数据编码，目前很少有设备支持这种协议，所以采用这种协议在当前不太现实，但我们需要保持对它的关注。NETCONF 是目前管理软件产品的候选协议之一，不过，它为多数网络设备供应商所采用的进度似乎比预期的要慢。

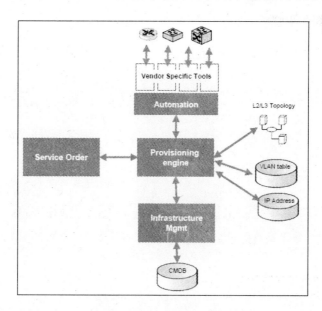

图 3-15　网络自动化配置系统

　　这方面的相关标准还有 OVF 和 Openflow，它们可以通过使用标准的、独立于厂商之外的策略，实现对特定的数据流进行隔离、重新路由和有针对性的 QoS 管理。这种网络自动化协作处理能力将在 IBM 的 NVM（Network Virtualization Manager，网络虚拟化管理器）中实现。NVM 在一个云计算环境里管理（例如配置和监控）各实体之间端到端的连接。这一系统架构目标的关键是使 NVM 作为一个云与云相连的云计算环境中的成员，在一个复杂的云计算数据中心环境中，管理私有云的网络连接。

第 4 章

云广
——无限空间

云存储（Cloud Storage）是在云计算概念上延伸和发展出来的一个新的概念。它是对现有存储方式的一种变革，即存储是一种付费的服务。云存储是为解决传统存储无法解决的问题而产生的，而不是要完全取代传统存储。

2010 年 6 月 Springboard 发布了 *China Cloud Storage Services Report*（中国云存储服务报告）。该报告显示，在未来的 5 年，中国云存储服务市场的年复合增长率将达到 103%。Springboard 认为，中国云存储服务市场将由 2009 年的 605 万美元快速增长至 2014 年的 2.0854 亿美元。报告指出，尽管每月每 GB 的存储服务价格将持续下降，但云存储市场总采购量的增长幅度将更为迅猛，这将推动云存储市场整体规模在未来 5 年内的快速上扬。

Springboard 所定义的"云存储服务"是指云存储服务供应商所提供的存储和存储相关的服务。这些服务商包括了托管服务提供商、电信运营商和云存储技术厂商。云存储服务将提供先进的文件共享和内部协作服务，其中包括数据备份、归档和远程共享，以及互联网电视（IPTV）和互联网视频安全应用（IPVS）的集中存储等不同类型的存储服务。

云存储（Cloud Storage）是在云计算概念上延伸和发展出来的一个新的概念。它是对现有存储方式的一种变革，即存储是一种付费的服务。这个概念一经提出就得到了众多厂商的支持和关注。像 Amazon 在几年前推出的 Simple Storage Service（S3）云存储产品，旨在为用户提供更强的互联网服务形式的存储功能。内容分发网络服务提供商 CDNetworks 和业界著名的云存储平台服务商 Nirvanix 则开启了一项新的合作，宣布结成战略合作伙伴关系，以提供目前业界唯一的云存储和内容传送服务集成平台。

4.1　典型应用场景分析

我们应该明确一点，云存储是为解决传统存储无法解决的问题而产生的，而不是要完全取代传统存储。存储方案的选择，要根据数据的形态、量及读写方式来做规划。每个存储方案各有其优缺点。

云存储分为块存储和文件存储两类。

其中，块存储会把单笔数据写到不同的硬盘，以获得较大的单笔读写带宽，适用于数据库或需要单笔数据快速读写的应用。其优点是单笔数据读写很快。缺点是成本较高，并且无法解决真正海量文件的储存，像 EqualLogic 和 3PAR 的产品就属于这一类。

文件存储则是基于文件级别的存储，是把一个文件放在一块硬盘上，即使文件因太大而拆分，也要放在同一块硬盘上。其缺点是对单一文件的读写会受到单一硬盘性能的限制。优点是对一个多文件、多人使用的系统，总带宽可以随着存储节点的增加而扩展，其架构可以无限制扩容，并且成本低廉，代表厂商如 Parascale。

笔者认为，云存储中最适合存放的数据是大规模非结构化的数据，因此现阶段用户主要将云存储应用于：博客、播客、个人空间、网络相册等 Web 2.0 互联网服务；企业用户的个人网络磁盘、数据共享和远程备份、容灾；电信增值业务，包括 WAP、3G 及"全球眼"等视频监控存储服务。

可以想到的是，涉及这些业务范围的公司都将是云存储的推动者。当然，随着云存储技术的发展和普及，对于用户的存储应用，云将无处不在。以下是云存储的一些典型应用场景分析。

4.1.1 个人级云存储实例

先看网络磁盘。网络磁盘是一种在线存储服务，使用者可通过 Web 访问方式来上传和下载文件，实现对个人重要数据的存储和网络备份。高级的网络磁盘可提供 Web 页面和客户端软件等两种访问方式。2002 年推出的 Xdisk 网络磁盘软件系统，就可以通过客户端软件在本地创建一个盘符为 "X" 的虚拟磁盘，实现对重要文件的存储和管理，使用方式与使用本地磁盘相同。网络磁盘的空间容量一般取决于服务商的服务策略或使用者向服务商支付的费用。目前在国内像腾讯、MSN 等很多大型网站都推出了成熟、优良的 "网盘" 服务。

再来看在线文档编辑。经过近几年的快速发展，Google 所能提供的服务早已经从当初单一的搜索引擎，扩展到了 GoogleCalendar、GoogleDocs、GoogleScholar、GooglePicasa 等多种在线应用服务。Google 一般都把这些在线的应用服务称为云计算。相比较传统的文档编辑软件，Google Docs 的出现将会使我们的使用方式和使用习惯发生巨大转变，使我们不再需要在个人 PC 上安装 Office 等软件，而只需要打开 Google Docs 网页，就可以进行文档编辑和修改（使用云计算系统），并将编辑完成的文档保存在该服务所提供的个人存储空间中（使用云存储系统）。无论我们走到哪里，都可以再次登录 Google Docs，打开保存在云存储系统中的文档。通过云存储系统的权限管理功能，还可以轻松实现文档的共享、传送以及版权管理。

最后看看在线网络游戏。近年来，网络游戏越来越受到年轻人的喜爱，《传奇》、《魔兽世界》、《武林三国》等各种不同主题和风格的游戏层出不穷，网络游戏公司使出了浑身解数来吸引玩家。但很多玩家还是会发现一个很重要的问题：由于带宽和单台服务器的性能限制，要满足成千上万个玩家同时在线，网络游戏公司就需要在全国不同地区建设很多台游戏服务器，而这些服务器上的玩家相互之间是完全隔离的，不同服务器上的玩家根本不可能在游戏中见面，更不用说一起组队来完成游戏任务。以后，我们可以通过云计算和云存储系统来构建一个庞大的、超能的游戏服务器群。对于游戏玩家来讲，这个服务器群系统就如同是一台服务器，所有玩家在一起进行竞争。云计算和云存储的应用，可以代替现有的多服务器架构，使所有玩家能集中在一个游戏服务器组的管理之下。所有玩家聚集在一起，这将会使游戏变得更加精彩，竞争变得更加激烈。同时，云计算和云存储系统的使用，还可最大限度提升游戏服务器的性能，实现更多的功能；各玩家除了不再需要下载、安装大容量的游戏程序外，更可免除需要定期进行游戏升级等麻烦。

4.1.2　企业级云存储实例

除了个人级云存储应用，企业级云存储应用也将会很快为企业所接受，并且以后可能会成为云存储应用的主力军。从目前不同行业的存储应用现状来看，以下几类系统将有可能很快进入云存储时代。

首先是企业空间租赁服务。信息化的不断发展使得各企业、单位的信息数据量呈几何曲线性增长。数据量的增长不仅意味着更多的硬件设备投入，还意味着更多的机房环境设备投入，以及运行维护成本和人力成本的增加。即使是现在，仍然有很多单位，特别是中小企业，没有资金购买独立的、私有的存储设备，更没有存储技术工程师可以有效地完成对存储设备的管理和维护。而通过高性能、大容量云存储系统，数据业务运营商和IDC 数据中心可以为这些企事业单位提供方便快捷的空间租赁服务，满足其不断增加的业务数据存储和管理服务。同时，大量专业技术人员的日常管理和维护又可以保障云存储系统运行安全，确保数据不会丢失。

其次是企业级远程数据备份和容灾。随着企业数据量的不断增加，数据的安全性要求也在不断增加。企业中的数据不仅需要有足够的空间去存储，还需要实现相应的安全备份和远程容灾。不仅要保证本地数据的安全性，还要保证当本地发生重大的灾难时，可通过远程备份或远程容灾系统进行快速恢复。通过高性能、大容量云存储系统和远程数据备份软件，数据业务运营商和 IDC 数据中心可以为所有需要远程数据备份和容灾的企事业单位提供空间租赁和备份业务租赁服务，而普通的企事业单位、中小企业则可根据需要租用这些服务，以建立自己的远程备份和容灾系统。

再就是视频监控系统。近两年，电信和网通在全国各地建设了很多不同规模的"全球眼"、"宽视界"网络视频监控系统。"全球眼"或"宽视界"系统的终极目标是建设一个类似话音网络和数据服务网络的，遍布全国的视频监控系统，为所有用户提供远程（城区内的或异地的）的实时视频监控和视频回放功能，并通过服务来收取费用。但由于受到目前城市内部和城市之间网络条件的限制，以及视频监控系统存储设备规模的限制，"全球眼"或"宽视界"一般只能在一个城市内部，甚至一个城市的某一个区县内部来建设。假设我们有一个遍布全国的云存储系统，并在这个云存储系统中内嵌视频监控平台管理软件，那么建设"全球眼"或"宽视界"系统将会变成一件非常简单的事情。系统的建设者只需要考虑摄像头和编码器等前端设备，为每一个编码器、IP 摄像头分配一个带宽足够的接入网链路。通过接入网与云存储系统连接，实时的视频图像就可以很方便地保存到云存储中，并通过视频监控平台管理软件对其进行管理和调用。用户不仅可以通过电视墙或 PC 来查看图像信号，还可以通过手机来观看远程实时图像。

4.1.3 云存储的分布和协同

就目前来说，分布或者协同的使用实例更多是由服务提供商提供的。这两种模式通常使用存储方案提供商的一种云基础架构产品，例如前面提到的 Nirvanix 或者 Bycast，还有 Mezeo、Parascale、EMC Atmos 和 Cleversafe。此外，其他像 Permabit 或 Nexsan 等传统归档和可扩展存储厂商也提供了这种专门的云产品。由此看来，服务提供商将利用并运行这些基础架构。这个领域厂商之间的分离十分活跃。Box.net 采用了一种类似于 Facebook 的协同模式，Sooner 通过其备份功能将数据自动保存到云存储中，然后基于使用需求共享或者处理这些内容。Dropbox 和 SpiderOak 也开发出了很强大的多平台备份和同步代理，可以在不影响用户操作的前提下实现同步和共享。在共享方面存在着一种加强 check in/check out 文件状态的需求，即我需要持续了解谁正在对哪些文件进行操作。

总而言之，云存储将从分散应用逐渐转向有针对性的应用实例，因为有云环境的支持，这些使用实例将更具价值且更加完善。

4.2　业界典型案例和云存储产品

在本节，我们将介绍一下现有的一些云提供商。这份列表并未完全涵盖现有的各云提供商——也无法做到这一点。这里只是简单地列出了一些重要参与者所提供的服务，读者可以把它当做一种开始指南，以确定其服务是否匹配自己的需求。

Amazon、Google 和 Nirvanix 应该算是该领域目前的权威，不过也还有许多其他的提供商，其中包括一些广为人知的名字。如：EMC 正推出一种云存储解决方案，IBM 已经具有 Blue Cloud（蓝云）、XIV、SoNAS 等许多的云存储方案选项。

4.2.1　Amazon Simple Storage Service（Amazon S3）

最为人熟知的云存储服务大约是 Amazon 的 Simple Storage Service（S3）。它是在 2006 年推出的，旨在使开发人员能够更容易地进行 Web 规模的计算。Amazon S3 提供了一个简单的 Web 服务接口,可以在任何时间从 Web 上的任意位置存储和检索任意数量的数据。它允许任何开发人员访问与 Amazon 用于运行自身的全球性 Web 站点网络同样高度可伸缩的数据存储基础设施。

Amazon 提供多个 Web 服务。本节只关注其中满足大多数系统的核心需求的基本服务:存储、计算、消息传递和数据集。通过在 Amazon 提供的可靠且经济有效的服务上构建功能,可以实现复杂的企业应用程序。这些 Web 服务本身驻留在用户环境之外的云中,具备极高的可用性。只需根据使用的资源付费,不需要提前付费。因为硬件由 Amazon 维护和服务,所以用户也不需要承担维护费用。

Amazon S3 提供一个用于数据存储和获取的 Web 服务接口。数据可以是任何类型的,可以从 Internet 上的任何地方存储和访问数据。可以在 S3 中存储任意数量的对象;存储的每个对象的大小可以从 1 B 到 5 GB。存储本身位于美国或欧盟。在创建 bucket(与操作系统中的文件夹概念相似)时,可以选择对象的存储位置。

Amazon S3 是有意利用最少的特性集构建的,其中包括以下功能:

* 读、写和删除对象,其中每个对象都包括 1B~5GB 数据。可以存储的对象数量是无限的。
* 通过为开发人员分配的唯一密钥存储和检索每个对象。
* 可以把对象创建成私有的或公共的,并且可以给特定的用户分配权限。
* 使用基于标准的 REST 和 SOAP 接口,可以与任何 Internet 开发工具包协同工作。

对于存储在 S3 中的每个对象,可以指定访问限制,可以用简单的

HTTP 请求访问对象，甚至可以让对象可通过 BitTorrent 协议下载。S3 让用户完全不必为存储空间、数据访问或数据安全性操心，甚至不必承担维护存储服务器的成本。Amazon 会确保用户文件的高可用性，并保证文件在任何时候都可以使用。Amazon 为 S3 提供的服务水平协议承诺了 99.9% 的正常运行时间，每月度量一次。

这样，Amazon S3 提供在线网络存储空间有助于使开发人员无须关心他们将在哪里存储数据，这些数据是否是安全的，当需要这些数据时是否能够访问，服务器维护成本，或者是否有足够的存储空间可用。S3 使开发人员能够将精力集中于利用数据进行创新，而每个月只需为每 GB 的存储空间支付 0.15 美元，以及为传输的每 GB 的数据支付 0.20 美元。

Amazon S3 的成功案例主要有：在线照片存储应用程序 SmugMug，它把超过 0.5 PB 的数据存储在 S3 上，由此节约的服务和存储成本接近 100 万美元；37Signals 是流行的在线项目管理软件 Basecamp 的开发商，它使用 S3 满足存储需求。

4.2.2　Google Storage for Developers

Google 是云计算的领跑者。其与微软的最大差别是，微软一直是基于自己开发出的系统平台来打造一个公用的平台，让大家运行各种软件和服务。而 Google 则开启了一个新的时代，把自己打造成面向各个设备的发布系统。这台超级网络计算机可以为任何互联网用户存储、发送大量个人信息和应用。

Google 以应用托管、企业搜索以及其他更多形式向企业开放他们的"云"。Google 还以发表学术论文的形式公开了其云计算的三大法宝：GFS、MapReduce 和 BigTable，并在美国、中国等的高校开设了云计算编程课程。

2009 年 4 月，Google 推出了 Google App Engine（Google 应用软件引擎，GAE），这种服务让开发人员可快速运行基于 Python 的应用程序。目前，Google 已经允许第三方在 Google 云计算中通过 Google App Engine 运行大型并行应用程序。

云计算系统由大量服务器组成，同时为大量用户服务，因此云计算系统采用分布式存储的方式存储数据，用冗余存储的方式保证数据的可靠性。目前谷歌公司云服务系统中广泛使用的数据存储系统是 Google 的 GFS 系统，它是由 Hadoop 团队开发的 HDFS 分布式文件系统优化而成的。

GFS 即 Google 文件系统（Google File System），是一种可扩展的分布式文件系统，如图 4-1 所示，用于大型的、分布式的、对大量数据进行访问的应用。GFS 的设计思想不同于传统的文件系统，它是针对大规模数据处理和 Google 应用特性而设计的。它运行于廉价的普通硬件上，但可以提供容错功能。它可以给大量的用户提供总体性能较高的服务。

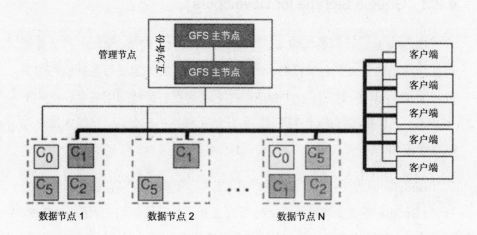

图 4-1　GFS

一个 GFS 集群由一台主服务器（master）和大量的块服务器（chunkserver）构成，并被许多客户（client）访问。主服务器存储文件系统所有的元数据，包括名字空间、访问控制信息、从文件到块的映射以及块的当前位置。它也控制系统范围的活动，如块租约（lease）管理，孤儿块的垃圾收集，以及块服务器间的块迁移。主服务器定期通过 HeartBeat 消息与每一台块服务器通信，给块服务器传递指令并收集其状态。GFS 中的文件被切分为 64 MB 的块进行冗余存储，每份数据在系统中保存 3 个以上备份。

客户与主服务器的交换只限于对元数据的操作，所有数据方面的通信都直接和块服务器联系，这大大提高了系统的效率，可防止主服务器负载过重。

云计算需要对分布的、海量的数据进行处理、分析，因此，其数据管理技术必需能够高效地管理大量的数据。谷歌的云计算系统中的数据管理技术主要是 Google 的 BT（BigTable）数据管理技术和整合 Hadoop 团队开发的开源 HBase 数据管理模块。

BT 是建立在 GFS、Scheduler、Lock Service 和 MapReduce 之上的一个大型的分布式数据库，与传统的关系数据库不同，它把所有数据都作为对象来处理，形成一个巨大的表格，用来分布存储大规模结构化数据。

Google 的很多项目都使用 BT 来存储数据，包括网页查询、Google Earth 和 Google 金融。这些应用程序对 BT 的要求各不相同：数据大小（从 URL 到网页到卫星图像）不同，反应速度不同（从后端的大批处理到实时数据服务）。对于这些不同的要求，BT 都成功地提供了灵活高效的服务。

4.2.3 Nirvanix Storage Delivery Network（SDN）

Nirvanix 使用自行开发的软件和文件系统，它们运行在位于美国两个海岸的 6 个位置的 Intel 存储服务器上，这一规模仍在不断扩大。

Nirvanix 构建了一个全球性的存储节点集群，并将其统称为 SDN（Nirvanix Storage Delivery Network），由 IMFS（ Nirvanix Internet Media File System）提供动力。它把标准的 1U 服务器转变成可被流行应用程序访问的无限容量的 NAS 文件，并直接集成到组织现有的存档和备份流程中。SDN 可以智能地在最佳的网络位置存储、递送和处理存储请求，在市场中提供最佳的用户体验。借助在多个地理节点中存储多份文件副本的能力，SDN 能为开发人员、业务和企业提供无与伦比的数据可用性。

Nirvanix CloudNAS for Linux 把 SDN 挂接为可以通过 NFS、CIFS 或 FTP 访问的虚拟驱动器。在安装后，存储管理员可以申请标准的文件、目录或访问权限，然后网络上的用户可以从其现有的应用程序或存储流程访问 Nirvanix 映射的驱动器。此外，存储管理员还可以访问健壮的 Nirvanix SDN 功能，如自主的基于策略的文件复制、规模达到 PB 的单一全球命名空间，以及位于一个或多个 Nirvanix 的全球集群式存储节点上的安全、加密的数据的存储。

CloudNAS 的好处包括以下方面：

* 较管理传统的存储解决方案节省 80%~90%的成本。
* 可消除大量的资本支出，同时允许 100%的存储利用率。
* 对集成到现有存档和备份流程中的站外存储进行加密。
* 内置有数据灾难恢复，并且自动把数据服务到地理上分散的最多三个存储节点上，可以 100%地满足服务水平协议。
* 使数据在几秒钟内可用。这与站外磁带上的数据在几小时或几天内

才可用形成了鲜明的对比。

Nirvanix CloudNAS 主要针对的是维护有存档、备份或者需要长期、安全存储的非结构化数据的存储库的公司，或者使用自动化过程把文件传输给映射的驱动器的组织。示范用例包括：采用既有备份、存储架构解决企业集中共享数据存储，并结合"磁盘-磁盘-云"云存储备份方式替换传统磁带备份方式满足企业部门长期数据归档，以及部门内所有计算机的简单备份。

4.2.4　国内运营商云存储的发展

与美国相比，国内的云计算发展虽处于起步阶段，但各大通信运营商都表现得异常活跃。

目前中国移动正在由通信专家向信息专家转型，其业务不再只是基于传统的通信模式，因为现在的互联网用户中手机上网的用户所占比例已经越来越大。据统计，2008 年手机网民的规模还是 1.1 亿，而到 2009 年的 6 月份，则已达到 1.5 亿，在网民总体中的比例也从 39.5%跃升到了 49.6%。这种激增给中移动的业务系统带来了很大的压力－－原来一个人可能一天也只是打 10 个电话，而现在一天可能要浏览上百个网站。这时传统计费方式也不适用了。比如话单查询，目前只能提供 3 个月的数据，最主要的原因就是存储容量受限制。

为此，近几年中国移动研究院启动了所谓的"大云计划"，主要研究云计算当中的一些关键技术，为中国移动云计算的基础设施建设提供支撑。其主要的目标是能够提供高性能、低成本、高可扩展以及高可靠的 IT 服务系统，并能够满足中国移动未来几年的业务增长需求。

据悉，2008 年底中国移动研究院投资建设了 256 个节点的集群系统，并且在上面部署了一些数据挖掘的工具和应用，包括并行数据挖掘、搜索引擎等，面向中国移动内部的经营分析的业务需求。在 2009 年推出了大云 0.5 的版本，主要面向中国移动内部开放；同年 12 月，建设了一个有 1024 个节点的集群环境，这个环境的建设对中移动云计算的研究以及发展提供了很大的帮助。在建设这个大规模环境时，解决了包括场地、电力、冷却、管理等一系列问题；2010 年 5 月，中国移动推出了面向公众的大云 1.0 版本，里面集成了"对象存储"技术。

对象存储是近两年才推出来的，其作用是可以存储一些非结构化数据。对象存储是因互联网业务的发展而产生的，比如说互联网的邮件系统、图片应用、视频应用等。如果这些应用用对象存储来取代传统的目录型文件系统，会更加简单方便。目前对象存储在 Amazon、Facebook 的图像存储服务中都有使用。作为一种扁平化的存储结构，对象存储比较易于使用，并且访问速度也非常快，也就是说抛弃了传统系统文件结构当中的树状结构的特点，以提升很多性能。比如客户关系管理系统，传统上是放在数据库中，每一个用户的信息都要通过表与表之间的关联来获得，数据库压力很大。如果把这些用户的信息打包存放，进行一些归并，归并完以后存到对象存储里面，将结构化数据转换成非结构化数据，则其存取速度是非常快的。

例如话单，按 5 亿用户计算，假设每个用户每个月打 20 个电话，累计一年就是近 100 亿的话单，现在的任何一个数据库都无法承受，因为数据量太过庞大，无论是大型机还是小型机，处理起来压力都很大，如果引入云存储，这些问题将是可以解决的。对象存储可以把用户所有的话单进行归并，也就是把 100 亿的问题简化成为 5 亿的问题，如果一台机器可以处理 5000 万数据量，那么用十几台就可以处理全国所有用户的话单了，投资成本也相对较低。

2009 年 9 月 22 日，中国电信上海分公司携手 EMC 推出了 "e 云"。e 云提供的服务包括家庭版和商用版。e 云家庭版只限于个人用户，商用版则针对中小企业客户。用户可以通过预先的设定，自动利用电脑空闲时间，将信息备份到上海电信的 "e 云" 数据中心，当用户遇到电脑损坏、数据破坏、误删除、在家办公、远程办公等情况时，只要通过网络连接至电信服务器，就可以在任何地方恢复任意一个时间点的数据。"e 云" 还可以把天翼 Live 等 IM 工具连接起来。目前，针对主流手机终端以及其他增值服务的开发都在进行中，到时用户可以实现单一账号式登入。这意味着，未来不论是联通用户还是移动用户，无论是通过 EVDO 还是 TD 或 WCDMA 方式传输，只要设置一个单一账号，都能接入和使用电信的云服务。

e 云项目目前的发展整体状况良好，从 2009 年 9 月正式发布到现在，e 云家庭版的注册用户数量稳步增长，并且产生了一定数量的付费用户。2009 年底，e 云服务推出了商用版，面向中小企业客户提供远程灾备中心服务，目前已经有一部分企业购买了其商用版的服务。

目前，中国联通研究院也已开展了 "互联云" 的试验。2011 年 5 月中国联通青岛云计算中心落户山东省青岛市崂山区，该中心按照五星数据中心机房标准建设，并将大规模部署云计算技术以支撑 "数字海洋" 共享信息化平台，为将青岛建设成一个蓝色经济的 "生态智慧城市" 提供坚实的信息支撑与保障，同时作为国家（青岛）通信产业园的基础配套设施，将提供拥有强大运算能力的 "弹性计算资源出租" 服务。世纪互联推出了 CloudEx 产品线，包括完整的互联网主机服务 CloudEx Computing Service，基于在线存储虚拟化的 CloudEx Storage Service，以及供个人及企业进行互联网云端备份的数据保全服务等一系列互联网云计算服务。

4.2.5 主流厂商的云存储产品

目前，诸多厂商都已推出了云存储产品。其中主流的产品及解决方案包括 IBM XIV 网格化云存储、EMC Atmos 云存储等基础架构产品和服务。

XIV 是 IBM 提供的新一代存储产品。它采用网格技术极大地提高了数据的可靠性、容量的可扩展性和系统的可管理性。XIV 是在传统的存储设备之上的升级。它具有海量存储设备+大容量文件系统+高吞吐量互联网数据访问接口+管理系统的设计特征。由于其独特的设计，XIV 天生就具备海量的存储能力与强大的可扩展性，能够满足各种 Web 2.0 应用的需求，是一款实现云存储的理想产品。

XIV 结构把中端和高端存储的特点结合在了一起。如果用户有了新的业务，或者数据快速增长，并能够预计未来业务有高速度增长，数据类型复杂，那么在这种情况下，XIV 将是用户目前合理的选择。

XIV 存储系统内置的虚拟化技术可大幅度简化管理及配置任务，瘦供给功能可改善 IT 操作，快照功能几乎可达到无限次，并可瞬间克隆数据卷，显著提升测试及访问数据库操作的速度。它的宗旨是通过消除热点与系统资源的全部占用，提供高度一致的性能。IBM XIV 存储系统能够帮助用户部署可靠、多用途、可用的信息基础结构，同时可提升存储管理、配置，以及改进的资产利用率。

可以说 XIV 这一产品具备 IBM 信息管理、保护、归档等重要职能，是 IBM 信息基础构架和存储关键的组成部分，也是 IBM 能够重新定义存储的理念的一个产品。

Atmos 是一个软硬件结合套件。其产品系列具有自动架构、自主修复和云存储的功能，主要面向媒体和娱乐公司、电信公司和 Web 2.0 网站与互联网服务提供商，旨在帮助它们建立外部云存储服务或是在内部建立基于云存储概念的内部存储云，存储容量可以扩展到 PB 级，支持数十亿的文件和对象，并提供可在全球各地访问的能力。

EMC 为 Atmos 提供了三种不同的配置，全部基于 x86 服务器并支持千兆或万兆以太网，容量分别为 120 TB、240 TB 和 360 TB。EMC 公司云基础设施部门的产品管理总监 Jon Martin 表示，"我们在一个 3U 的机架中运行 15 个 1 TB 的驱动器，你可以拆卸任何部分。"，且 Atmos 与现有的存储系统软件"根本上不同"，其大多数的管理和核心功能都内建在存储系统之中。

Atmos 主要提供了一种云存储服务，在不同地点分别存储文件副本。比如它可以免费为用户创建文件的两个副本，并存储于全球不同的数据中心，为付费用户提供 5～10 个备份，以便为全球各地用户提供较快的访问速度和较高的安全性、稳定性。在其软件部分，Atoms 包括了各类数据服务，如复制、数据压缩、重复数据删除，通过廉价的标准 x86 服务器获得数百 TB 的硬盘存储空间。EMC 表示，Atoms 拥有自动配置新的存储空间和自动调整硬件故障的能力，并允许用户使用 Web 服务协议对各类数据进行管理和读取。

ExDS9100（StorageWorks 9100 Extreme Data Storage）是惠普针对文件内容的海量可扩展存储系统。该系统结合了惠普 PolyServe 软件、BladeSystem 底盘以及刀片服务器以提高性能，还使用了被称为"块"的存储。这些"块"在同一个容器中可包含 82 个 1TB 的 SAS 驱动器。ExDS9100专为简化 PB 级数据管理而设计，其为 Web 2.0 及数字媒体公司提供的全新商业服务，包括图片共享、流媒体、视频自选节目及社交网络等大量非结构化数据的应用完全满足即时存储与管理的需要。同时可满足石油及天然气生产、安全监控及基因研究等大型企业的类似需求。

ExDS9100 是一个统一的系统,其高能效的 HP Blade System 机箱配备刀片服务器,可满足海量高性能运行的需求。解决方案的基本配备包括 4 块刀片,可扩展至 16 块刀片配置,每个单元拥有高达 12.8 个核心,性能可达 3.2 GB/s。

基本配置提供有 3 个高可用性的存储块,可提供高达 246TB 的存储容量。最高配置能支持达 10 个存储块,提供 820TB 的存储容量。

该系统采用 HP 的文件集群技术,可满足 Web 2.0 及数码环境的严格要求。为降低系统的复杂性及成本,应用程序可直接在服务器模块上运行,删除不必要的软件层。通过单一的图形管理界面,用户能够轻松管理更多的存储产品和设备。

4.3　云存储分析

前面我们从应用层面对云存储进行了介绍,下面再从技术层面进行了解。

4.3.1　云存储的结构模型

相比传统的存储设备,云存储是由网络设备、存储设备、服务器、应用软件、公用访问接口、接入网和客户端程序等多个部分组成的复杂系统。各部分以存储设备为核心,通过应用软件来对外提供数据存储和业务访问服务。

云存储系统的结构模型一般包括存储层、基础管理层、应用管理层及访问层等 4 层,如图 4-2 所示。

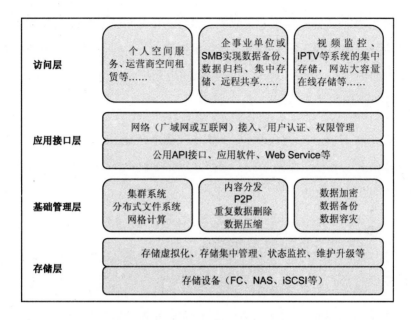

图 4-2　云存储系统的结构模型

存储层是云存储最基础的部分。存储设备可以是 FC 光纤通道存储设备，可以是 NAS 或 iSCSI 等 IP 存储设备，也可以是 SCSI 或 SAS 等 DAS 存储设备。云存储中的存储设备往往数量庞大且分布于不同地域，彼此之间通过广域网或者 FC 光纤通道网络连接在一起。存储设备之上是一个统一存储设备管理系统，可以实现存储设备的逻辑虚拟化管理、多链路冗余管理，以及硬件设备的状态监控和故障维护。

基础管理层是云存储最核心的部分，也是云存储中最难以实现的部分。基础管理层通过集群、分布式文件系统和网格计算等技术，实现云存储中多个存储设备之间的协同工作，使多个存储设备可以对外提供同一种服务，并提供更大、更强、更好的数据访问性能。通过 CDN 内容分发系统、数据加密技术保证云存储中的数据不会被未授权的用户所访问。同时，通过各种数据备份和容灾技术和措施保证云存储中的数据不会丢失，保证云存储自身的安全和稳定。

应用接口层是云存储最灵活多变的部分。不同的云存储运营单位可以根据实际业务类型，开发不同的应用服务接口，提供不同的应用服务。比如视频监控应用平台、IPTV 和视频点播应用平台、网络硬盘应用平台和远程数据备份应用平台等。

在此之上，任何一个授权用户都可以通过标准的公用应用接口来登录云存储系统，享受云存储服务。云存储运营单位不同，云存储所提供的访问类型和访问手段也不同。

4.3.2　分布式文件存储系统架构

近年来全球信息总量增长迅猛。一些新推出的磁盘阵列中已经普遍采用了 750GB 或 1TB 的 SATA 硬盘。目前已知存储密度最高的磁盘阵列可以在 4U 空间内提供高达 42TB 的存储容量，这在以前是根本无法想象的。

现有的网络存储架构，比如 SAN 或 NAS，还能够有效支撑无处不在的云计算环境吗？有人表示怀疑。其主要论据是：面对 PB 级的海量存储需求，传统的 SAN 或 NAS 在容量和性能的扩展上会存在瓶颈；而云计算这种新型的服务模式必然要求存储架构保持极低的成本，而现有的一些高端存储设备显然还不能满足这种需求。从 Google 的实践来看，它们在现有的云计算环境中并没有采用 SAN 架构，而是使用了可扩展的分布式文件系统 GFS。

分布式文件存储系统的技术构架如图 4-3 所示，文件存储系统由元数据服务器和数据服务器构成。

应用平台是与文件存储系统相关的其他系统，其中的各个应用可以通过 POSIX、NFS、CIFS、FTP 方式访问云存储系统的文件存储相关功能，或通过记录存储及检索 API 访问记录存储扩展功能。

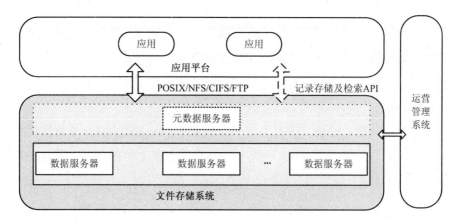

图 4-3 分布式文件存储系统技术架构

元数据服务器用于存储元数据，是一个逻辑的实体。数据服务器用于存储用户数据。分布式文件存储系统中存在多个数据服务器和元数据服务器，元数据服务器可以独立部署，也可以和数据服务器混合部署（即存在于同一物理服务器上）。

文件存储系统功能架构如图 4-4 所示。

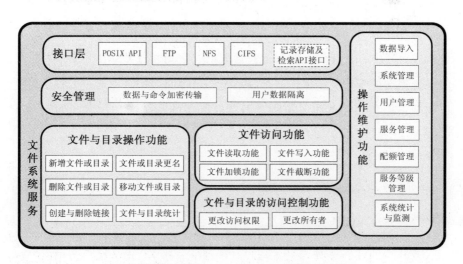

图 4-4 文件存储系统功能架构

接口层为上层的各种应用提供 POSIX API、FTP、NFS、CIFS 以及记录存储及检索 API 等接口。其中记录检索 API 接口为扩展接口，是云存储系统记录存储及检索适配功能对外服务的接口。

安全相关功能包括数据加密和数据隔离。

文件系统服务分为文件与目录操作、文件访问和文件与目录的访问控制。文件与目录操作又包括新增文件或目录、更名文件或目录、删除文件或目录、移动文件或目录、创建与删除链接，以及文件与目录的统计功能。文件访问功能包括文件的读取和写入、文件加锁与文件截断功能。文件与目录的访问控制功能包括更改文件或目录的访问权限或其所有者。

操作维护功能包括数据导入、系统管理、用户管理、服务管理、配额管理、服务等级管理、系统统计与监测。作为可选的扩展功能，对象存储可提供记录存储及检索适配相关功能。

4.3.3 云存储服务系统和构建参考

云存储服务主要由云存储系统、云存储应用以及运营管理系统等三部分构成。其中，云存储系统与运营管理系统之间通过 CSMI-1 接口实现云服务管理维护等相关流程，云存储系统与云存储应用之间通过 CSMI-2 接口实现云服务使用的相关流程。云存储服务的系统结构示意图如图 4-5 所示。

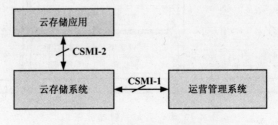

图 4-5 云存储服务系统结构示意

云存储系统提供云存储资源服务功能，包括块设备服务、文件存储服务、对象存储服务、记录存储服务和数据库表存储服务等功能，该系统负责提供可靠、安全的海量数据存储，并且支持动态扩容。云存储系统接受运营管理系统的统一管理，并为运营管理系统的统一管理提供必要的接口和功能。

云存储应用是使用云存储服务的主体，通过云存储系统的接口或 API 对数据进行存取。

运营管理系统负责对云存储系统进行管理和运营，提供用户管理、资源管理、认证鉴权和运营维护等功能。

从前面的介绍可以知道，云存储服务包含两个接口：云存储系统与运营管理系统之间的接口 CSMI-1 和云存储系统与云存储应用之间的接口 CSMI-2。

其中，云存储系统与运营管理系统之间的接口 CSMI-1 包含以下功能。

- **用户管理功能**：提供系统的用户管理，包括用户初始化、用户挂起、用户解挂和用户删除等功能。
- **资源管理功能**：提供系统的资源管理，包括用户预留存储配额、修改存储配额、删除存储内容、查询资源使用状态、设置存储服务等级和查询存储服务等级等功能。
- **认证鉴权功能**：提供认证鉴权相关功能。
- **运营维护功能**：提供系统状态的监测和控制，包括告警发布、状态监视和系统控制等功能。

云存储系统与云存储应用之间的接口 CSMI-2 则为云存储应用提供了数据存取服务功能。

存储云子系统主要完成云计算平台的数据处理与保存功能,所有管理平台、系统运行平台、各个独立的虚拟云都要依赖其存储功能来完成计算所求,它由通用的 SAN 存储设备构成。

存储云支持 FCP、GFS/NFS、iSCSI 等方式连接到服务器云计算子系统,提供灵活的可扩展的存储空间。由于采用了开放标准协议方式连接,因而具有无限可扩展性,支持按需在线增加存储设备到存储云子系统,方便于未来云计算平台的容量扩展。

在云计算平台中,可以把整个存储云子系统当作一个存储子系统加入到一个云计算数据中心,如图 4-6 所示。

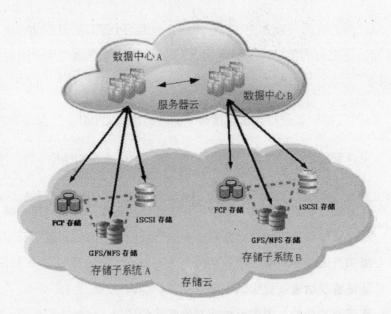

图 4-6　存储云子系统示意图

在未来的云计算扩展中,如果按区域或功能划分多个独立的云计算数据中心,存储云也可以灵活地划分成多个子存储云,分别分配给不同的云计算数据中心,以保证不同的数据中心数据的安全性与隔离性。

存储云中的数据主要分为虚拟机映像区、功能服务器模板仓库和计算数据区三个区，如图 4-7 所示。

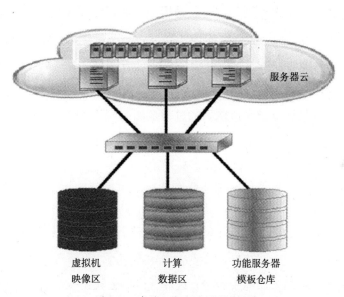

图 4-7　存储云数据分区规划图

其中，虚拟机映像区主要用来保存云计算平台中分配的虚拟机的映像数据文件。这些映像在云计算平台的数据中心内是透明且可见的，以确保云计算平台中每个运行的云都具备 FailOver（失败切换）功能和按需在线迁移功能。

功能服务器模板仓库主要用来集中保存功能服务器模板，用户可以通过云计算管理平台直接从模板库中方便选取功能模板，并在云计算平台中部署。部署后的云的映像文件放入虚拟机映像区中。

计算数据区主要用于实际应用数据存放，为实际云计算提供扩展存储功能，如作为操作系统的扩展存储文件系统、数据库数据存放系统或应用计算用数据区，构建应用 HA 共享数据区等。

　　整个存储云是为云计算平台提供数据可靠性服务的，所以其划分的合理性及可靠性至关重要。在存储云的划分上可以采用多种措施实现其可靠性要求。首先是磁盘的划分，可以采用性能最好的 RAID5+1 的方式进行划分，保证其中任意一块磁盘的损坏都不会影响整个平台的运行及数据丢失，同时 RAID5 又可保证数据在读写的时候以并行方式进行存取，从而保证最高性能。其次是链路备份，最可靠的方法是采用双链路方式进行连接，配备两个光纤存储交换机，通过服务器的两块 HBA 卡分别连接不同的交换机，同时通过 Red Hat Enterprise Linux Server 系统设置 MultiPath 多路径方式。这样，每个链路的失效都不会中断通信，从而可保证存储及数据的可靠性。

　　在云计算平台中，存储云的加入是由云平台维护系统管理员执行的。完成对云计算平台中的数据中心划分后，通过云计算管理平台就可以将存储云子系统加入到云计算平台中，选择标准的连接协议后，云计算平台会自动发现存储，系统管理员选择自己需要的存储区域（已完成基本分区及文件系统的划分与格式化），将其加入到数据中心就变成云计算平台可用的存储云系统了。

4.3.4　云存储的发展趋势

　　市场研究公司 Springboard 发表的一份报告显示，中国的交通运输业、制造业以及公共事业等客户对于云存储服务有高潜在需求，如图 4-8 所示。Springboard 大中华区高级分析师曹宇钦（Gene Cao）指出："云存储服务将吸引运输部门的客户，以便于其处理多区域多行业客户。公共事业以及能源业客户将会在政府政策鼓励下逐渐采用云存储服务。云存储服务将为其提供充足的存储技术支持，并为其降低现场部署存储和维护成本。对于制造业，云存储服务将为客户提供最新存储技术和与现有应用程序无缝连接的存储能力。制造行业客户，尤其是那些尚不具有成熟数据中心并已花费高昂 IT 成本用于维护生产系统管理的客户，将对云存储服务具有高潜在的需求。"

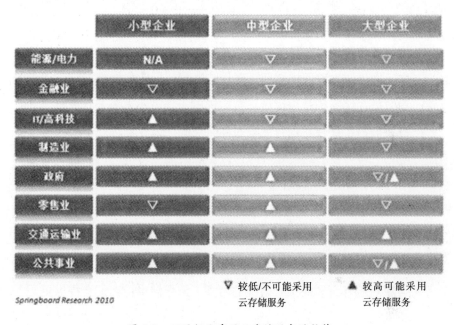

	小型企业	中型企业	大型企业
能源/电力	N/A	▽	▽
金融业	▽	▽	▽
IT/高科技	▲	▽	▽
制造业	▲	▲	▽
政府	▲	▲	▽/▲
零售业	▽	▲	▲
交通运输业	▲	▲	▲
公共事业	▲	▲	▽/▲

Springboard Research 2010

▽ 较低/不可能采用云存储服务　　▲ 较高可能采用云存储服务

图 4-8　不同行业采用云存储服务的趋势

　　云数据存储正受到越来越多的青睐，但是许多公司还没有搭上云存储这班时尚列车。最近来自福瑞斯特科技顾问公司的一份"企业及中小企业硬件信息调查"表明，有关云环境中的存储理念还处于初级阶段。该问卷调查中涵盖了涉及公司有关主机存储规划方面的问题。结果显示：有 86% 的参与调查的公司表示，他们还没有任何有关主机云存储的计划；而仅有约 10% 的公司表示，他们已经或者在未来一年左右的时间里会开始对这项提议进行规划。

　　一般来说，在通常欠缺成本预算和 IT 员工的中小企业环境下使用云存储有着更为明显的优势。就此说来，在中小企业环境下使用云存储的优势包括以下几个方面：

- **云存储的使用相对便利**。云环境下的数据存储是非常便捷的。因为数据不再存放在本地，可减轻大多数（虽然不是全部）和存储维护相关的工作负担。

- **维护工作量低**。一旦系统上线，用户端几乎不需要做任何的维护操作。你仍像之前那样需要管理用户账号，但比如像维护阵列或者查看数据存储系统是否运行正常这样的工作就不再需要你来做。

- **有良好的扩展性**。划分更多的存储空间在云存储环境下就和打一通电话一样方便。这就是说你可以免除过剩生产能力的困扰，随时扩展你的存储空间容量。

- **更好的安全性**。云存储一旦经过了正常的配置，其安全性就和将数据存放在本地一样。将数据存放在远端的云上，可以抵御本地发生例如火灾、洪水或者数据被恶意删除这样的情况。安全性的提高包含了对所有可能的预防情况的考虑。云存储供应商们会提供更为安全的通信过程，例如在存储过程中使用 SSL 协议对需要存储的数据进行数据加密。用户需要确保的是，对访问云存储的密码和访问权限进行妥善管理。

　　云存储在数据存储领域尚未占到主导作用的部分原因是这个概念相对比较新。此外，许多用户关于云存储技术在成本和技术方面有所顾虑。就目前而言，许多供应商都提供了不同程度的云存储服务，比如 Amazon、Iron Mountain 以及 Nirvanix 公司。其中像 Amazon 这样的公司是专注于中小企业环境（SMB）下云存储领域的。其他的一些，比如 Nirvanix，则更倾向于中型或者大型规模的用户。

4.4　IBM SoNAS 云存储方案

4.4.1　SoNAS 云存储应用场景

在今天的智慧地球时代，企业需要满足客户不断变化的新需求，并以快速的市场节奏运营。许多来自于电信业、石油/天然气业、数字媒体/娱乐业、生命科学/医疗行业，以及 Web 2.0、金融分析和 CAE 应用的企业，正面临文件和数据量的指数级增长，以及用户对数据的全天候访问要求。对此，现有的文件存储基础架构显得有些力不从心：系统管理复杂，系统成本、运营成本不断上升，存储设施面临着多重挑战。

首先是**非结构化数据快速增长**。非结构化数据包括邮件、图片、影像、网页等；而结构化数据主要指在数据库，如 IBM DB2，存储的信息。随着互联网和物联网等的大规模流行，非结构化数据也将快速增长。

其次是**存在多个存储孤岛**。现有多台独立运行的文件服务器或 NAS 设备形成存储孤岛，各部门间不能实现信息共享，存储系统的利用率低下。此外，系统管理员需要管理多个文件系统，最终用户也必须拥有访问众多不同文件系统的权限。管理工作极其费时耗力，同时还需要消耗大量软硬件资源。

再就是**扩展能力不足**。对业务支撑缺乏灵活度，不能进行灵活的扩展以满足快速变化的业务需求，确保数据可用及业务连续；因缺乏可扩展性或大规模文件处理能力，导致出现性能瓶颈。

简而言之，企业面临的挑战是如何确保信息始终可用，并易于全天候访问。而应对这些挑战的解决方案可能需要具备以下特性：允许在单一视图下访问遍布全球的信息的全局命名空间；高度自动化和简化的 IT 操作；可随时管理动态的业务需求，响应业务变化；增强的数据共享与协作；可保护战略性信息资产；符合法规和安全性要求；可适应存储快速增长的卓越可扩展性。

IBM SoNAS 正是为此而设计，它可以帮助企业建立单一、可扩展、可保存企业所有文件及数据的企业档案库。

4.4.2　SoNAS 方案概述

与分散的存储孤岛相比，SoNAS 可以更加高效地满足应用程序的文件请求。目前，多个大型在线门户网站已经开始利用 SoNAS 来支持其电子邮件、多媒体存储和 Web 内容服务。为使 IT 服务更加密切适应业务目标，企业需要做出很多的计划和努力，这其中的第一个步骤就是整合分散的资源，使整合后的系统数量更少但更具可扩展性。IBM SoNAS 通过将数据集中至单一的命名空间/文件系统，并简化与保存、移动和访问文件相关的管理任务来支持整合。

为符合企业管理或法规要求，企业需要保留大量邮件、图片、音频、视频等非结构化数据。对于这类企业来说，目前的 NAS 解决方案是一种既复杂又昂贵的方式，NAS 技术局限于每个命名空间或一个文件系统以管理不同的文件管理器，因扩展能力有限带来了极高的复杂性和不必要的开支。

如图 4-9 所示，IBM SoNAS 通过提供一个全局命名空间，允许基础架构存储容量从 TB 级扩展至 PB 级，从而能够支持大容量的非结构化数据。该方案支持多种标准网络协议，包括 CIFS、NFS、SCP、HTTP 和 FTP。

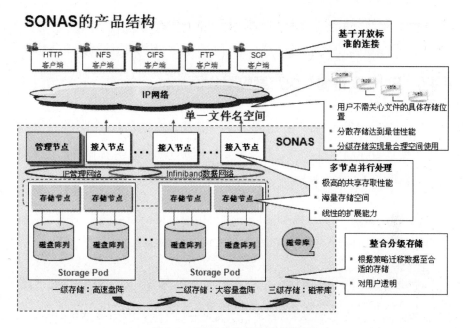

图 4-9　SoNAS 的整体技术架构

SoNAS 全局命名空间可使管理自动化。借助其所包含的基于策略的迁移工具可实现自动数据分层和方便设立近线数据归档的存储池，亦可实现快速搜索、备份和还原。此外，该方案还具有安全性、智能负载均衡、动态精简配置、地理分布、性能优化和高级复制等数据管理功能。

IBM 将 SoNAS 设计为利用高性能扫描引擎以高速率扫描规模极大的文件系统。其先进架构能将您的文件空间虚拟化并整合为单一的、涵盖整个企业的文件系统，从而降低您的总体拥有成本。通过采用 SoNAS 来整合和管理企业数据，能够避免管理大量分散存储系统时经常出现的问题。SoNAS 高度可扩展，可以帮助节省空间，从而降低资本支出并提高运营效率。

SoNAS 可以提高存储资源利用率，降低管理多个存储组件的劳动力成本，降低系统复杂度，从而提高可用性和存取简便性，最大限度地避免故障停机，并且通过动态节点和存储容量扩展功能来优化性能。

4.4.3　SoNAS 存储解决方案应用分析

全球存储容量正在以每 18 个月翻一番的速度增长。因此，企业用户不仅需要节省存储数据成本，而且需要快速定位数据，并提供即时的无处不在的访问。

但传统 NAS 存储设备却难以应付日益逼近的海量数据存储需求，究其原因，主要是传统 NAS 设备存在以下三个不利因素。

一是存储空间利用率低，平均利用率小于 50%。因为每个 NAS 引擎拥有各自独立的存储空间，引擎资源利用率不高，相互之间无法共享，会影响系统进行海量数据存储时的效率。

二是扩展性差。单套设备固定都是单/双机头架构，导致系统扩展性差，只能通过增加多套设备提升性能。但多套设备不能共享存储资源，于是又会导致数据的多份拷贝共存，难以保证一致性。

三是管理复杂，费用高。许多组织或企业有上百台文件服务器或 NAS 设备，由于每台存储设备相对孤立，因此运行和管理费用随着文件服务器的增加而线性增长。

因此，支持存储容量在线扩展的集群 NAS 系统日益获得市场关注，不仅仅是 IBM，惠普、EMC、NetApp、华为赛门铁克等厂商也都推出了自己的集群 NAS 系统。

对于集群存储产品的实际能力的评估，主要通过其容量及性能的伸缩能力、可访问性、可用性和使用的难易程度等方面来考核。而 SoNAS 的这些指标都表现出色。

SoNAS 的硬件架构很简洁，仅包括管理节点、端口节点和存储节点三种部件，内部数据私有网络可选 36 口或 96 口高速延时 Infiniband 交换机集群，对外则是万兆端口。在节点扩展上，SoNAS 的对外交互节点最高可扩展至 30 个。在存储的扩展上，存储池可为 1 ~ 30 个，每个可包含 60 ~ 240 块磁盘，最大可达到 7200 块磁盘，如果每块磁盘容量为 2TB，则最大容量可达 14.4PB 裸容量。目前 SoNAS 只支持 SAS 和 SATA 盘（将来很快也会支持 SSD 盘），分别采用 RAID 5 和 RAID 6 保护。

值得一提的是，SoNAS 的文件系统采用的是 IBM 原本用于高性能计算环境的 GPFS（General Parallel File System，通用并行文件系统）。GPFS 起源于 IBM SP 系统上使用的虚拟共享磁盘技术（VSD），它提供的文件系统操作服务可以支持并行应用和串行应用，允许任何节点（这些节点属于同一个节点组）上的并行应用同时访问同一个文件或者不同的文件。GPFS 文件系统已经发布 13 年，在全球已经安装了几千套（上万个节点），非常成熟稳定。

同时，SoNAS 支持由策略驱动的自动分层存储。允许企业预先定义数据存放在哪儿，何时创建数据，何时将数据在分级存储体系中进行转移，在哪里存储灾备数据，以及何时将这些数据最终删除等。数据迁移工作通过后台的 Infiniband 交换机完成，对前端业务没有任何影响。

此外，对具有分支机构，拥有 2 ~ 3 个数据中心的企业用户来说，SoNAS 的三地数据复制功能很实用。和传统 NAS 远程镜像不同的是，SoNAS 系统在远程复制时，会首先通过哈希算法进行处理，只有增量改变部分才会被复制到远程站点，在处理海量数据存储时能够明显减轻远程读取数据造成的网络压力。

第 5 章

云保
——安全未来

以云计算为基础的安全应用将会对安全行业产生戏剧性的影响，原因是多种云计算服务在多个安全领域的运用将比现在高出三倍。云计算将使安全控制措施和功能以新的方式、由新型的服务商提供，这也会帮助企业使用节省成本的安全技术和技能。

　　云计算的安全问题，一直是业界争议的焦点和热点。

　　最明显的是，从来自各方面的调查和统计都可以看到，目前云计算所遭受的质疑声中最大的挑战就是安全。例如行业人士认为，云计算将导致极高的用户信息滥用和泄露风险。用户资料存储、处理、网络传输等都和云计算系统有关，一旦发生关键信息丢失和窃取事件，对于云计算服务商而言无疑是致命的。同时，服务可用性威胁也不可忽略，在云计算时代，用户的数据和业务应用都处于云计算系统中，这就对其服务连续性、SLA和 IT 流程、安全策略、事件处理、应急响应等提出了挑战。黑客攻击威胁也是云计算面临的巨大安全挑战之一。由于在云端上，用户的数据高度集中，无疑将吸引到黑客的热情，容易成为黑客的重点攻击目标。此外，法律风险也是企业采用云计算不得不考虑的因素，云计算应用信息流动性大、地域性弱，信息服务或用户数据可能分布在不同地区甚至国家，在政府信息安全监管、行业规范等方面可能存在诸多不确定因素而导致各类纠纷发生。云计算风险类别如图 5-1 所示。

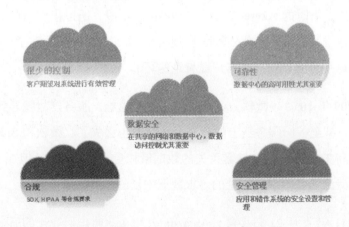

图 5-1　云计算风险类别

　　事实上，在云计算快速推进的过程中，安全故障也的确屡有发生，包括 Amazon、Google、微软等都没能幸免，例如：

2009 年 2 月 24 日，Google 的 Gmail 电子邮箱爆发全球性故障，服务中断时间长达 4 小时。Google 给出的解释是：在位于欧洲的数据中心例行性维护之时，有些新的程序代码（会试图把地理相近的数据集中于所有人身上）有些副作用，导致欧洲另一个资料中心过载，于是连锁效应扩及其他数据中心接口，最终酿成全球性的断线，导致其他数据中心也无法正常工作。事件过去数日之后，Google 宣布针对这一事件向企业、政府机构和其他付费 Google Apps Premier Edition 客户提供 15 天免费服务，补偿服务中断给客户造成的损失，每人合计 2.05 美元。2010 年 2 月 25 日，由于一个备份数据中心发生故障，Google 应用开发者服务 Google App Engine（Google 应用引擎）宕机，对很多 Google 客户造成了影响。

2009 年 3 月 17 日，微软的云计算平台 Azure 停止运行约 22 个小时。虽然微软没有给出详细的故障原因，但有业内人士分析，Azure 平台的这次宕机与其中心处理和存储设备故障有关。Azure 平台的宕机可能引发微软客户对该云计算机服务平台的安全担忧，也暴露了云计算的一个巨大隐患。不过，当时的 Azure 尚处于"预测试"阶段，所以出现一些类似问题也可以接受。提前暴露的安全问题，也给微软的 Azure 团队敲了一次警钟，在云计算平台上，安全是客户最看重的环节。

2009 年 10 月，微软云计算又遭遇类似尴尬，服务器故障导致用户数据丢失，甚至备份服务器上的用户个人数据也丢失了。微软和 Sidekick 手机运营商 T-Mobile 均未披露丢失的数据量和受影响用户数，但在 Sidekick 手机支持论坛上出现了大量的寻求数据恢复的求助帖子。

2011 年 4 月 21 日凌晨，Amazon 公司在北弗吉尼亚州的云计算中心宕机，这导致包括回答服务 Quora，新闻服务 Reddit、Hootsuite 和位置跟踪服务 FourSquare 在内的一些网站受到了影响。这些网站都依靠 Amazon 的这个云计算中心提供服务。Quora 网站周四上午和下午在英国都无法访问。该网站完全由 Amazon 的 EC2（弹性云计算）服务托管，就像 FourSquare 和许多其他网站一样。受其影响，Hootsuite 网站的响应速度很慢，而 Reddit 网站的搜索服务不能使用。根据分析，Amazon 的云计算状态网页显示故障发生在北弗吉尼亚州的云计算中心。

分析人士称，北弗吉尼亚州云计算中心是 Amazon 经营的许多云计算中心之一，按照常规，系统设计之初应用会考虑一个中心宕机不会中断其他的云计算中心，也不会影响使用那个服务的用户。而此次，Amazon 云计算中心没有绕过北弗吉尼亚州云计算中心的故障把工作量转移到许多其他的云计算中心，因而令人生疑。服务器宕机，这在人们预想当中，没有那么严重。最简单的，双机热备，一台服务器宕机，另外一台服务器在短时间内可以启动，并不会影响用户的服务。但是，Amazon 的云计算中心这次不同，宕机影响了许多用户的正常云服务，而且引起用户服务中断的，还是 Amazon 引以为傲的弹性云，这对于云计算服务商刚刚建立起来的信任，绝对是一次沉重的打击。

2011 年 4 月 30 日，Amazon 为宕机事件向用户发表了 5700 多字的道歉信，声称公司已经知道漏洞和设计缺陷之所在，并希望通过修复那些漏洞和缺陷提高 EC2 的竞争力。Amazon 已经对 EC2 作了一些修复和调整，并打算在未来几周里扩大部署，以便对所有的服务进行改善，避免类似的事件再度出现。在赔偿方面，Amazon 表示，将向在此次故障中受到影响的用户提供 10 天服务的点数（Credit），这些点数将自动充值到受影响的用户账号当中。但是，对于以后如何避免出现类似事件，并没有提到任何法律上的保证。

在云计算服务推出之时，很多人曾乐观地估计，云计算将颠覆信息科技的现有全部社会形态，使世界彻底走向“网络就是计算机”的美好时代。因为未来所有的应用和个人数据（包括图片、视频、文档和电子邮件）都将被存储于远程服务器中，用户只要很少的投入就可以得到按需分配的存储资源。而这些安全事件的出现，加深了人们对云计算安全的担忧。富有远见的安全专家已经指出：云计算的广泛运用需要向云计算架构中加入更强大的安全措施以确保其安全性，否则，云计算机中存储的数据量及处理量不仅将无法控制，而且将对用户的数据及与数据有关的人构成安全和隐私风险，一旦云计算已成为各行业高度依赖的基础环境，则任何安全事故的发生都将产生无法估量的灾难性后果。

5.1 云计算环境下的安全问题分析

对于如何看待云计算环境下的安全问题，安全业界仍然存在一定分歧，不过通常还是认为可从云计算及服务的特点来进行分析，如：

（1）**虚拟化问题**。虚拟化技术为云计算的平台提供了资源灵活配置，同时，也为云计算带来了安全问题。例如，若主机出现问题，所有虚拟机都会有问题，此时客户端/服务器有可能被攻克。此外，若虚拟网络出现故障，客户端也随之被损害。再次，客户端和主机之间的共享可能被不法分子利用漏洞获取，数据安全得不到保障。

（2）**开放性问题**。客户端数据的存储、处理及网络传输等都和云计算系统有密切联系。为保证云计算服务的灵活性和通用性，云计算系统为用户提供了开放的访问接口。而云端存放着大量重要数据，只要利用其开放性攻击云系统，就可能得到大量需要的数据，若云系统被成功攻击，则会带来重大的数据安全威胁。

（3）**服务性问题**。不仅要保证客户端数据的高可用性和服务商的云平台服务、SLA 及 IT 流程、安全策略、事件处理及分析服务的连续性，同时云计算系统也需要为客户端提供容错备份服务，而且各类软件本身还可能存在漏洞等问题，因而如何使云计算服务不中断且在系统发生故障时能够快速恢复客户端数据也是云计算系统安全性问题的一个挑战。

（4）法律性问题。由于云计算系统的应用地域性较弱、数据流动性较大，云计算服务或客户端数据可能跨区域，甚至延伸到不同的国家，而在政府的信息安全监管等方面可能还存在着各种各样的法律差异和纠纷，同时由于虚拟化、数据共享等技术而引起的客户端之间物理区域模糊所可能导致的司法问题也是不可忽视的。

2008 年美国知名市场研究公司 Gartner 发布的一份研究报告称，虽然云计算产业具有巨大市场增长前景，但对于使用这项服务的企业用户来说，他们应该意识到，云计算服务存在着 7 大潜在安全风险，即：

1. 优先访问权风险

一般来说，企业数据都有其机密性。但这些企业把数据交给云计算服务商后，具有数据优先访问权的并不是相应企业，而是云计算服务商。如此一来，就不能排除企业数据被泄露出去的可能性。Gartner 为此向企业用户提出建议，在选择使用云计算服务之前，应要求服务商提供其 IT 管理员及其他员工的相关信息，从而把数据泄露的风险降至最低。

2. 管理权限风险

虽然企业用户把数据交给云计算服务商托管，但数据安全及整合等事宜，最终仍将由企业自身负责。传统服务提供商一般会由外部机构来进行审计或进行安全认证。但如果云计算服务商拒绝这样做，则意味着企业客户无法对被托管数据加以有效利用。

3. 数据处所风险

当企业客户使用云计算服务时，他们并不清楚自己的数据被放置在哪台服务器上，甚至根本不了解这台服务器放置在哪个国家。出于数据安全方面的考虑，企业用户在选择使用云计算服务之前，应事先向云计算服务商了解：这些服务商是否从属于服务器放置地所在国的司法管辖；在这些国家展开调查时，云计算服务商是否有权拒绝提交所托管数据。

4. 数据隔离风险

在云计算服务平台中，大量企业用户的数据处于共享环境下，即使采用数据加密方式，也不能保证做到万无一失。Gartner 认为，解决该问题的最佳方案是，将自己的数据与其他企业用户的数据隔离开来。但在目前，这是违反云计算的优势和意义的，所以 Gartner 报告也称："数据加密在很多情况下并不有效，而且数据加密后，又将降低数据使用的效率。"

5. 数据恢复风险

即使企业用户了解自己的数据被放置到哪台服务器上，也得要求服务商作出承诺，必须对所托管数据进行备份，以防止出现重大事故时企业用户的数据无法得到恢复。Gartner 建议，企业用户不但须了解服务商是否具有数据恢复的能力，而且还必须知道服务商能在多长时间内完成数据恢复。

6. 调查支持风险

通常情况下，如果企业用户试图展开违法活动调查，云计算服务商肯定不会配合，这当然合情合理。实际上，即使企业用户只是想通过合法方式收集一些数据，云计算服务商也未必愿意提供，原因是云计算平台涉及多家用户的数据，在一些数据查询过程中，可能会牵涉到云计算服务商的数据中心。如此一来，如果企业用户本身也是服务企业，当自己需要向其他用户提供数据收集服务时，则无法求助于云计算服务商。

7. 长期发展风险

如果企业用户选定了某家云计算服务商，最理想的状态是：这家服务商能够一直平稳发展，而不会破产或被大型公司收购。其理由很简单：如果云计算服务商破产或被他人收购，企业客户既有服务将被中断或变得不稳定。Gartner 建议，在选择云计算服务商之前，应把长期发展风险因素考虑在内。

业界注意到，其实 Gartner 列出的 7 大风险中，有的已经发生。例如第三大风险的数据位置中，Gartner 认为，在使用云计算服务时，用户并不清楚自己的数据储存在哪里，用户甚至不知道数据位于哪个国家。用户应当询问服务提供商数据是否存储在专门管辖的位置，以及他们是否遵循当地的隐私协议。例如法国政府曾颁布法令禁止政府官员使用黑莓，因为保存黑莓信息的服务器位于美国、英国和加拿大，在某些情况下，那可能会给法国政府造成威胁，比如国家安全署或者联邦调查局可能会窃取其中的数据。小国家和公司在将敏感数据储存到那些服务器和应用之前，应认真考虑好其中的问题。

同样在长期生存性方面，Gartner 认为，理想情况下，云计算提供商将不会破产或是被大公司收购。但是用户仍需要确认，在发生这类问题的情况下，自己的数据会不会受到影响。用户需要询问服务提供商如何拿回自己的数据，以及拿回的数据是否能够被导入到替代的应用程序中。用户有理由需要考虑，互联网应用的发展速度和竞争的残酷性，至少可能会使小规模的提供云计算服务的公司或企业在未来被整合或破产。

也许云计算发展下的未来会出现如"计算机之父"——IBM 创始人托马斯·约翰·沃森所预测的：这个世界未来只需要几台电脑——今天它们可能分别是苹果、IBM、Google、Amazon 和微软。如果真是这样的话，目前打算依靠其他云计算提供商提供服务的用户就应该有所规划和准备了。

笔者认为，云计算的安全的核心相对于传统的信息安全，目前还没有出现革命性的颠覆，最大的变化在于安全的重要性无论从基础架构到应用，相对传统安全在 IT 架构中的比重将大幅度提高，这是因为传统的基于可见边界为中心的安全导向将遭遇重大的挑战。在云计算环境下，安全将与企业业务全面融合和相互渗透，因此安全的复杂性将变得非常突出。

从 IBM Security Framework 来看，云计算的安全需求与传统安全需求并无特别重大的差异，但会与云的属性与应用紧密相关，在边界安全需求相对模糊的情况下，云计算的安全在侧重点上与传统安全有差异。此外，就是从云的用户体验上需要强调更少的控制和更加自动化的安全流程。如图 5-2 所示。

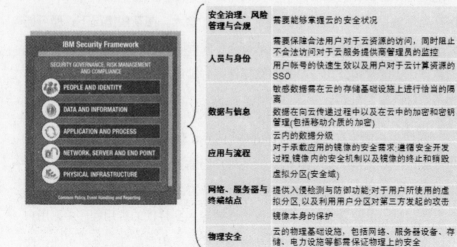

图 5-2　用 IBM Security Framework 分析云的安全需求

在国内，业界也有声音认为"云计算安全"是另外一种屠龙术，挂羊头卖狗肉。从宏观层面来说，和传统安全没什么变化，还是网络策略、代码实现安全、数据保护等。所谓云时代安全的特征，他们认为只有两个，一个是在云中需要执行用户代码的时候，比较注重虚拟机技术及各类 sandbox 技术，另一个就是用户数据的保护。不过这些技术，都没有突破传统安全技术的范畴。局部有创新，总体没改变。会有些变化的领域，应该是"基于云计算的服务安全"，上层应用会带来各种各样的多变性。所以基于云服务的安全怎么做，才是真正需要创新和定制化的地方。

也许正是云计算可靠性和安全性的软肋或争议，延缓了云计算的应用和普及。企业转向云计算的速度之慢也已引起了业内的担忧。对此，Google 企业服务副总裁 Dave Girouard 就曾经表示，这样下去市场将会枯竭。现在中国市场上的云计算项目，也主要是以如桌面云、测试云和存储云等私有云为主，而鲜有大规模的企业级公有云应用，这也从一个侧面反映了广大用户对于云计算中的安全问题的顾虑。

面对上述错综复杂的云计算环境下的安全问题，我们究竟该如何应对呢？

5.2　云计算服务的安全风险控制策略

不同的云环境有不同的风险，如图 5-3 所示。

IBM 的安全实践认为：所谓安全，就是不断控制和降低风险，最终使残余的风险可被接受的过程。因此，为了更好地消除上述分析的云计算环境下潜在的安全风险，让更多用户享受到云计算服务的优点，在选择云计算服务时对于安全风险的最基本控制包括：一方面要根据自身的业务需要，在云计算环境中建立风险可控的业务模型和必要的技术手段；另一方面需要和云计算服务商建立规范的条款来规避风险，包括要求企业和云计算服务商之间的数据传输通道进行加密传输，要求云计算服务商承诺数据存储位置的安全性，以及和其他企业数据之间的加密隔离，同时和云计算服务商签订 SLA 服务质量保证协议，明确云计算服务商要具备数据恢复的能力并定义清楚数据恢复的时间限制等。

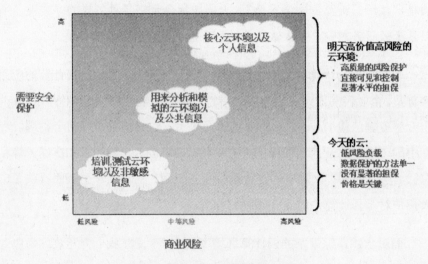

图 5-3　不同的云环境有不同的风险

由于事实上，在云计算服务商建设资源高度整合的云计算中心时，安全更多是作为一种服务提供给云计算客户，也即大家常说的 SaaS（安全即服务）。在 SaaS 建设思路的指引下，云计算中心的安全建设模型和传统的企业安全防护思路存在非常明显的差异，归结起来主要有以下几个方面：

1. 流量模型的转变：从分散走向高度集中，设备性能面临压力

传统的企业流量模型相对比较简单，各种应用基准流量及突发流量有规律可循，即使对较大型的数据中心，仍然可以根据 Web 应用服务器的重要程度进行有针对性的防护，对安全设备的处理能力没有太高的要求；而

在云计算环境下，服务商建设的云计算中心，同类型存储服务器的规模以万为单位进行扩展，并且基于统一基础架构的网络进行承载，无法实现分而治之，因此对安全设备提出了很高的性能要求。

2. 虚拟化要求：安全作为一种服务（SaaS），如何实现虚拟化交付

基于存储资源和服务器资源的高度整合，云计算服务商在向客户提供各项服务的时候，存储计算资源的按需分配、数据之间的安全隔离成为基础要求，这也是虚拟化成为云计算中心关键技术的原因。在这种情况下，安全设备如何适应云计算中心基础网络架构和应用服务的虚拟化，实现基础架构和安全的统一虚拟交付，是云计算环境下安全建设关注的重点。

3. 安全边界消失：云计算环境下的安全部署边界在哪里

在传统安全防护中，很重要的一个原则是基于边界的安全隔离和访问控制，并且强调针对不同的安全区域设置有差异化的安全防护策略，在很大程度上依赖各区域之间明显清晰的区域边界；而在云计算环境下，存储和计算资源高度整合，基础网络架构统一化，安全设备的部署边界已经消失，这也意味着安全设备的部署方式将不再类似于传统的安全建设模型，云计算环境下的安全部署需要寻找新的模式。

4. 未知威胁检测引擎的变更：客户端将从主体检测引擎转变为辅助检测的传感器

传统的安全威胁检测模式中，客户端安全软件或硬件安全网关充当了威胁检测的主体，所有的流量都将在客户端或网关上完成全部的威胁检测。这种模式的优点是全部检测基于本地处理延时较小，但是由于客户端相互独立，系统之间的隔离阻止了威胁检测结果的共享。这也意味着在企业甲已经检测到的新型威胁在企业乙依然可能造成破坏，无法形成整体的

安全防护。而在云计算环境下，客户端更多将充当未知威胁的传感器，将本地不能识别的可疑流量送到云端，充分利用云端的超强计算能力进行未知威胁的检测，从而实现云模式的安全检测。但在此过程中，我们需要警惕客户端会否因此成为云计算服务商的傀儡。

5.3 云计算环境下安全防护的主要思路

目前传统安全业界认为，云计算安全防护的思路主要是结合云计算的应用模式及底层架构的特性，在采取传统安全防护的基础上，进一步集成数据加密、VPN、身份认证、安全存储等综合安全技术手段，构建面向云计算应用的纵深安全防御体系。

IBM 认为，借由 IBM Security Framework 分析云的安全需求基础，可从建立和保持安全管理的流程，建设和维护安全的云计算基础设施，确保机密数据得到保护，实现有效的用户身份与访问管理，建立应用和环境的供给，实施治理和审计管理程序，实施弱点和入侵管理程序，开展持续性的环境测试与验证等方面建设高性能高可靠的一体化的云计算安全服务体系，如图 5-4 所示。具体包括：

1. 建立和保持安全管理的流程

云计算环境下的安全至少目前还不是对传统安全的绝对颠覆。因此我们还是需要充分考虑企业所处行业的安全需求和实践、企业当前的安全策略，以及自身业务应用特点，将适合于企业所实现云的安全属性按照重要性进行排序；通过制定企业的云安全策略和流程，识别对于云计算环境及所包含内容的安全威胁，关键度量指标的监控和评估频率，以及对于事件的相应机制等；必须与负责云实施的领导团队层有良好沟通，确保对于安全需求的一致理解；特别注重通过企业范围内的培训和宣传确保相关人员对于企业自身云安全策略的理解；需要提前规划和建设可即时反映云环境内安全状况和异常的管理系统；针对企业的云计算环境和业务的特点，建立针对云安全的审计过程；在企业内部建立云内安全异常事件的通知程序，并和企业的传统风险控制体系进行整合。

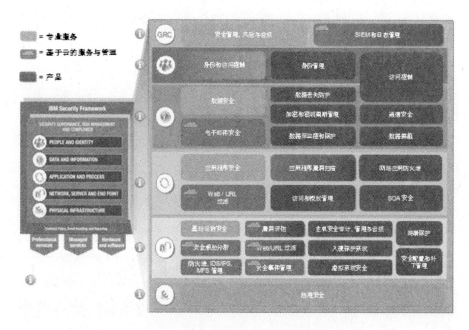

图 5-4　IBM 云安全——整合就是力量

2. 建设和维护安全的云基础设施

虽然云计算将挑战传统的安全边界，但我们还是趋向在云计算环境与外部网络的边界及云内部安全域之间仍需部署高性能的防火墙：从网络基础架构的角度（如状态防火墙的安全隔离和访问控制），需要考虑支持虚拟化的防火墙，不同用户可以基于 VLAN 等映射到不同的虚拟化实例中，每个虚拟化实例具备独立的安全控制策略，以及独立的管理职能；但对于防火墙配置的变更管理、文档更新、例外管理及定期的配置检查的要求将大幅提高；需要在传统安全设备中的策略里考虑制定企业自身的云安全配置标准和指引；特别是要考虑确保每一虚拟机器仅实现一项主要功能，从而尽量关闭不必要的功能和进程，卸载虚拟系统中不需要的应用、脚本和模块；针对云计算下的管理权限的保护需要加强，必须使用安全的或经过特殊封装的网络协议来进行管理操作；而云服务商对于客户资源的访问也需要双重控制，即服务商和用户都需对操作进行认证和授权；其他如提升保留管理记录的存档标准，对承载云环境的服务器需建立和发布配置管理指引，建立云环境内的资产管理系统，对承载云环境的服务器需建立和发布补丁和变更管理程序，制定物理环境安全计划，以及加强云计算环境下的通信安全——确保企业 IT 基础设施与公共云之间通信的安全，都将在建设和维护安全的云基础设施中得以体现。

3. 确保机密数据得到保护

云计算环境下数据安全的敏感度的地位将大大提升，所以对于用户个人标识信息的保护必须通过技术手段得以验证，尤其是对于敏感数据的访问和改变，必须对从使用云计算服务的企业业务特点而分析出来的行为规则都予以考虑，而不仅仅是传统安全关心的数据变更管理和访问控制本身，必须考虑包括身份被窃取等各种情况的机密数据保护和计算机犯罪取证问题。

4. 实现有效的用户身份与访问管理

IBM 认为，在云计算环境下的安全必须实现最小授权原则，必须定期/不定期检查最小授权原则的实际贯彻情况；必须确保所有系统在允许访问前都校验和检查用户的标识；必须确保建立起认证机制，如对于管理维护访问必须建立强认证机制；必须制定并实现灵活而使用方便的口令管理策略；在规划阶段就追求实现联邦身份管理以确保未来在桥接多个云环境时可实现联邦用户身份管理。

5. 建立可靠的应用和环境的供给

云计算环境下的安全还需要确保建立起供给虚拟镜像的审批流程；确保在供给资源的同时应用访问控制策略；确保供给管理过程具有恰当的安全和授权控制；确保记录下应用与虚拟镜像的收回操作；确保记录下所有对于虚拟镜像访问的变更；定期检查对于供给管理系统的访问以保证最小权限原则的遵循；确保建立起对于过期或非法虚拟镜像销毁的管理机制。

6. 实施治理和审计管理程序

云计算环境下的最主要安全挑战之一是用户的隐私管理的风险因数据与应用的集中而空前加大，所以在云计算环境下的安全控制中必须实施非常清晰或严格的隐私管理流程：明确纳入隐私保护的个人信息数据，依据所关联风险及影响进行排序，制定对于这类数据使用、保存、修改和删除的策略；建立策略执行和例外情况的监控流程，实现审计日志采集和管理的机制；明确需采集的日志内容和保留时限并加以实现，并定期检查所保留信息；定期检查审计日志采集和保存策略的执行状况；明确对于跨越国家边界数据的保护及合规性要求，收集企业业务环境内适用的地区、国家、国际法律法规中对于数据在云设施和用户之间传递和使用需遵循的规定；制定企业隐私管理策略，明确不同内容数据存储的位置、不同用户对于数据的访问权限及需采取的安全保护措施，满足以上合规要求。

7. 实施和部署更强大的弱点和入侵管理手段

由于云计算同时也带来了风险的集中，所以传统的安全防护手段并非在云计算中就没有了用武之地，相反，在所有可支持的平台上继续部署实施高性能的网络防病毒/间谍程序等恶意代码防护系统及部署 IDS 或 IPS，监控云环境内的事件，并在可疑安全攻击事件发生时及时告警依然是云计算环境下安全工作的基础；而在云计算环境下确保及时升级特征库，保持所有入侵检测/入侵防护系统引擎、防病毒系统处于活动状态并最新的意义更强于传统的离散风险应对时期；从安全即服务的角度，云计算服务商联合内容安全提供商提供类似防病毒和反垃圾邮件等服务，也必须考虑配合 VMware 等中间件实现操作系统层面的虚拟化实例，同一服务器运行多个相互独立的操作系统及应用软件，每个用户的保密数据在进行防病毒和反垃圾邮件检查的时候，数据不能被其他虚拟化系统引擎所访问，只有这样才能保证用户数据的安全。

8. 开展持续性的环境测试与验证

由于云计算势必带来海量数据和频繁的应用变化，所以必须事先建立起变更管理流程，包括：变更请求记录、影响分析、测试与确认、回滚；必须建立测试数据加密和访问的流程、测试数据库及其他存储介质，确保数据得到了充分保护，应用了适当的加密级别；必须建立云计算环境下的应用安全开发和测试的流程（可参考 IBM 安全开发框架、OWASP 等建立起相关流程）。

所以，从上述思路来看，云计算环境下的安全防护的思路重心是如何将安全与隐私保护由内而外地融入于云计算初始的设计思想之中，而非在实施阶段由外而内的补缺。

此外，为了应对云计算环境下的流量模型变化，安全防护体系的部署势必需要朝着高性能的方向调整。在现阶段企业私有云的建设过程中，多条高速链路汇聚成的大流量已经比较普遍，在这种情况下，安全设备必然要具备对高密度的 10GE 甚至 100Gbit/s 接口的处理能力；无论是独立的机架式安全设备，还是配合数据中心高端交换机的各种安全业务引擎，都可以根据用户的云规模和建设思路进行合理配置；同时，考虑到云计算环境的业务永续性，设备的部署必须要考虑到高可靠性的支持，诸如双机热备、配置同步、电源风扇的冗余、链路捆绑聚合、硬件 Bypass 等特性，真正实现大流量汇聚情况下的基础安全防护，这个趋势也将突出电信运营商作为云计算服务商的优势，基础安全服务势必成为电信运营商在云计算服务领域最有力的手段和最具竞争优势的产品之一。

业界认为，云计算环境下的安全防护的趋势是以集中的安全服务中心应对无边界的安全防护：和传统的安全建设模型强调边界防护不同，存储计算等资源的高度整合，使得不同的企业用户在申请云计算服务时，只能实现基于逻辑的划分隔离，不存在物理上的安全边界。在这种情况下，已经不可能基于每个或每类型用户进行流量的汇聚并部署独立的安全系统。因此安全服务部署应该从原来的基于各子系统的安全防护，转移到基于整个云计算网络的安全防护，建设集中的安全服务中心，以适应这种逻辑隔离的物理模型。云计算服务商或企业私有云管理员可以将需要进行安全服务的用户流量，通过合理的技术手段引入到集中的安全服务中心，完成安全服务后再返回到原有的转发路径。这种集中的安全服务中心，既可以实现用户安全服务的单独配置提供，又能有效地节约建设投资，考虑在一定收敛比的基础上提供安全服务能力。

目前，一些传统安全厂商已经开始着手充分利用云安全模式加强云端和客户端的关联耦合，他们的观点是：在云安全建设中，充分利用云端的超强计算能力实现云模式的安全检测和防护，是后续的一个重要方向。与传统的安全防护模型相比，新的云安全模型除了要求挂在云端的海量本地客户端具备基础的威胁检测和防护功能外，更强调其对未知安全威胁或是可疑安全威胁的传感检测能力。任何一个客户端对于本地不能识别的可疑流量都要第一时间送到后台的云检测中心，利用云端的检测计算能力快速定位解析安全威胁，并将安全威胁的协议特征推送到全部客户端或安全网关，从而使得整个云中的客户端和安全网关都具备对这种未知威胁的检测能力，客户端和云端的耦合得到进一步加强。基于该模式建立的安全防护体系将真正实现 PDRR（Protection、Detection、Reaction、Restore)的安全闭环，这也是云检测模式的精髓所在。需要指出的是，个别安全服务商过度炒作这个模式，将之以偏概全定义成所谓云安全或者安全云，反而使诸多安全界人士和广大用户对于云安全的概念产生了疑惑和不满。

尽管基于云计算环境的安全建设模型和思路还需要更多的实践和探索，但是将安全内嵌到云计算中心的虚拟基础网络架构中，并通过安全服务的方式进行交互，不仅可以增强云计算中心的安全防护能力和安全服务的可视交付，还可以根据风险预警进行实时的策略控制。这将使得云计算的服务交付更加安全可靠，从而实现对传统 IT 应用模式的转变。

5.4　云计算对安全行业将产生重大影响

据 Gartner 透露，以云计算为基础的安全应用将会对安全行业产生戏剧性的影响，原因是多种云计算服务在多个安全领域的运用将比现在高出三倍。其中，在信息访问安全控制方面，例如面向电子邮件和即时通信的恶意软件和垃圾邮件识别和清除，以云计算为基础的服务在 2008 年的收入中占 20%，到 2013 年，该比例将会提高到 60%。云计算将使安全控制措施和功能以新的方式、由新型的服务商提供，这也会帮助企业使用节省成本的安全技术和技能。

Gartner 首席分析师 Kelly Kavanagh 说："云计算特有的这种提供可大规模升级的处理、存储和带宽的能力要求安全控制措施和功能以新的方式、由新型的服务商提供给客户。这也使节省成本的安全技术和技能只能够以云计算方式使用。云计算提供的可大规模升级的资源也可供研究攻击手段的人群使用，这种研究需要大量的信息处理，或需要云计算提供者，或两者都需要。"Gartner 说以云计算为基础的服务——例如 salesforce.com 和 Google Apps——的增加，意味着很多移动信息技术用户在不用通过公司网络的情况下，就能够获取公司数据和服务。这种情况增加了企业在移动用户和云计算服务之间采取安全控制措施的必要性。

　　目前，从某种程度上说，云计算环境下的安全问题出现了云安全和安全云等诸多绕口令式的概念。特别是云安全的概念也许让很多人产生了混乱。业界有专家认为，广义的云安全包含两重概念，一个指的是用云计算来确保安全，另一种指的是保障云计算的安全。而安全云是云计算技术在安全领域的具体应用，是云计算应用的一个分支，这是指基于云计算的安全解决方案，通过采用云计算技术来提升安全系统的服务效能。安全云可以细分为两个分支，分别是中心云和分布式终端云。所谓中心云是依托庞大的服务器/设备集群组成的"中心架构"云计算系统，实现超大规模的计算和存储能力，全面提升安全系统的服务效能。它利用"云端"海量的计算能力来进行安全保障；所谓分布式终端云，指的是由分布在互联网各处的海量终端采集安全事件，进行本地处理后，上传到云安全中心系统进行协同分析，这是利用海量终端的分布式处理能力来进行安全的保障。而云计算安全主要是确保云计算本身的安全，两者不可混淆。

　　业界目前也有一种看法开始流行，即认为相对云计算里的安全问题，云计算其实反而为眼下离散化的被动安全提供了难得的契机，与其说是安全风险的提高，不如认为更有利于安全资源的整合从而提升资讯业界的安全风险控制水平。由于将数据统一存储在云计算服务器中，通过加强对核心数据的集中管理，理论上比分布在大量各种端点/终端上更安全，同时，云计算的同质化使得安全审计及安全评估、测试更加简单，也更易实现系统容错、冗余和灾备。具体体现在：

1. 数据集中存储使安全风险便于集中控制

- 减少数据泄露：这也是云服务供应商谈论最多的。在云计算出现之前，数据常常很容易被泄露，尤其是便携笔记本电脑的失窃成为数据泄露的最大因素之一。为此需要添置额外备份磁碟机，以防数据外泄。而且随着云技术的不断普及，数据"地雷"也将大为减少。掌上电脑或者 Netbook 的小量、即时性的数据传输，也远比笔记本电脑批量传输所面临的风险小。你可以问任何一家大公司的信息安全管理人员（Certified Information Security Office，简称 CISO），是不是所有的笔记本电脑都安装有公司授权的安全技术，比如磁盘加密技术（Full Disk Encryption），他们会告诉你这是不大现实的。尽管在资产管理和数据安全上投入了不少精力，但他们还是面临不少窘境和困难，更何况中小企业？那些使用数据加密或者对重要数据分开存储的企业，可以说少之又少。
- 可靠的安全监测：数据集中存储更容易实现安全监测。如果数据被盗，后果不堪想象。通过存储在一个或者若干个数据中心，数据中心的管理者可以对数据进行统一管理，负责资源的分配、负载的均衡、软件的部署、安全的控制，并拥有更可靠的安全实时监测，同时，还可以降低使用者成本。

2. 有利于事件快速反应

- 取证准备：在必要的时候，可以利用基础架构即服务（Infrastructure-as-a-Service，简称 IaaS）供应商提供的条件，为自己公司建立一个专门的取证服务器。当事件发生需要取证时，只需支付在线存储所产生的费用，而不需要额外配置人员去管理远程登录及其软件，而所要做的，就是点击云提供商 Web 界面中的一些按钮。一旦产生多个事件反应，可以先复制一份，并把这些取证工作分发到不同部门或者人员手中，然后进行快速分析并得出结论。不过，为了充分发挥这项功能，取证软件供应商需要由过去传统的软件授权许可模式转变到新型网络许可模式。

* 缩短取证时间：如果有某个服务器在云中出现了故障，只需在云客户端点击鼠标，克隆该服务器并使得克隆后的服务器磁盘对取证服务器开放，而根本不需要临时寻找存储设备，花时间等待其启动并进入使用状态，从而可大大缩短取证时间。

* 降低服务器出错概率：和刚才讲述的情况类似，即使有某台服务器出现故障，也可以在极短时间内，快速克隆并拥有全新的服务器供使用。另外，在某些情况下，更换出故障的硬件也不会影响到取证的正常进行。

* 取证更有针对性：在同一个云中，拥有克隆服务器的速度会快很多——克隆服务器可以更快的速度分发云提供商专门设计的文件系统。如果从网络流量角度来看的话，在同一个云中的服务器副本，可能并不会产生额外的费用。而如果没有云的话，要实现同样的目的，需要花费大量宝贵的时间和昂贵的硬件成本。在云环境下，只需对有用的取证支付存储费用。

* 隐藏取证痕迹：有一些云存储可以执行加密校验和散列（hash）。比如，Amazon S3 会在存储数据的时候自动生成一个 MD5 散列。理论上，并不需要浪费时间去使用外部工具生成 MD5 加密校验，因为云已经完全具备这些功能。

* 缩短存取受保护数据时间：现在 CPU 性能已经十分强大。保护数据的密码，需要花费很长时间来检验，而现在云环境下配置强大的 CPU，可以在短时间更大范围内检验出保护数据的密码性能。因而，批量处理受保护数据的存取工作也会变得简易快速。

3. 利于进行密码可靠性测试

- 减少密码破解时间：如果公司需要使用密码破解工具定期对密码强度进行测试，那么可以使用云计算减少密码破解时间，并更能保证密码强度的可靠性，与此同时只需支付相关费用即可。
- 密码破解专用机器：如果使用分布式密码破解测试密码强度的话，工作量会波及很多相关机器，从而影响使用效率。在云条件下，可以设立密码破解专用机器，这样一来，既可以提高工作效率，又可以减少敏感数据外泄和工作超负荷的发生。

4. 便于进行日志关联分析

- 无限期记录，按次数收费：日志往往都是事后的，如果磁盘空间不足，可以重新分配，并不会影响日志的存储使用。云存储可以帮你随心所欲地记录想要的标准日志，而且没有日期限制，所需要的仅仅是按使用量支付费用。
- 完善日志索引机制：在云计算中，可以根据你的日志实现实时索引，并享受到 instant search 带来的好处。如果需要，还可以根据日志记录探测到计算机的动态信息，轻松实现实时监测。
- 符合扩展日志记录：现在，大部分的操作系统都使用 C2 审核跟踪模式支持扩展日志记录，这种方式能够保证系统能够保护资源并具有足够的审核能力，C2 模式还允许监视对所有数据库的所有访问企图。现在，在云环境下更容易实现这一目的，而且 Granular logging 也会让取证调查变得更加容易。

5. 可大大提升安全软件的性能

- 需求是前进的动力：CPU 更新换代步伐越来越快。如果处理器性能成为机器运行瓶颈，那么用户必然会把目光投向更昂贵的 CPU。同样的情况，安全产品厂商也明白这个道理。相信在云计算中，会出现越来越多的高性能安全软件，在某种程度上也可以说，云带来了安全产品的整体提升。

6.　可靠的安全构造更容易实现

* 预控制机制：基于云计算的虚拟化能够获得更多的好处。可以自定义"安全"或者"可靠"的状态，并且创建属于自己的 VM 镜像同时不被克隆。不过，需要指出的是这可能要求有第三方工具的配合。

* 减少漏洞：通过离线安装补丁，可以极大减少系统漏洞。镜像可以在安全的状态下做到实时同步，而即使离线 VM 也可以很方便地在断网情况下安上补丁。

* 更容易检测到安全状况：这是个很重要的方面。通过工作环境的一个副本，可以更低的成本和更少的时间执行安全检测。这可以说在安全工作环境上前进了一大步。

7.　安全性测试成本降低

* 降低安全测试成本：SaaS 供应商只承担其安全测试成本中的一部分。通过共享相同的应用程序服务，可以节省不少昂贵的安全性测试费用。甚至通过平台即服务（Platform as a Service，PaaS），还可以让软件开发人员在潜在成本规模经济下撰写程序代码（尤其是利用扫描工具扫描安全漏洞的程序编码）。

目前，来自互联网安全业界的变化已经开始印证上述说法。比如某些公共云的提供者已经提出了建设专门的安全服务管理云的需求构想。而未来几乎所有的传统安全厂商和产品，如果不开始向云计算下的安全服务和产品转型，都将或多或少会受到采用云计算技术的新兴安全厂商或服务商的挑战；而大型的云计算服务提供商、厂商，甚至提供公共服务的政府公共云，基于满足自身云计算安全需求和加速推广云计算服务市场的压力，也将很可能采取收购甚至自建等方式，快速切入云计算环境下的安全服务领域。这都为未来的云计算的安全市场带来了难以预测的变化。

当然，作为安全风险的挑战者：黑客和日益兴盛的计算机网络犯罪"黑金"势力，也势必面对这个更加广阔和有价值的数据海洋的诱惑而摩拳擦掌、跃跃欲试。

安全改变未来，云计算浪潮下的网络是否会使我们的生活更美好，让我们拭目以待。

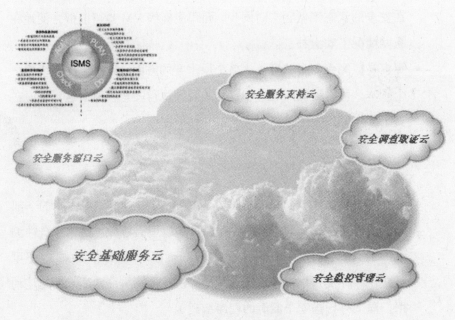

图 5-5　IBM 智慧的安全管理服务云展望

第 6 章

云惠
——加速梦想

在已部署的云计算项目中，有相当一部分为开发测试云。开发测试环境的动态性需要云计算解决方案，而同时，开发测试环境毕竟不是生产环境，风险相对可控，这也正符合用户推广创新型方案的步骤。

6.1　典型应用场景分析

某大型企业的总部数据中心有超过 100 台小型机和 1000 台 x86 服务器，其中，专用于开发测试的小机超过 30 台，x86 服务器超过 100 台。

该企业与某专业 IT 公司合资成立了一家子公司，并将 IT 的运维委托给了这家合资公司，而自身只负责进行 IT 规划。

从该企业的规划角度看，最大的问题在于各项目独立规划带来的管理效率低和不灵活。云计算出现后，该企业积极跟进，前期就拟搭建一个覆盖全部服务器和存储的资源池。但考虑到企业核心应用为 ERP，为稳妥起见，准备先从 ERP 的开发测试环境入手，逐步积累云计算的实际部署经验。

从该合资公司的运维角度看，最大的问题在于上百台服务器的管理流程太复杂、工作量太大。设备管理部门的领导经常被紧急申请设备的电话干扰到正常工作；而设备管理员则疲于给这么大量的服务器打补丁、搬动设备。

另外，在实际调研中还发现，开发测试组最大的抱怨是找合资公司申请的设备通常无法及时提供。

基于以上三方面，该企业萌生了实施开发测试云的想法。在与 IBM 技术团队深入交流需求后，完成了以下建设。

首先，针对超过 10 台的服务器实施统一资源池。这一资源池可实现跨硬件平台（小型机和 x86 服务器）、跨厂商（IBM 和 HP）和跨系统（Linux、AIX 和 Windows）的统一管理、统一调度。

然后，对原先基于手工的资源管理流程进行自动化和可视化改造。系统实施后，服务器等资源的申请、审批、初始化安装、使用、监控、回收、记录、报告等所有流程均在一个统一的界面上完成。同时，这些资源的使用状况，包括设备库存状况、设备使用率、设备利用率、开发测试组资源状况等也可在统一界面上体现。

接着，完成了与 OA、工作流、身份认证等既有系统的集成，以实现用户身份认证、邮件提醒等功能。

最后，由 IBM 团队完成一个项目的迁移，并提供迁移指南，进而对既有的开发测试项目进行成功迁移。

这一项目实施完成后，实现了如下效果：原先需 2 周的设备申请时间，现在压缩到 2 天完成；为大规模实施资源池和云计算记录跨平台调度、自动化管理等积累了经验。

6.2 VMware Lab Mannager

看了前面的案例，接下来我们来了解一下具体的产品。

作为领先的虚拟化厂商，**VMware** 针对开发测试云有专门的软件产品 **Lab Manager**，现已更新到 4.0 版本。

Lab Manager 的系统架构如图 6-1 所示。

这一产品主要定位于如下几个方面：

首先是提高服务级别并降低基础架构成本。Lab Manager 提供了独特的功能，可以简化用于开发/测试的私有云的管理。比如，自助式门户可为最终用户提供对虚拟机配置库的按需访问，同时将 IT 部门的耗时部署任务减少 95%；自动资源管理允许在多团队环境中动态分配资源，强制实施配额和访问权限，并回收未使用的基础架构服务；借助适合于全球部署的可扩展体系结构、一流的性能，以及与内部和第三方解决方案的无缝集成，提供长期投资回报。

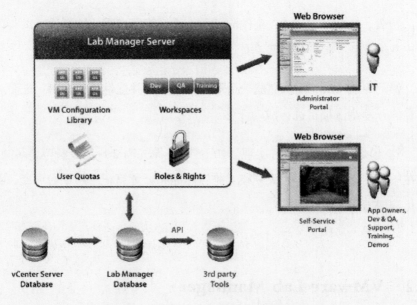

图 6-1　VMware Lab Manager 系统架构

其次是加快应用程序开发和测试速度。这相当于为每位工程师提供了个人数据中心。Lab Manager 只需数秒即可部署、捕获和共享任何系统配置，使团队能够迅速配置新的应用程序原型，在更广泛的系统配置上测试软件版本，并更轻松地捕获、重现和消除缺陷。Lab Manager 的 API 以及与领先的测试和版本管理工具的集成提供了额外的自动化优势，可以实现软件应用程序的连续测试和集成。这一功能将可缩短交付时间，并提高软件质量。

然后是自动化发布管理。这有助于消除生产系统更新失败的风险。应用程序所有者可以创建生产系统的准确副本来进行补丁程序测试，并跨连接到不同网络、服务器和存储系统的测试、临时和生产环境无缝地转移更新后的系统配置。这使发布团队可以更迅速地更新生产系统、缩短维护时段和避免停机。

最后是简化工作流程、促进团队协作并缩短上市时间。包括：支持和问询台操作，可更快解决客户问题并缩短团队解决问题的平均时间；培训和教育，为实训课程快速部署实验室环境；产品演示，以可靠和可重复的方式演示复杂应用程序环境；软件评估，利用由 Lab Manager 支持的在线评估门户提高销售机会转化率。

6.3　开发测试云分析

接下来我们再来分析开发测试云所针对的问题及其价值。

6.3.1　开发测试系统常见问题分析

不同行业客户拥有的软件开发测试中心或部门通常存在如下的一些困扰。

首先是 IT 资源管理不灵活。开发测试涉及的 IT 资源包括服务器、存储、操作系统、中间件（如数据库、WAS 等）。这些资源，通常被开发组和测试组申请并使用，而由基础架构组负责资产运维和管理。由于中大型客户通常会同时进行多个项目的开发和测试，长期下来，究竟有多少资源，其中哪些被使用，哪那些还空闲着，哪些资产将会被归还，哪些资产还会继续被使用等涉及资产管理的一系列问题，通常是笔糊涂账。这将严重影响开发测试的效率提升。

其次是开发测试资源申请周期长，严重影响开发测试的效率。有数据显示，一个为期 6 个月的开发测试项目，其中有 1 个月时间花费在申请资源、审批资源、等待资源、安装资源（安装操作系统及相应中间件如 WAS、DB2）、配置存储、按照开发测试需要配置资源、拆除资源、归还资源等重复性工作上。这些重复性工作，严重影响了开发测试的时间效率。

再就是员工工作效率不高。除了以上重复性工作，负责进行资源维护的基础架构工作组通常得频繁地制作软件镜像文件、更新服务器等硬件设备的固件等。这在很大程度上会影响这些员工技能的提升。实际上，很多基础架构工作组更愿意做些如故障排除、性能调校等更加有附加值的工作。员工工作效率不高，也将影响开发测试中心的整体管理效率。

最后是设备利用率不高。大量调研数据显示，开发测试所用服务器的 CPU 利用率平均不到 5%，而以太网带宽利用率和 HBA 卡带宽利用率则不到 10%。这些严重的资源浪费将影响资源的有效利用，也会阻碍客户投资回报率（ROI，Return Of Invest）的进一步提升。

6.3.2　开发测试云 ROI 分析

下面我们借助 IBM 开发测试云 ROI 分析工具进行深入分析。

该工具为 Excel 表格，分成七大部分。

其中 Cover 页用于输入用户名称、联系人等基础信息。

Instructions 页是该工具的详细使用指南。

Customer_Data 页是输入用户开发测试系统基本信息的最重要表格。

包括这样几个部分：Server Hardware 部分包括了服务器数量、服务器平均价格和服务器 CPU 利用率。为深入分析 ROI，本项还会区分服务器采购成本和使用成本，以及这些成本的支付方式，本项主要分析服务器硬件能够节省的成本；Service Charge 是针对 SO（Strategic Outsoucing）客户的成本计算方式，如果不是 SO 客户，则无须考虑此项；Image Assumption 包括了每年用户需制作的镜像文件数量、镜像总共被使用的次数、准备迁移到云计算平台镜像的数量等。由于镜像文件的制作和维护需要占用设备运维人员的大量时间，因此本项目主要分析可以节省多少运维人员工作量，从而能够节省多少运维成本；Software Assumption 包括付费的应用软件（包括 Windows 操作系统、WAS 中间件等）和虚拟化软件两大部分。其中，应用软件部分用于分析能够节省下的软件成本；而虚拟化软件部分则分析需要投资的成本；Labor Assumption 包括开发测试人员的工资、基础系统管理员（负责如服务器硬件维护、操作系统维护等）工资等。本项目用于分析能够节省的人工成本；Provisioning Process 是指开发测试组拿到设备完成初始化安装（如操作系统、中间件等）通常需要的时间，本项目用于分析能够节省的人工成本；Testing Process 是指一个设备从库存状态到开发测试组申请到该设备通常需要的时间，本项目用于分析能够节省的人工成本；Misc 主要指资金成本。通常情况下，企业通过银行借贷等方式获得资金是需要成本的。一般为银行长期借贷的利率，也就是 7%；IBM Charge 指 IBM 软件（如云计算管理平台软件）、IBM 硬件（如存储虚拟化硬件 SVC）和 IBM 服务（如云计算咨询和集成服务）价格预估。

Compiled_Data 页是针对 Customer_Data 各项目的细化。为了节约用户的时间，本工具做了大量的假设。但由于各个国家和各个行业差异性很大，因此本页提供了运行用户根据自身特点进行细化分析的能力。比如，对设备的折旧方式，就允许用户在加速折旧和线性折旧之间进行选择，甚至允许用户输入设备折旧的年限。

Customer_ROI 页是提交给用户的 ROI 分析报告。主要从硬件、软件和人工三个角度分析用户的回报。

IBM Saving 页主要分析以 IBM 作为 SO 用户的 IT 运维者在实施云计算后的 ROI。

Current_Costs 页主要分析在没有实施云计算时 IT 的建设和运维成本。

Cloud_Costs 页主要分析在实施云计算后 IT 的建设和运维成本。

Assuptions 页主要分析 ROI 分析中的几个关键假设。将本页内容单列的目的是方便客户了解主要进行了哪些关键假设。

下面，以中国某大型客户的实际情况进行说明：

有数据显示，该客户的年投资回报率在 50% 以上。该客户开发测试中心拥有超过 20 台小型机和服务器设备，其成本投资回报主要来源于人工运维成本大幅减少和开发测试周期大幅压缩。在这里，需要特别说明的是：进行 ROI 分析时，分析师的财务背景，比如对资本成本（Cost of Capital）、资金净现值（Net Present Value）等财务术语的理解，非常重要。

6.4　IBM 智慧开发测试云

最后我们来看一下具体的开发测试云解决方案，这里介绍的是 IBM 的开发测试云。IBM 的开发测试云解决方案主要包括如下内容。

一是标准化资源池建设。所谓标准化资源池，指的是标准化的软件（如统一都是 WAS 7.1）、资源硬件平台（如存储的 NameSpace 等）等统一资源池建设。进行标准化资源池建设主要利用到了虚拟化技术，比如利用

PowerVM 进行 IBM 小型机的虚拟化建设，利用 Xen 进行 x86 平台的虚拟化建设，利用 SoNAS 进行存储的虚拟化建设等。同时，IBM 也会根据 OMVF 等云标准化组织的相应标准及特定企业自行定义的相应标准，进行映像等软件的标准化建设。这两个方面的建设主要基于 IBM 软件部的 TPM、NIM Server 等软件。

二是云管理平台建设。主要包括三个方面：服务目录建设，资源管理流程建设以及资源调度（Provisioning and De-Provisioning）集成。所谓服务目录是指从单元测试（UI）开始到用户接受度测试（UAT）的整个开发测试过程，对基础资源池的要求以服务形式（也就是开发测试团队可申请的资源包）体现的资源目录。比如，一个典型"服务"是：2C@IBM p/64GB Mem/512GB SAN storage 的服务器存储平台，上面预装 AIX 6.1/WAS 7.0/DB2 9.5。这个服务一般在单元测试阶段中申请。所谓资源管理流程，指的是基于 ITIL 的运维体系，通常包括进行资源申请、审批、使用、提示、回收、盘点等资源生命周期所涉及的组织、人员、权限、安全、计费、审计等一系列的管理流程设计和实现。所谓资源调度，指的是标准化资源池底层管理软件（如 TPM）与云管理平台软件（如 TSAM）进行集成。

三是系统集成。主要指的是与身份认证系统（如 IBM Tivoli Directory Server 或 LDAP Server 等）、监控及流程系统（如 IBM Tivoli Monitor）、计费系统等的系统集成。

四是系统迁移。也就是将现有的开发测试项目迁移到开发测试云平台上。在这个过程中，在保证数据不丢失的前提下同时保证开发测试组的进度不受影响是非常重要的。

第 7 章

云行
——移动便捷

　　3D 电影《阿凡达》给我们带来了很大的视觉冲击，其中的虚拟电子显示屏更是令人眼花缭乱。这些虚拟显示器完全颠覆了传统 PC 使用方式的概念，工作人员可以在任何地方操作属于自己的计算机。

　　我们不禁会问，什么时候才能像电影《阿凡达》中所展示的那样，不用携带沉重的随身设备，在任意的显示设备上都能够轻易地完成原本需要 PC 甚至更高性能的工作站才能完成的工作？

3D 电影《阿凡达》给我们带来了很大的视觉冲击，其中的虚拟电子显示屏更是令人眼花缭乱。这些虚拟显示器完全颠覆了传统 PC 使用方式的概念，工作人员可以在任何地方操作属于自己的计算机。

今天的我们常常会为要背着沉重的笔记本电脑而头疼。而在 20 年前，人们出门的时候都只带着一个公文包，里面装着一个笔记本就好了。后来便携式电脑出现了，我们就开始背着沉重的电脑出门，纵然炎炎夏日也不例外。这两年出现了上网本，虽然轻了许多，但遗憾的是无法承担相对繁重的公文处理和展示任务。

我们不禁会问，什么时候才能像电影《阿凡达》中所展示的那样，不用携带沉重的随身设备，在任意的显示设备上都能够轻易地完成原本需要 PC 甚至更高性能的工作站才能完成的工作？

实际上，《阿凡达》中的应用只展现了一个使用方便性的问题，而在我们的生产生活中还有很多其他的桌面问题。

有这样一个真实的故事。某国的一个高科技公司，其技术不仅在民用领域很有价值，而且在军事领域也有广泛的应用。在该公司和其他国家的一些企业合作的时候就发生了一些问题。由于该公司的技术在军事领域的应用，该公司所在国家的国土安全部门不允许其图纸离开本国领土范围，即使是电子方式也不可以。很显然，这一规定将大大限制该公司的国际合作。

那么，如何应对这些问题呢？带着这些问题，让我们一起进入到桌面系统。

7.1 传统桌面系统

图 7-1 总结出了传统桌面系统所遇到的一些困难。

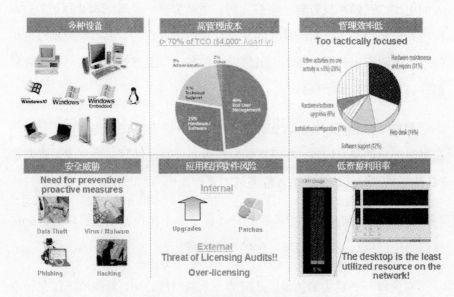

图 7-1 传统桌面系统遇到的困难

7.1.1 安全问题

安全威胁是个人电脑带给企业和组织机构最大的威胁。其中主要的威胁来自于病毒、木马、黑客攻击和资料泄密等。其中病毒可能造成企业和组织机构的 IT 设备和应用大面积瘫痪，影响业务和工作的正常进行；木马则会导致桌面系统被黑客或者有不良企图的组织利用，或者进行网络攻击，或者进行机密资料窃取。

近年来爆发的影响范围比较大的病毒如 CIH、梅丽莎、尼姆达、灰鸽子、红色代码、机器狗、威金、熊猫烧香，数不胜数。这些病毒无一不对企业、政府乃至整个互联网造成了巨大的影响。

如果仅仅是对桌面及 IT 系统的使用造成影响，其损失还是可以估计的。但如果是黑客以窃取资料为目的通过木马或者系统漏洞进行的桌面攻击，其损失可能就无法估量了。这样的攻击，轻则造成企业核心资产的丢失，如图纸、代码资产等，重则造成企业战略计划的泄露，从而导致企业在市场上全盘皆输。而如果泄露的是政府机密资料，则影响将上升至国家层面，其损失简直无法想象。

以上描述的主要是桌面系统所面临的被动性的威胁。还有一些主动性的威胁，如近些年出现的企业或政府工作人员主动泄露所在机构的敏感信息。在服务性行业，如金融、保险、通信运营商、房地产营销等，业务人员通过业务终端将客户资料销售给非法的机构以牟取暴利；创新型企业的业务人员可能将自己企业的核心技术资料销售给竞争对手以牟取暴利。

对于被动性的威胁，通常的防范方法有以下几种。

首先是强制桌面系统及时安装安全漏洞的修补程序。通常该功能是由一些桌面审计软件一并完成的。如果企业或政府机构能够及时地更新桌面系统的安全补丁，再辅以及时更新的杀毒软件病毒库，将可以避免绝大多数病毒和木马的攻击。不过，也有些漏洞是无法马上修补的，因为相应的安全更新还没有开发出来，这种情况下有一些专门应对"零日漏洞"[4]安全防护的产品可用来防范相应的攻击。

---

4 "零日（zero-day）漏洞"又叫零时差攻击，是指被发现后立即被恶意利用的安全漏洞。通俗地讲，即安全补丁与系统漏洞曝光的同一日内，相关的恶意程序就出现。这种攻击利用的是目标对象缺少防范意识或缺少补丁，从而能够造成巨大破坏。"零日漏洞"常常由在某一产品或协议中找到安全漏洞的黑客所发现，而且一经发现，往往就会通过 IRC 或一些地下网站迅速传播。

其次是安装防病毒软件，如赛门铁克、卡巴斯基、金山等。通常只要及时更新这些杀毒软件的病毒库，就能够有效阻止绝大多数病毒和部分木马的入侵。为什么说是部分木马呢？这是因为有些木马并不存在恶意目的，而只是一些制造商为谋取商业利益开发的。在法律上对这类木马的界定比较模糊，如果杀毒软件公司将这些软件列入木马的范畴并强制性删除，有可能引起法律诉讼，而由于其边界模糊，又无法赢得这类官司，于是有些杀毒软件就对此类木马睁一只眼闭一只眼。

再就是部署病毒防火墙。病毒防火墙在前两种技术失效时可以起到一定的防范作用。当有外部不明连接请求或者有本机不明进程向外部发出不明连接请求的时候，防火墙可以有效地阻止该连接。不过，通常防火墙对用户使用个人计算机的技术要求比较高。

最后是部署桌面审计软件。桌面审计软件是对前面所说的几种方式的有效补充。例如笔者所使用的笔记本电脑上就安装有公司要求的审计软件。该软件会检查是否有不合规定的桌面安全行为，这些规定包括：设置开机口令，设置 BIOS 口令，设置硬盘加密和口令，设置操作系统登录口令并至少每三个月更换一次，设置屏幕保护口令，安装公司指定的杀毒软件并更新病毒库至最新的版本，安装公司指定的防火墙软件，共享文件夹访问必须设置口令，不允许安装 P2P 软件，邮件系统本地文件加密，操作系统安全更新必须更新至公司要求的级别。此外，有些企业和政府机构的审计软件还会对桌面的本地文件系统文件进行审计，以防止机密资料文件暴露在可访问的空间内。当然，审计软件还要辅以相应的员工惩罚条款，否则无法得到有效执行。

以上这些解决手段本身通常对软件、补丁程序都有自动安装的要求，而当前基于网路的自动安装软件普遍存在命中率的问题，即便用户知道应该安装补丁、更新病毒库，可是若安装和更新失败，效果也将大打折扣。

至于主动型的威胁，解决方法就比较匮乏。以笔者见到的国内某大型企业为例。该企业是一家拥有自己核心技术的创新型企业。为防护这种主动型的威胁，该企业将所有研发人员的桌面 PC 的 USB 接口用胶封死，以防止员工通过 USB 设备将敏感资料复制并带走；同时将 PC 的机箱用特殊的锁具锁死，以防止员工将 PC 硬盘直接拆卸带走；在研发大楼的出入口安排保安对出入大楼的员工进行检查，不允许携带研发用的计算机离开大楼。然而，这并不是一个很好的办法。一方面员工会认为企业不信任自己，而很难建立起对企业的信任；另一方面，敏感信息仍然处于信息中心控制之外，也就是说仍然存在被以其他方式带走的可能性，如通过 PC 的串口或并口将资料输出带走。

7.1.2　运维问题

随着个人电脑的普及，桌面系统运维成为企业和政府机构共同面临的一大难题。随着越来越多的员工开始使用计算机，企业和政府机构不可能要求所有业务人员对计算机维护有深入的了解，也不可能要求业务人员自己解决个人电脑上的技术问题。但由于桌面维护的成本比较高，目前大多数国内的企业和政府机构采取的方式是由业务人员自己维护，只有一少部分企业和政府机构设置了专门的技术支持团队提供支持，而这一部门的编制和运行成本都比较高。此外，也有一些机构使用服务外包的方式由其他服务公司提供桌面系统运维服务。尽管外包是一种相对来说比较经济的服务方式，但外包服务公司不可能提供有关具体业务系统的运维服务，这部分运维仍然需要企业或机构自己完成。

概括而言，桌面系统运维工作人员所面临的困难主要有以下几种。

首当其冲的是非标准化的桌面导致的问题多样化。只要是个人计算机系统，通常就会允许用户自己安装软件，这就意味着非标准化的桌面系统，也就意味着在运维过程中存在很多的不确定性。软件之间相互冲突、各个软件对某些共享的库文件版本要求不同都会造成很大的兼容性问题。而一旦因故障无法排除需要将系统重新安装一遍，则需要很长时间。为此，有些公司选择将基础桌面系统标准化。就是说将基础操作系统，还有常用的业务软件，一起打包成标准化的桌面系统。每个员工可以在基础桌面系统之上再安装一些自己常用的软件。这样做可以从相当程度上减少由于非标准化桌面导致的维护困难，不过，由于仍然允许用户自己安装软件，因而依旧存在非标准化桌面系统所普遍存在的一些问题。此外，非标准化桌面系统还会引起自动化软件安装系统运行失败等问题。

设备多样化是造成运维复杂的另外一个原因。不同时期购买的不同品牌和配置的桌面系统，其运维方式必然会存在一些差异，自然也会提高运维的复杂度。

再者，现场运维成本过高。有一个客户曾和笔者这样描述他的问题："我有两万多台 PC 在全省的各个政府机构中。这些 PC 是由各个单位自己购买的，型号都不一样，但这些 PC 上的业务软件都由我来装，由我的人来运维。这些 PC 通过 ADSL 和 VPN 连到我的系统中，但如果 ADSL 或者 VPN 设备出现问题，我对这台 PC 根本没有任何管控能力。两万多台 PC，在全省这么大的地方，我怎么管哪！"对此有些公司会在桌面系统上安装现场支持软件，使维护人员可以远程看到或操作该桌面系统，如 Ayudame 或 NetMeeting 等。但这类软件通常对网络依赖比较大，如果网络稳定性不好则无法看到。

当然，对于那些不做终端桌面运维管理的企业和组织机构来说，他们完全可以不考虑这些复杂的运维管理工作，但同时其业务也将承担重大的风险。

7.1.3　成本问题

一台个人电脑的折旧周期一般是 3～4 年。那么在这个周期中通常花在 PC 上的钱是如何分布的呢？

首先是软件费用。我们常用的软件有 Office 套件、企业内部即时通信软件、ERP 软件、专业工具软件，以及一些运维工具性软件，如杀毒软件、防火墙、审计软件等。这些软件构成了相当大的 PC 成本，有时甚至高出 PC 本身数倍。

再就是运维管理费用。如前所述，终端桌面运维管理是一个非常复杂的过程，自然也少不了花钱。以较为经济的外包服务为例，每台 PC 一年的维护费用也要数百元人民币的开销，再加上业务软件的运维管理，无疑是一笔不小的费用。

7.1.4　能耗与资源的问题

众所周知，如果只是用于文字处理的话（绝大多数 PC 每天做的事情就是文字编辑），一台 PC 的 CPU 使用率是非常低的。通常专业的图形化渲染会消耗较高的 CPU，3D 的机械或者游戏设计会消耗较多的 CPU。从总体平均来看，PC 的 CPU 使用率在 5%以下。这是一个相当大的浪费。

一台标准 PC 的电源配置在 250W～300W 之间，但实际消耗并没有这么多，仅大概一半左右。按每天工作 10 小时计算（很多 PC 甚至是一直不关机的），其年能耗是 300 多度电，如果计算上空调消耗的话则会超过 400

甚至 500 度电[5]。

我们可以想象一下呼叫中心。一个呼叫中心同时工作的接线员大概会有几十人或者数百人。每个人一台 PC 的配置情况下相当于每人面前摆着一个 300W 的小火炉。整个房间的空气环境和制冷条件可想而知。而偏偏这个小火炉的真正有效能耗只有 5%。

存储介质的浪费程度也相当惊人。现在已经很少能买到 300GB 以下的 PC 硬盘了，而我们的 PC 能用掉多少硬盘空间呢？如果是家庭 PC，可能会保存很多电影、歌曲等占空间比较大的文件，一些进行多媒体创作的专业人员可能会需要比较大的硬盘，此外还有一些从事专业设计领域的专业人士需要较大的存储空间。而作为 PC 最大的用户群，事务性工作人员每天使用 PC 做什么呢？他们大多数只是在重复一些常规操作，而不在本地保存任何文件，例如银行的柜面业务人员，呼叫中心的坐席人员，政府机构公共服务大厅的服务人员，以及医院里挂号、收费、发药的护士和门诊医生等。这些人使用的 PC 上所需要的个性化存储空间可能只有几十兆字节。对于这样的用户来说，一个 300GB 的硬盘真正被利用的只有不到 20GB 的操作系统空间，而就是这 20GB 的空间也是所有人都一样的操作系统软件和应用软件。存储空间的浪费程度可想而知。

7.1.5 便携性问题

随着半导体工艺的不断进步，越来越多的软件被搬到了个人电脑上，

---

5 在机房等专业制冷环境下，每消耗 1 度电用于 IT 设备，同时需要额外消耗约 1.5 度电用于制冷和配电、照明等能耗。在办公室环境中制冷效率要比这个还低，但考虑到办公室环境中冬天是不需要空调的，这样全年平均下来的制冷及配电消耗约为实际用电量的 0.5~1 倍左右。

便携性问题也随之而来。对于一些移动办公需求很高的业务人员来说，笔记本电脑已经越来越重了，而这些年出现的上网本等设备又无法满足工作需求。还有一些用户，如前面提到的某高科技公司，不被允许将其电子资料带出其所在地。此外像医院的移动护士站也需要更加轻便的电子化设备以支持其完成工作。

7.2　云计算的变革

在了解了前面所述的问题之后，我们不禁会问，云计算能够给传统桌面带来什么？要回答这个问题，我们需要先回顾一下云计算是什么。

云计算本身不是一个具体的产品或解决方案，而是一个概念，在很多领域都有应用，而每个领域的应用又各有不同，所以我们只能抽象出云计算在各个领域的应用中所存在的共性：利用共享或虚拟资源进行计算；提供弹性的计算资源；提供统一的标准化的服务；提供快速部署的能力；提供弹性的价格体系；用户无须了解实际的计算方式。

用户使用云计算的目的是解决一些传统方式无法解决的问题，并不是为了使用云计算而进行云计算建设。那么，在科技高速发展的今天，如何利用云计算改善传统桌面系统所带来的重重困难呢？

7.2.1　桌面云原理

我们先来看桌面云的工作原理。桌面云是一类利用共享计算能力实现桌面终端系统的解决方案。在这种方案中，计算机操作系统不再运行于桌面终端，而是运行在服务器上，如图 7-2 所示。

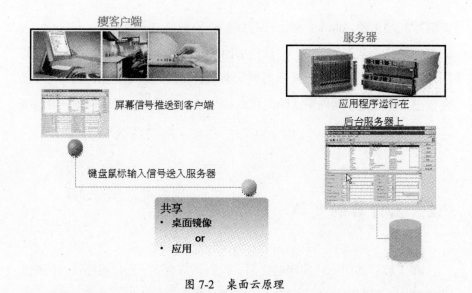

图 7-2　桌面云原理

　　这种技术得益于服务器虚拟化和网络的发展。首先，PC 服务器可以被虚拟化成许多台小的虚拟计算机来运行客户端操作系统或应用，然后工具软件通过网络将在后台运行的操作系统或软件界面传送到用户的一个轻量级客户端并最终显示到终端显示器上；而用户端的输入信息，如鼠标、键盘等信号，也可以通过网络传送到后台的服务器上。

　　服务器虚拟化技术的发展使终端桌面业务通过服务器共享的计算能力来实现自己的计算需求成为了可能，无处不在的网络为该方案扫除了信息传输的障碍。通常的桌面云架构如图 7-3 所示。PC 服务器部署在信息中心，承担着桌面业务的运行工作；工具软件将虚拟操作系统或应用通过网络发布出来；瘦客户端运行在最终用户面前承担显示和输入的工作。

　　一种替代技术能否应用首先要看它能否满足传统技术所承担的任务。从桌面系统兼容性来看，桌面云所运行的 PC 服务器与传统 PC 使用完全相同的架构，运行的系统和传统桌面的系统没有任何兼容性问题。对于每一个桌面云终端用户来说，他所面对的是一个完整的属于他自己的桌面系统，该系统的使用方式和习惯与原来没有什么不同。可以说用户完全可以像使用传统桌面终端系统一样使用桌面云系统。

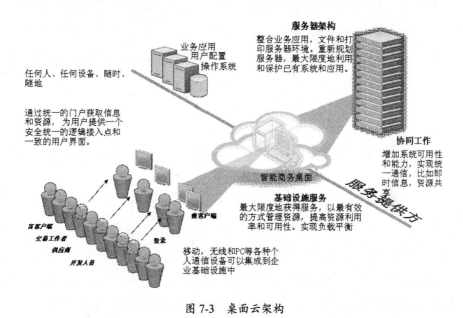

图 7-3　桌面云架构

下面我们来回顾一下前面描述到的传统桌面系统所遇到的困难。

首先是安全问题。

对于被动性威胁，杀毒软件、防火墙、自动更新、审计等软件所保护的传统桌面由于暴露在防护能力相对较弱的办公网络区域，甚至是开放网络区域，其危险性可想而知。而桌面云解决方案中由于操作系统和软件是运行在信息中心之中，在终端桌面和信息中心之间传递的只是图像信息，所以可以说是将信息安全的管控边界从浩瀚无边的互联网集中到了信息中心大门以内。管理人员可以更加容易地为桌面系统提供信息安全保障。

很自然地，用户可能会担心桌面云服务器与终端的网络通信是否会被截取。不过,这个担心大可不必,因为桌面云解决方案中从服务器端到终端传输的只是虚拟机运行环境的图形界面变化量,而不是业务数据,即使被截获也没有太大关系。

同时,由于桌面系统运行在信息中心,而且桌面镜像的标准化程度非常高,部署杀毒软件和更新安全补丁的自动化安装软件执行命中率也会大大增加。

对于主动型威胁,桌面云的保护就更加强大了。由于用户终端本地没有可写入的存储设备,因此数据无法被带走。网络一旦断开,所有的数据都将在信息中心大门以内。这种架构本身就为用户提供了非常高级别的安全管控。

再看运维问题。

传统桌面系统中所面临的三个主要的运维管理难题在桌面云系统中将可得到很大程度的改善。

一是桌面标准化问题。在桌面云的环境下,如果 IT 部门不希望用户自己安装软件,可以通过审计软件实现 100%的控制力。这种环境下的桌面镜像可以实现高度的标准化,从而可以有效避免由于软件冲突所造成的一系列问题,减少运维部门的工作量。

二是设备标准化问题。桌面云运行环境中所有的桌面镜像运行环境都是完全相同的虚拟机环境,这就避免了传统环境下由于 PC 购买批次的不同所造成的配置不同和硬件多样性,也就从根本上杜绝了由于设备多样性所造成的技术问题。

三是远程技术支持问题。桌面云环境中所有的虚拟机都运行在信息中心机房,运维部门的工程师再也不用到用户的办公桌前做现场技术支持了。当用户有技术问题时，运维工程师在信息中心就可以完成技术支持任务。这对于地域分布较广的组织机构的桌面运维会有比较大的帮助。

接下来是成本问题。

传统 PC 折旧周期为 3~4 年，主要原因是其计算能力跟不上新的应用软件的需求了。但实际上大多数用户所感觉到的 PC 性能不足都是在应用软件打开或关闭的时候，以及 PC 启动的时候。与传统 PC 不同，桌面云的客户端设备仅仅用于输入和输出，其计算能力要求非常有限。只要硬件不损坏将可以用很多年，通常这些终端设备的折旧周期为 6~8 年，约合 2~3 倍传统 PC 折旧周期。

当然，桌面云也一样会遇到 3~4 年以后性能不足的问题。不过，桌面云解决方案解决这个问题的方法不是将设备全部淘汰。桌面云的计算能力全部都在服务器端，而服务器端是多台虚拟机共享使用一个 PC 服务器池。当这个池子的总计算能力无法满足计算能力的需求时，只需要向这个池子中再添加几台 PC 服务器就可以了，而不是将它们淘汰。通常的做法是在桌面云系统建设完成后 3~4 年时向该资源池追加一倍的负载能力。而这个时候由于摩尔定律，与 3~4 年前的服务器计算能力相同的服务器的价格仅相当于之前价格的 1/2，甚至 1/4。很显然，这将大大降低终端设备的采购成本。

此外在能耗方面，桌面云也可以为用户省下一大笔电费。

讲到能耗，平均 5%的计算能力使用率使传统 PC 的能效比大打折扣。通常我们说一个信息中心的能效比[6]如果超过了 2.5 就算很差了。如果按照

6　信息中心的能效比指的是信息中心的总耗电除以信息中心中 IT 设备的总能耗。通常
　　1.5~2 为较优，2~2.5 为适中，超过 2.5 就比较差了。

同样的方法计算的话，一台 PC 的能效比为 20，这实在是难以令人满意。

桌面云针对 PC 的计算能力平均使用率只有 5%这一特点，通过虚拟化技术使多个用户能够在一台 PC 服务器中均衡地使用计算资源，从而有效地提高 IT 设备的利用率，节约能源。

而对于存储介质的利用就更加合理了。桌面云系统利用共享的存储为每个用户提供操作系统和私有文件保存空间。对于操作系统所占用的空间，桌面云系统可以利用绝大多数用户操作系统镜像都相同这一特点，通过使用单一操作系统空间为所有用户克隆操作系统运行时镜像的技术从而大幅度节省存储空间的使用；而对于用户私有文件系统，桌面云系统则利用网络共享存储为每个用户提供一个只有该用户自己能够访问的私有文件系统。而这个共享文件系统的总存储利用率可以根据用户的冗余要求保持在 80%~90%左右，这样就可以减少很多的浪费。

最后是携带性问题。

由于不需要高性能的终端计算设备，桌面云系统的桌面可以被发布到很多终端类型上，如标准的瘦终端系统、传统 PC，甚至是手机。只要网络能到达，就可以使用桌面云系统访问自己的操作系统镜像。

7.2.2 桌面云带来的新突破

最常见的桌面云解决方案主要有四种：桌面云工作站、虚拟桌面、共享服务和无盘工作站。如图 7-4 所示。

四种桌面云解决方案分别对应着不同的桌面需求，其各自特点和优势也不同。

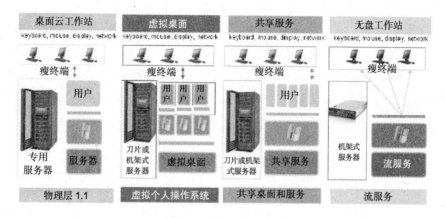

图 7-4 桌面云解决方案

1. 桌面云工作站

桌面云工作站可以简单理解为将 PC 的显示终端和主机分开，即将主机放置在机房，而将显示终端和输入用的鼠标键盘等设备放置在用户的办公桌上。每台放置在机房的工作站主机安装一个操作系统，对应一个用户。用户的使用感受和在操作自己面前的一台普通工作站没有什么区别。

和工作站一样，桌面云工作站面向的也是专业 PC 用户。该类用户的特点是对 PC 的性能要求非常高，通常要服务器级别的 CPU，有的时候还要非常高端的图形加速卡配置。主要应用通常是三维图形工作站或对 CPU 要求很高的软件和应用。例如机械设计行业通常使用的 CATIA[7]、Pro/Engineer[8]，三维动画渲染和制作软件 3D MAX，石油勘探行业使用的

---

7 CATIA 是法国达索公司的产品开发旗舰解决方案。作为 PLM 协同解决方案的一个重要组成部分，它可以帮助制造厂商设计其未来的产品，并支持从项目前阶段、具体的设计、分析、模拟、组装到维护在内的全部工业设计流程。

8 Pro/E（Pro/Engineer 操作软件）是美国 PTC 公司（Parametric Technology Corporation）的重要产品。是一款集 CAD/CAM/CAE 功能于一体的综合性三维软件，在目前的三维造型软件领域中占有重要地位，并作为当今世界机械 CAD/CAE/CAM 领域的新标准而得到了业界的认可和推广，是现今最成功的 CAD/CAM 软件之一。

油藏分析解释软件兰德马克等。也有一些对图形加速卡要求不高但对 CPU 要求很高的应用，如视频编辑应用 Premiere，本地分析运算的应用等。这类用户通常有两个共同的特点。一是他们的工作成果都是有很大价值的商业秘密。将这些重要的数据直接暴露在一个保护很不严密的桌面工作站上显然是有风险的。二是这类工作站软件通常都非常昂贵，相比之下工作站的价格则很便宜。同时一台工作站只能给一个人使用，很难共享给他人使用。一旦该用户不使用该工作站，由于其他用户没有物理上访问该工作站的设备而也无法使用该软件。传统方式是给每个用户安装一套软件，但这将造成非常大的资产浪费。

桌面云工作站很好地解决了这两个问题。首先，它将工作站主机从用户的桌面上移到了保护严密的机房中，工作站和客户端之间传递的是图像的变化量，而不是业务数据本身。其次，不同的用户可以安装瘦终端访问该工作站，没有了物理的障碍，该工作站上的软件资产将可得到充分的利用。

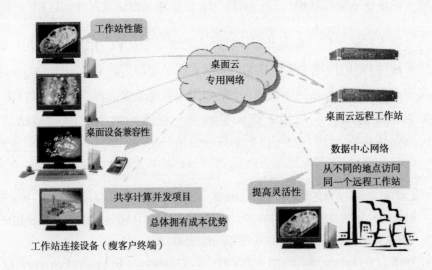

由于用户对工作站的性能和图形加速能力要求比较高，桌面云工作站的一台物理服务器并不会同时支持几个用户，而只是一个工作站支持一个

用户。于是，在实现方式上我们很容易想到这样几个问题。

首先，放置在机房的主机使用什么类型的服务器？通常机房内的设备是统一规划的，塔式计算机放在机房中是不合适的。可以很容易想到最好是机架式服务器或刀片服务器。

其次，图形加速卡是高性能图形工作站的重要组成部分，而图形加速卡输出的是 VGA、DVI 或 HDMI 信号，这些信号如何通过网络传输到用户端？图形加速卡输出的信号不是普通显示适配器输出的信号，在桌面云其他解决方案中使用的桌面发布组件是无法处理如此高水平的图像的。在实现过程中通常是将高性能图形加速卡的输出信号经过一个专用的图形加速卡转成网络信号，再通过网络传输到瘦终端显示。

再就是网络延迟。对于桌面云来说用户体验最不好的恐怕是网络的延迟，用户敲击一次键盘或移动一次鼠标如果需要比较长的时间才能看到反馈的话就会导致很多问题，例如用户会多次点击鼠标，造成多次输入。所以，一个解决方案提供的网络延迟越短，就越有竞争力。

对于有图形加速卡的桌面云工作站来说，用于视频信号/网络信号转换的加速卡非常重要。通常这类图形加速卡的结构如图 7-5 所示。

IGTA 协议，作为 VESA[9]标准的一种规范将作为该方案的主要传输协议规范。IGTA 处理器在服务器端利用图形加速卡的处理能力将视频信号转换成网络信号通过通用网络传输给瘦终端的 IGTA 处理芯片，在服务器端和瘦终端都要有 IGTA 的处理能力。为了减少网络带宽的需求，在网络上传输的视频信号只能是桌面图像的变化量。

9　VESA（Video Electronics Standards Association，视频电子标准协会）是由代表来自世界各地的、享有投票权利的 140 多家成员公司的董事会领导的非营利国际组织，总部设立于加利福尼亚州的 Milpitas，自 1989 年创立以来一直致力于制订并推广显示相关标准。

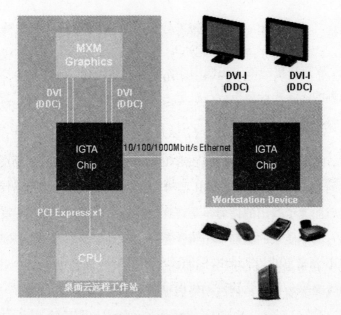

图 7-5　图形加速卡结构

值得一提的是，即便是使用了专业的图形加速卡，桌面云工作站通常也需要非常高的带宽，因为图像质量通常是这类解决方案的用户最重视的客户端体验之一。所以该方案通常只能用于局域网，而且如果用户量大的话可能还要进行专门的网络改造。

2. 虚拟桌面

虚拟桌面系统面向的是普通 PC 用户。这些用户使用 PC 通常只是进行日常的办公，在这些 PC 上运行的程序以 OA 系统、浏览器、办公套件、即时通信、协同办公等软件为主。图 7-6 显示了一个虚拟桌面的应用场景，可以发现和普通的 PC 环境没有什么差别。

和桌面云工作站不同，虚拟桌面在物理架构上不是一台服务器对应一个用户，而是利用服务器虚拟化技术将服务器虚拟成若干台完全一样的 x86 架构虚拟机，然后在这些虚拟机上安装操作系统，每个操作系统对应一个用户。虚拟机通过负载均衡的方式共享使用物理服务器的计算资源，虽然一台物理服务器的计算能力有限，但却可以承载远大于运行在该服务器上的用户最大计算能力之和的用户数。举个例子来说，一台两路的 PC 服务器通常一共有 8 个核，根据用户使用特点不同，可以承载 24~80 个用户，其优化能力相当可观。

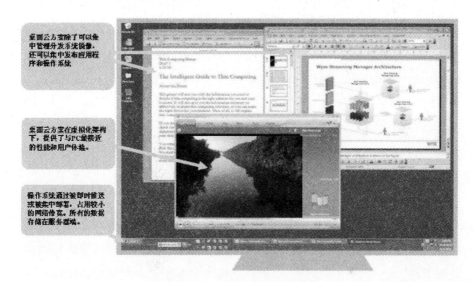

图 7-6 一个虚拟桌面应用场景

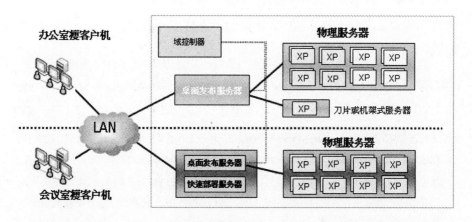

有些人可能会担心自己的应用程序会存在一些兼容性的问题，在虚拟桌面系统上无法运行。在实际的案例中的确发生过这类问题。某些软件在

PC 上运行得很好，但在虚拟机上就会出现问题。在将这些软件进行统计分析之后发现，这些软件都是用户所在企业或政府机构自行开发或委托一些开发商开发的非商业通用软件，而且常常是改变一下安装顺序就不出现问题了。这是为什么呢？为什么那些通用的商业软件就不会出现类似的问题呢？

我们首先想到的可能就是开发质量问题。众所周知，通用商业软件是要经过大量严格的开发过程管理和测试的，因为其应用广泛，如果出现问题会导致无法挽回的后果，要承担的法律责任有可能令其直接破产倒闭。正是这种严重的后果使得通用商业软件开发商都会在软件开发质量上设下重重关卡，严格执行行业标准。而反观一些企业或者一些不负责任的软件开发公司，由于其自身技术积累有限，有的时候为了拿到一笔订单，完全不遵从任何标准，其软件开发过程中的质量控制水平要弱得多。

举个例子来说。开发人员都知道的动态链接库[10]这一技术。当动态链接库更新时，基于该动态链接库的程序是不需要改变的，因为更新后的链接库其接口通常会向下兼容。但用户必须按照标准的使用动态链接库的方法来使用它，否则一旦动态链接库升级，可能该应用程序就无法使用。目前发现的大量桌面云兼容性问题都是由动态链接库引起。

此外，还有一种很典型的情况。国内政府机关信息部门的领导近年来也听到了一些技术名词，如 B/S[11]架构、C/S[12]架构。B/S 架构是比 C/S 架构

---

10 动态链接库即 Dynamic Link Library（DLL），是一个包含可由多个程序同时使用的代码和数据的库，它不是可执行文件。动态链接库提供了一种方法，使进程可以调用不属于其可执行代码的函数。函数的可执行代码位于一个 DLL 中，该 DLL 包含一个或多个已被编译、链接并与使用它们的进程分开存储的函数。DLL 还有助于共享数据和资源。多个应用程序可同时访问内存中单个 DLL 副本的内容。

11 B/S（Browser/Server）结构即浏览器/服务器结构。它是随着 Internet 技术的兴起，对 C/S 结构的一种演变和改进。

出现得晚一些的技术架构。由于市场上的宣传信息的引导，这些领导们往往会认为 B/S 架构是当下的潮流，C/S 架构的东西已经被淘汰，新的东西就是好的，于是要求把自己所有的应用都从 C/S 架构改变成 B/S 架构。可是，要知道国内信息化应用水平最高的银行和电信行业目前仍然有大量的 C/S 架构应用，难道他们会宁愿用不好的东西吗？实际上，B/S 架构有它的好处，的确有很多 C/S 架构的软件应该被替换成 B/S 架构。但任何一种技术都有其适用范围，也都有其短板。B/S 架构对有客户端应用的支持能力就很差。目前国内的炒股软件就没有一个用 B/S 架构。很多专业的网上银行客户端也不用 B/S 架构。国内政府部门的很多业务系统就需要有丰富的客户端能力，这是 B/S 架构的客户端软件无法实现的。但有些开发商为了迎合领导的错误倾向拿到订单，满口答应以 B/S 架构改造其软件，而在实际开发中使用浏览器插件等非标准手段实现浏览器无法实现的功能。而很多插件完全无法支持 B/S 结构，用户必须在 PC 上安装一些代码才能使用该功能。这样一来这个"B/S"架构的软件实际上只是一个披着浏览器外衣的 C/S 架构软件。显然，我们不能期望一个如此偷梁换柱改变标准的软件开发商能够严格遵循各种标准开发和测试他的程序，于是就容易出现前面所说的动态链接库问题。笔者就见过这样一个国内比较大的开发商，该开发商为一个政府用户开发核心系统。当他的软件在虚拟桌面上稳定地重现一个错误时，虚拟桌面的工程师向该开发商询问是否有可能调试该程序。而得到的答复是该程序无法调试。笔者无法理解，一个无法调试的程序是如何通过测试的！难道他的程序从来都不出错不需要调试吗？

就目前虚拟桌面系统的应用情况看，绝大多数的程序基本上无须更改即可运行在虚拟桌面系统上。

---

12 C/S（Client/Server）结构，即大家熟知的客户-服务器结构。它是软件系统体系结构，通过它可以充分利用两端硬件环境的优势，将任务合理分配到两端来实现，从而降低系统的通信开销。

虚拟桌面的一个常见的应用案例是开发人员的个人电脑。和前面讲的桌面云工作站的使用场景相同，虚拟桌面在开发用个人电脑的应用主要是解决开发机构的软资产安全问题。与桌面云工作站方案不同的是虚拟桌面方案的用户通常没有 3D 应用的需求。这是因为目前图形加速卡虚拟化的技术还不成熟，致使虚拟桌面技术还不是很适合 3D 应用开发场景。

虚拟桌面的另外一个应用场景是公共服务器大厅的工作用 PC，如银行网点的服务终端、政府公共服务大厅的服务终端。这些终端都部署在某个机构的大规模分支机构中。传统 PC 应用场景中这些终端的维护工作量非常大，因为该机构通常要在各个分支机构设置维护人员，或者花费巨大的精力来进行远程运维。虚拟桌面技术可以很好地解决这些问题。通常终端是免维护的，由原厂提供备件服务。而虚拟桌面由于是在信息中心运行，可以简单的在信息中心进行运维。

虚拟桌面在计算机培训环境下也比较适合。传统个人计算机搭建的培训教室培训模式为，每上一次课都是同一批学员在同一个教室中上几天，直到一个课件上完，灵活性比较差。为什么呢？首先，PC 的硬盘在每次上课前要重新安装，因为上一次课的学员已经将在作练习的时候向该计算机的硬盘写入了练习结果。这导致新学员无法从头开始练习。而重装教室内所有的计算机需要很长时间（相对于课间时间比较），学员通常直到将一个课件上完才会让管理员重新安装所有的 PC 以安排下一批学员来上课。另外一个问题就是一旦在一台 PC 上开始了自己的课件练习，学员在完成练习之前就无法更换教室，因为学员无法带走课件。虚拟桌面技术可以很好地解决这两个问题。因为操作系统可以很简单地通过重新启动来恢复到之前的环境状态，以很快地开始下一批学员的练习，而上一批学员的练习则可以轻易地保存在学员自己的练习文件夹中。这些练习结果保存在受权限保护的公共的文件系统中，在任何地方都可以调取。也就是说学员可以随意地更换教室而同时继续自己的课程。

3. 共享服务

共享服务是桌面云的另外一种实现方式，比较适合于标准的应用场景。其基本原理是把一个应用在服务器端运行起来，然后使用工具将该应用的界面发送到用户的终端。与虚拟桌面不同的是虚拟桌面环境下发布的是操作系统桌面，而共享服务方式下发布的是应用。

我们可以把共享服务看做是 SaaS 的一种解决方案。可以想象一下企业将其办公软件（Office 套件），PDF 阅读软件、邮件客户端、开发工具、窗口服务业务终端软件等软件通过共享服务的方式发布给用户，而不是安装在终端用户的桌面上。这样做的好处是用户的桌面更加简单，有的时候使用轻量级操作系统（如定制 Linux）即可。这样的系统启动非常迅速，通常只要十几秒钟。应用全部在服务器端维护。

但共享服务对应用程序标准化的水平要求比较高。常用的商业化软件大多数都能够满足该要求，但一些定制开发的客户端软件往往在标准化水平上就未必有这么好。事实上很多用户在桌面云使用的初期因考虑到这一问题而使用虚拟桌面的方式，而在其软件逐渐成熟之后再逐渐将使用模式改造成为共享服务的方式。

4. 无盘工作站

有关无盘工作站的技术讨论已经很多了，这种方案几年前就已经存在，可以说已经是一个比较成熟的解决方案。这里不再对其技术原理进一步讨论，仅将其列为桌面云的解决方案之一。

7.2.3　桌面云技术的产品供应商

桌面云技术除了无盘工作站之外都属于比较新的技术体系，目前供应商比较少，各厂家的技术实现方式不尽相同。

在桌面云工作站领域，主要的供应商有 Devon IT 和 VMWare。Devon IT 的实现方式是通过一个图形转 IP 信号的扩展卡，将工作站上的图形加速卡输出的视频信号通过该扩展卡转成 IP 信号发布到客户端。该方案对视频信号没有任何有损压缩，所以对网络带宽要求较高，通常每用户要 20Mbps 左右的带宽。VMWare 的方案通过一个 PCOIP 的扩展卡在计算机总线内部将视频信号转成 PCOIP 信号传送给用户。VMWare 的方案对带宽消耗相对较小，但其图像质量和性能与前者有一些差异。

虚拟桌面和共享服务领域的产品供应商主要有 Citrix、VMWare、IBM，以及其它的一些小规模的供应商。Citrix 在桌面虚拟化方面的历史较长，使用的 ICA 协议是目前桌面虚拟化领域带宽需求较小的交付协议。VMWare 则在服务器端虚拟化方面有较强的优势。因为桌面虚拟化和应用虚拟化的软件都是运行在服务器端，所以 VMWare 在服务器端的优势可以弥补其在交付协议方面的不足。VMWare 在早期推行桌面云方案的时候使用微软的 RDP 协议。该协议被广泛应用于 Windows 远程桌面。近些年来，VMWare 逐渐转向了其自主研发的 PCOIP 协议，该协议有更好的性能和展现能力，同时也需要更高的带宽。IBM 在桌面虚拟化方面起步较晚，主要产品为 Virtual Bridge，其特点是能够支持 Linux 操作系统。

7.2.4　桌面云不是产品

从前面的介绍中可以知道桌面云在技术原理上是一种运行在中心而使用在远端的技术实现方式。从中心到终端的交付协议是其核心技术，但整个系统是否能够良好地运转依赖于很多技术因素，基础环境就包括服务器、存储、网络、操作系统、数据库、瘦终端等环境；在远程办公环境下还会涉及到 VPN、防火墙、加速器等设备。在桌面数量较多的情况下其 IO

设计极为复杂，这也是直到目前为止具备大规模桌面云部署能力的集成服务供应商仍然非常有限的主要原因。从基础环境角度，桌面云的建设主要需要考虑以下几个部分：

1. **服务器**：目前主流桌面云的环境包含有虚拟桌面服务器、连接代理服务器、许可协议服务器、域控制器、文件服务器、数据库服务器、自动部署服务器等服务器，均为 Intel 至强系列 CPU 的服务器。不同类别的服务器对配置的要求都不同。在大规模部署环境下其配置要求对相同种类的服务器也不尽相同。而目前主流的服务器配置分为刀片式服务器（通常为两路），两路机架式服务器，和四到八路机架式服务器。从设计灵活性考虑，最好用四到八路机架式服务器作为虚拟桌面服务器，而用两路机架式服务器作为其他管理服务器使用。但在考虑到四到八路服务器较高的价格，以及机房空间的一些局限性之后，很多用户选择刀片服务器。

2. **存储**：桌面云对存储的需求主要分为高端存储和文件服务器存储两种。前者主要保存虚拟桌面的虚拟机镜像，而后者主要保存用户的私有文件系统。这意味着前者需要比较高的性能，而后者需要的性能比较低，往往 NAS 就可以满足要求。

3. **网络**：桌面云网络环境构造比较复杂，尤其在大规模部署的时候，其 IO 流量分配需要进行专门的规划。

4. **操作系统**：作为管理服务器的操作系统和管理服务器的规划息息相关。由于各个管理服务器负载不同，很多服务器可以被部署在虚拟机中。操作系统的部署和功能服务器的部署是有比较大的相关性的。作为瘦终端的轻量级操作系统的选型也比较关键，主要看用户对显示功能和各种接口的需求需要什么样的操作系统来满足。瘦终端的选型和瘦终端操作系统的选型工作通常是同时进行的。

5. **运维管理**：传统桌面系统的运维管理手段和桌面云环境下的运维管理手段是完全不同的。例如补丁管理在传统 PC 环境下需要远程补丁安装软件完成，而在自动部署模式下的桌面云环境中只需要给模板打个补丁就可以了。除了补丁管理外，还有病毒管理、生命周期管理、远程问题诊断等等。

总的来说，桌面云不是简单的产品部署，而是相当复杂的一套系统集成的工程。

7.2.5 不适用桌面云的场景

总的来说，桌面云技术是一种替代传统 PC 的虚拟化桌面系统管理方案。相对于传统 PC，桌面云技术主要在信息安全、运维管理、总体开销等方面有比较明显的优势。桌面云比较适合于企业和政府机构的办公用固定桌面系统、研发机构的桌面终端系统等。但桌面云毕竟不是传统 PC，有很多传统桌面的场景并不适合使用桌面云实现。

从目前桌面云的技术原理来看，桌面云主要是通过将桌面或者应用的图像通过网络发送给用户的方式实现桌面和应用的虚拟化。而这种技术有一定局限性，相比于传统 PC 环境主要存在于以下几个方面：

1. **多媒体播放**：桌面云技术发布的是桌面或应用窗口图像的变化量，当有多媒体播放时，因为图像的变化量较大，导致传送带宽显著增加，以目前的网络环境来看如果在广域网范围内应用的话，不是很经济。

2. **语音或视频交互**：多媒体交互即便是在传统 PC 上也会有比较大的延迟，在虚拟桌面环境下由于要再经过一次重新包装的过程，其网络延迟会比较大。

3. **多媒体编辑**：多媒体编辑通常需要专业的图形加速卡。而图形加速卡的虚拟化技术目前还不是很成熟。

4. **网络游戏**：网络游戏通常对多媒体和图形加速的功能有比较高的要求。

5. **大容量外设**：当有比较频繁的大容量外设数据读取和写入时网络带宽会受到比较大的压力，而且响应速度较慢。

第 8 章

云道
——业务永续

云计算平台可以作为企业 IT 系统中断时的业务支持系统，也就是在企业的本地系统出现问题时，企业可以继续维持应用系统的正常运行，企业可以利用云计算资源来保障企业业务的连续性，或者可以说，云计算资源可以作为企业的"热备份"系统。

8.1 业务连续性对云计算的需求分析

虽然目前云计算概念已日益得到用户的认可，各云计算厂商也在逐渐引导企业将云计算作为关键应用的新平台发展目标，但大多数企业并不会马上购买公共云作为其关键业务应用的 IT 私有平台。即使企业计划建立自己的私有云平台，也大多是从开发测试环境的云建设开始。就目前云计算发展状况而言，企业的等待是正确的，在支撑关键性应用的环境中，环境的本地可靠性及灾难恢复将是企业业务连续性的必要保证。

IaaS、PaaS 和 SaaS 云计算平台可以作为企业 IT 系统中断时的业务支持系统，也就是在企业的本地系统出现问题时，企业可以继续维持应用系统的正常运行，企业可以利用云计算资源来保障企业业务的连续性，或者可以说，云计算资源可以作为企业的"热备份"系统。

传统的备份系统解决方案已经出现很长一段时间，并很成熟。当企业建立系统时，通常会在同城或异地做一份与生产中心完全一致的备份，这一备份系统能够在生产中心系统崩溃或者由于自然灾难而导致无法正常运营时承担业务的运行。虽然建立灾备中心要花费数百万资金，但是如果系统不具备业务连续能力很可能让企业蒙受更大损失，甚至停业、倒闭。

云计算资源可以作为企业系统的备份系统，这一点是非常容易理解的，现在大量的创新型云服务系统的建设让企业有了更多的系统备份方案选择。这些系统基本能够提供所有服务，从数据存储到数据安全、应用系统等，甚至完成与生产中心功能/性能一致的平台，并且，这些全都是可以根据云计算的模式进行自助定制的。现在，企业能够在云中建立完整的系统，这不但可以保持系统弹性或降低系统运维成本，而且还将拥有一个按需支付、能够提供生产中心所有系统处理服务并可随时启动/停止的备份平台。

8.1.1　业务连续性的云计算价值

企业可以利用公有云计算资源作为企业数据备份的方案。这样既不需要任何数据建设的投资，也不会涉及系统必需的任何硬件或者软件成本。同时，还可以在需要时随时启动云计算中心的资源，而只需支付实际使用资源的成本（按需付费）。这种方案为那些无法承担灾备中心建设的中小企业提供了机会。这一策略比企业自行建立灾备中心的方式能够节省成本达75%，除了节省设备购置成本外，还可大大节省系统的持续运营成本。

前面介绍过，云计算提供商一般来说有三种，也就是软件即服务（SaaS）、平台即服务（PaaS）以及基础设施即服务（IaaS）。SaaS和PaaS对云计算发展来说很重要，但是企业要选择提供灾难恢复能力的云计算提供商时，首先应该关注IaaS云计算提供商。

IaaS云计算提供商通常提供整个平台，如UNIX、Linux、Windows等操作环境及数据存储环境，这些平台建立在虚拟空间中，并分配给IaaS提供商的用户使用。企业可以通过申请并付费的方式使用这些资源，就像使用自己的数据中心基础设施一样。

当然，不同云计算提供商可能会有不同的收费策略，即会按照不同的使用方式收费。有些提供商可能会按使用的存储空间的大小收费，有些会按使用的时间收费，也许还有些提供商会按使用的带宽收费。企业要根据自身的特点及具体需求选择合适的云计算提供商。

除了降低系统建设及运维成本以外，利用云计算提供商来进行灾备的更为实际的策略性优势，是企业仅仅使用一张信用卡就可以立即成为云计算客户，并可能获得免费试用期，也可能在一定使用限制下免费使用。

"自定义"是企业利用云计算可以实现灾备的最大策略性优势。企业的 IT 人员可以按需分配和配置备份系统环境，而不需要花费大量心思在硬件和软件的采购上，更不需要到处寻找合适位置建设备份用数据中心。

未来，云计算系统将无处不在，只要能够接通互联网，通过浏览器企业就能够随时随地接入并管理核心业务系统，继续企业业务。这实际上也就解决了灾难发生时员工无法到达办公室或工作场所的问题，尤其是对区域性的中小企业的灾备系统运维带来了更大的便利。

8.1.2　实现灾难恢复

如何制订以云计算为导向的灾难恢复策略呢？就像我们制订传统的灾难恢复策略一样，云计算导向的灾难恢复策略也必须从了解客户需求开始，根据企业的具体组织架构及流程制定策略，包括相关风险的成本。

很多情况下，由于企业对应用的某些特殊要求，云计算并不一定适用，例如某些企业的核心应用可能还不支持云计算，或者很多企业的数据可能有特定的安全要求，不允许放置到公有云的环境中。实际上，在很多国家，金融数据是不允许离开本国的。具体到我国，金融数据放置到第三方数据中心的难度也很大。而现实情况是很多云计算提供商都位于国境之外，或作为操作的一部分将数据复制到境外的数据中心。

企业在考虑使用公有云服务作为灾备方案时，还需要考虑某些内在的风险。企业需要相信所选的云计算提供商能够生存并能满足他们灾备需求，同时要考虑到很多提供商是风险投资创立的企业，随时有可能会被卖掉，这种不稳定性会带来服务水平的变化。虽然逻辑上企业的数据存储在独立安全的系统中，但这些数据在物理层面上是与共享资源的其他的公司的数据混放在一起的。某些情形下企业的数据可能在未获得同意的情况下离开了原来的存放地点，例如与企业共享同一台云计算服务器的另一个企业有犯罪嫌疑时，执法机关有可能会扣留整台服务器资源，从而在同一台服务器上的企业数据也会一同被扣留用于审查。

虽然仍有风险，但是随着云计算不断发展成熟，利用云计算提供商作为灾备策略的一部分的好处会越来越明显。目前的情况下，云计算是应用或数据灾备的一个不错的选择。相比于大型企业，这个选择可能对中小型企业更有吸引力一些。随着时间的推移，更多的企业可能会加入到这一行列中。

8.2 企业私有云环境中业务连续性的实现

虽然在前面的分析中公有云未来能为中小企业提供一个理想的数据备份的解决方案，但是毕竟需要将数据放置在第三方，企业对核心系统数据缺乏安全感。尤其在国内，难度更大。现实中用户更需要的是建立自己的私有云环境，以及利用云计算技术完善企业业务连续性的能力，尤其是对于像银行等一些大规模的企业。

我们先看一下业务连续性对企业的重要性。随着 IT 的飞速发展，企业业务对 IT 系统的依赖性也随之增加。业务连续性需要系统的高可靠性和高可用性的强力支撑，大部分单位的业务处理需要数据处理的高可用性。一个计算机系统的长期停止运转将直接导致明显的业务后果，也许还会被追究管理责任。更为重要的是，一旦数据由于某种原因永久性丢失，不但会给企业的运作带来极大的困难，而且还会使企业的商业信誉受到致命的打击，在竞争中处于劣势，造成不可估量的后果。

现在可以毫不夸张地说，一个企业关键系统长时间宕机或部分/完全丢失了数据，也就丢失了一切。无论是国内还是国外的用户，无论是政府还是企业，现在都在思考这样一个问题：假设我们的企业发生了类似的情况，我们是否有足够的备份措施，企业的数据是否有足够的保障？在美国、日本等一些发达国家，对于关乎国计民生的行业，有专门的法律要求该企业必须有保障业务连续性的方案（如美国是 BCC 177），并且每年都会进行审计和稽核。虽然国内目前还没有类似的法律，但管理部门已经认识到了业务连续性的重要性，并开展了相关课题的研讨，相信很快就会出台对于金融等重点行业的条例和规范。现在，国内一些先进的有前瞻性的企业也已在这方面给予了足够的重视。

当然，为提高业务连续性，在加强本地系统的高可用性的同时，还要考虑灾难备份系统的建设，要实事求是，绝对的本地系统可靠性及能够防御所有灾难的方案是不存在的，也是不现实的。我们认为，计算机系统高可用性级别及灾难定义是可以由用户自己来定义的，不同地区、不同行业可能有不同的要求。

另一方面，云计算已得到不断发展并逐步得到用户的接受，不少企业已经开始规划并实施云计算，而在企业云计算环境中如何提供业务连续性将是客户讨论的重要话题之一。

对于企业来讲，云计算强调的更多是虚拟化、自动化、标准化等内容，可以提高 IT 资源利用率，通过自动化、流程化等手段更有效地使用技术支持人员，提高工作人员的工作效率。在云计算环境中，在企业数据中心内，一个应用、一个中间件、一台服务器等发生故障时如何保障应用的连续运行？下面我们就来重点阐述一下在云计算环境中如何提高业务连续性，云计算在企业灾备方案中的作用，以及利用以云计算为基础的新型数据备份的方式。

8.2.1 系统可靠性

首先，在数据中心本地可靠性的解决方案中，传统的业务连续性方案在云环境中也是可行的，如系统级的 HA、存储级的数据复制、数据库及中间件级的集群等技术，都能较好地解决部分或全部的业务连续性问题。除了这些已经成熟的方案外，在云计算环境中还可以充分利用虚拟化的技术更有效地提高系统的可靠性，以实现业务的连续性。

在云计算环境中，我们把 IT 资源虚拟化成一个池，这个池在具备高度的资源调度灵活性的同时，还一定要具备资源高可用性，以保证业务的连续性。具体就是利用虚拟化技术，当某一应用或 IT 资源出现问题时，云计算管理平台可以将应用动态切换到备份资源上。当然，传统的 HA 解决方案在云计算管理平台的配合下也能良好地提高系统的可靠性。

虚拟资源池的物理系统会被虚拟化成多台虚机，每台虚机的资源是相对独立的，分别运行着自己的操作系统及应用系统。虚拟化技术允许用户将正运行在虚机上的操作系统及其所承载的应用程序从一台物理服务器迁移到另一台物理服务器，而不会对应用服务产生任何影响。这项迁移操作只需要花费几秒钟的时间即可完成，可以维持整个系统事务的完整性。这项迁移操作将传输整个系统环境，包括处理器的状态、内存、附加的虚拟设备，以及连接的用户的状态，可以有效地提高系统的可靠性。在虚拟池中，通过允许将正在运行的应用程序从一台物理服务器移动到另一台物理服务器，允许系统管理员对系统（以及用户）进行无干扰的维护或者更改（如系统升级、安装补丁等操作）。这样就减轻了以前由于系统维护临时需要关闭而对虚机和应用程序所造成的影响。众所周知，即使通过已有的 HA 方式切换系统，也需较长切换时间，而虚机的动态迁移可以更大程度地减少对应用的影响。

随着物理系统所承载虚机数目的不断增长，要找到一个可以为所有虚机所接受的维护窗口也变得越来越困难。动态虚机迁移允许客户让虚机在物理系统之间进行移动，这样一来，就可以在最适合的时候（而不是给用户带来最少不便的时候），在计算机上执行以前会产生影响的系统维护操作。

动态虚机迁移可以帮助客户满足越来越严格的服务水平协议，将正在运行的虚机从一台物理服务器移动到另一台物理服务器，可以提供平衡工作负载和资源的能力。在云管理平台实时的系统运行状况监控下，如果一个关键应用出现了意料之外的峰值，需要更多的资源支持，并且同时出现了与其他应用对服务器资源的争用情况，那么用户可以将这一个关键应用动态地移动到一台更大的服务器，或者将在同一服务器上其他不重要的应用虚机移动到其他的服务器上运行，从而可以使本服务器释放出更多的资源并调配到运行关键应用的虚机上来满足这个峰值的需要。这种功能还可以作为一种服务器整合机制，如果在某些虚机上的工作负载，其资源需求在一段时间内出现较大范围的波动（例如，在月末或者季度末出现峰值工作负载），那么客户可以在这些应用的非峰值时期，使用动态虚机迁移将这些虚机整合到一台服务器中，这样一来就可以关闭不使用的服务器；而在峰值到来之前，再将这些虚机移动到它们自己的、经过充分配置的服务器中，保证应用有良好的性能。通过在非峰值时期减少运行计算机及使其保持冷却所需的电能，还可以节省能量。虚机的动态迁移需要在云计算管理平台的实施监控下，并根据其监控结果及预先制定好的策略，通过脚本的方式实现自动化、动态化，如可以根据给系统资源的使用率设定阈值，达到阈值就进行资源的动态调配或虚机的迁移，或按照时间点迁移等。

云计算在设计和部署的时候，基础设施的灵活性是一项重要的标准。用户的应用程序及业务负荷会经常发生变化，这使得它们所依赖的基础设施必须能够在很短的时间内适应新的需求，但同时应该尽可能对服务级别产生最少的影响。为此必须采用一种非常简单和安全的方式来应用配置更改，无须管理员进行过多的干预，以减少变更管理的成本，并降低相关风险。服务器虚拟化中虚拟机的迁移技术就是这个灵活性中的一个关键因素，再加上网络和存储的虚拟化，通过云管理平台可以使管理员在单个系统中创建多个细粒度的虚机，并且可以根据实际的业务负载需求，自动、动态、实时地在多个虚机之间分布计算能力，而不需要用户进行任何操作。由基于策略的控制或者由管理员使用非常简单和安全的操作来完成系统配置的变更，这些操作不会对应用服务造成中断。

尽管单个系统的虚拟化极大地改善了 IT 解决方案的灵活性，但是，客户的服务需求常常要求对整个基础设施的较全面认识。在许多情况下，会跨多个系统对应用程序进行分布，从而确保全局系统资源的相对隔离、优化和基础设施对新的工作负载的适应性。

对于很多企业来说，当一个关键系统需要进行维护或系统出现问题时，它所承载的应用程序是不允许停止的。如果没有提供虚机动态迁移的方法，那么所有的这些活动都需要经过认真规划，由技术娴熟的人员来执行，并且这些活动常常会导致很长的停机时间。在某些情况下，SLA 可能会相当严格，以致于无法允许实施时间过长的计划停机。

虚机的迁移主要分为两种类型：一种是冷迁移，即计划性地关闭正在运行的虚机，并将其移动到目标物理系统中；另一种是热迁移，即在应用正常提供服务的同时执行虚机的迁移，而不影响用户的活动。

冷迁移是将一个处于关闭状态的虚机定义及其网络和存储的配置，从一个系统移动到另一个系统。因此，不需要对网络或者磁盘设置进行额外的更改，并且在迁移完成后就可以激活这台目标虚机。执行的操作主要包括：使用与源系统中相同的配置，在目标系统中创建一台新的虚机；保存网络访问和磁盘数据，并使其可以用于新的目标虚机；在源系统中，删除该虚机的定义及配置，并释放其拥有的资源。

　　这种迁移主要适合系统因计划维护而停机，或因其他计划内的原因而停止服务等的情况。它以一种受控的方式执行，并且只需要最少限度的管理员交互，这样一来，就可以在很短的时间内安全、可靠地执行冷迁移。这种方式比传统的 HA 切换方式更快捷。

　　使用热迁移，则可以将一台正在运行的虚机及其应用从源系统动态移动到目标系统，而不会影响该虚机的操作或者用户服务。除了在这一过程中不停止操作系统、应用程序及其所提供的服务之外，热迁移所执行的操作与冷迁移相同。虚机的物理内存内容从一个系统复制到另一个系统，这使得用户几乎感觉不到所进行的传输（访问可能会有停顿的感觉）。

　　在热迁移期间，应用程序继续处理它们的正常工作负载。可以对磁盘数据处理、正在运行的网络连接、用户上下文和完整的环境进行没有任何损失的迁移，并且可以在任何时间对任何生产虚机进行迁移。在虚机的计算和内存配置方面没有任何限制，并且可以并发地执行多个迁移。

　　很明显，动态虚机迁移技术在云管理平台的协助下可以更好地实现业务连续性目标：在资源池内，通过动态地将应用程序从一台服务器移动到另一台服务器，可以减少计划停机时间；云计算管理平台检测到一个系统出现问题时，可以实时地将运行系统的虚机迁移到资源池内的其他系统上，减少对业务的影响；通过允许客户将工作负载从负载较重的服务器移动到具有空闲资源的服务器上，可以应对波动较大的工作负载和业务需求；通过允许客户简单地整合工作负载，并关闭不使用的服务器，可以减少能量的消耗。

　　将资源池通过云计算管理平台统一管理及调配，可充分调动池内的资源，有效提高资源的使用率，降低 IT 资源投入成本。

8.2.2　数据灾备

上一小节阐述了提高云计算环境中系统池内的系统可靠性的一种解决方案，而现实中客户的数据中心在本地主要还是通过 HA 方案提供高可用性，同城或异地还是主要通过数据的复制技术来提高系统可靠性及业务连续性。下面我们先回顾一下企业大力建设的灾备方案，然后再来讨论云计算在这一环境中的价值。

目前国内大多数企业采用的是对于核心应用系统实现自己独立的灾备中心，有些只建立了企业自己的同城灾备中心，有些已建立异地灾备中心。根据企业自身的实际情况及需要，灾备中心的建设程度不尽相同，主要涉及下列方面：备份/恢复的范围；灾难恢复计划的状态；应用站点与灾难备份站点之间的距离；应用站点与灾难备份站点之间是如何相互连接的；数据是怎样在两个站点之间传送的；允许有多少数据丢失；怎样保证更新的数据在灾难备份站点被更新；灾难备份站点可以开始灾难备份工作的能力。

从技术上讲，一个容灾信息系统的实施成功与否，是看其能否完成容灾系统的建设目标——业务连续性。而这一点又需要来自管理层的指导。其中很重要的技术指标是根据我们的容灾策略所得到的 RTO、RPO 和 NRO，我们的技术解决方案就是要达到这样的指标。

大多数用户的系统非常复杂，也许这个复杂系统的建设已经采用了云计算的模式，建设一个完整的、能够达到业务的连续的容灾系统也是很复杂的。根据经验，容灾系统的建设技术难度要超过原有的系统建设。我们所关注的是保障业务的连续性，要保障的是在这个业务"链"中的每一个元件都能够在我们期望的目标中进行恢复。我们不仅要关注关键数据库的数据复制等重要环节，而且要以业务为出发点，保障这个业务链能够恢复。

这里的技术环节很多，包括网络、通信线路、应用服务器、存储、数据库服务器、Web 服务器，甚至包括 DNS、LDAP 等服务器和加密机制等。在这个链上的任一环节不能够恢复，都将导致整个业务不能够恢复。

因此，我们在容灾系统建设中采用的 IT 技术很多，每一种技术都是为了保障业务的 RTO、RPO 和 NRO，保障业务的运行。所以，我们采用什么 IT 技术，重要的是看能不能够满足我们的需求，有些系统可能需要采用若干种技术才能够满足需求。

就在线数据复制技术而言，从目前来看，我们认为比较成熟的是基于智能存储设备实现的硬件级别的数据复制。这种数据复制技术无须占用主机设备的系统资源，但是要求生产中心和备份中心的存储设备的硬件平台相同。这种方案有其自身的优点，由于它是基于存储设备来实现整个系统的数据复制，因此，对主机系统的资源消耗极小，可以保证相关主机上的应用高性能运行；另外，基于这种方案的数据复制，系统在搭建数据链路时，普遍采用基于 FC 的光纤裸链路，不管是采用同步或异步的传输方式，其数据的传输性能都可以得到保证。而且目前时常出现的基于存储设备的相关数据复制技术也较以前更为先进，而且与基于主机（软件）实现数据复制的方案相比，实施起来相对简单。

以前做容灾设计时主要把地震、台风、水灾、雷电、火灾等放在主要的位置上，而事实上以上情况很少发生。但设计之初是按主要防止自然灾难设计的，所以只在远端设置容灾中心，而且切换的流程也是按照大的灾难发生所设计的，而当计划中的或非计划中的停机中非自然灾难发生时，没有适当的切换流程，不知道切不切到远端，使得远端的设备并没有达到预期的目的。

如果仅仅是在远端建设容灾系统，则切换时要考虑软件、网络、系统、数据库等，同时是否切换和切换流程也是关键考虑因素。

　　一般意义上，容灾中心并不是完全闲置的中心，容灾中心是原生产中心的自然扩展。大集中、建立大型数据中心是进入新世纪以来的 IT 发展趋势，但随着数据中心越来越庞大，承载业务越来越多，其运行风险和运行效率也越来越受到质疑。把所有的鸡蛋放到一个篮子里是众所周知的风险问题。大型应用系统久经验证的测试、试点与推广策略，在大型数据中心的模式下变得不再可行。庞大的数据中心管理效率低下。这些问题都是在以传统模式运行新的数据中心中发生的。因此，数据中心的运行转型，以适于新一代业务、IT 系统、管理的要求，是超越于普通的容灾概念的更为实用的发展方向，即实际上容灾不过是数据中心转型的一个附带功能而已。

　　通过上面的描述我们很容易理解到，灾备系统建设的复杂性涉及技术、设备的多样性。两个甚至多个中心的维护使 IT 运维更为复杂化，同时灾备中心的设备还有闲置、浪费资源等现象，这些都是客户头疼的问题，而如果在建设灾备中心时采用云计算的思路，则可以有效地解决或避免以上问题。

　　对于用户的多个数据中心（如两地三中心），可以在虚拟化的基础上采用统一的云计算管理平台，从而实现以下目标：

　　首先，通过虚拟化有效地提高各个数据中心的资源使用率，尤其对于灾备中心，利用资源可以动态调配的特点，在系统运行正常的前提下，可以分出一部分资源用于开发测试或数据挖掘分析等。而在灾备事件发生时，系统资源会动态地调配到支撑生产的系统环境中，既不影响灾备的效果，又不会过多闲置资源。

　　其次，各个中心被虚拟化为颗粒状的计算资源，能够按需、自动地部署及递交给各个系统。相关的过程多无须人为介入而按照定制的规则自动进行。自动化使计算资源部署在时间和人力上从传统的多个星期和多人员，大幅度削减为几个小时和无人操作。

第三，统一简化管理，大量基础的管理工作交由云服务管理平台负责，对用户透明；用户更专注于自身业务的运行和维护。

第四，在灾备事件发生时，云计算平台会有效协助系统的切换。

第五，更好的服务质量。专业的数据中心运维及云计算基础设施平台保证为用户提供高可用性、高可靠性、高安全的服务。

第六，使资源使用情况可见。通过管理接口使得云计算的用户可以提交相关的操作，可以查看相关操作的状态和进展，可以了解操作的结果，对于存在的错误能够得到诊断信息。

第七，整合云计算系统相关的参与人员、流程、数据和技术，以实现对于云计算平台提供的服务的有效控制，达到按质按需提供服务的目标。

8.3　新型数据灾备模式

8.3.1　新型数据灾备市场

企业自建灾备中心快速发展的同时，也逐步呈现出了一些新的灾备建设模式。传统的用户自建灾备中心的模式成本高，管理复杂。为此 IBM、万国等国内外厂商近年来大力倡导共享的"灾备外包"模式，使用户可以选择更安全、更经济的方式来备份自己的数据。

根据云计算的特点，云计算正适合这种共享式的灾备中心的建设。这可以给广大企业，尤其是中小企业带来改变。云计算服务商利用云计算来提供专业服务，为多个中小企业建立共享式的灾备中心，其最直接的效果就是大大降低了中小企业建设灾备的成本。

外包模式灾备发展迅猛。IBM 在美国现有三个很大的灾备中心，这三个中心互相备份，并且已经进行过很多次灾备演练，在安全性、可靠性等方面到目前没有出现过任何问题，已经为很多客户提供了灾备的外包或者托管服务。企业之所以会接受 IBM 这样的第三方机构为其提供的灾备外包或托管业务，是因为这样做一方面能够降低 IT 运维的成本，另一方面也能降低管理的复杂度。

国内外已经有很多厂商在专门提供灾备外包服务，如 IBM，Amazon，万国数据等。北美和欧洲的灾备市场经历了几十年的发展，已逐渐成熟，很多企业都拥有自己的灾备中心。不过，考虑到数据急剧增长给灾备中心带来的压力，以及降低成本的需求，他们往往会选择将最关键的数据自己灾备，而把不太关键的数据托管给第三方。

近年来，国内万国数据、中金数据等厂商也开始提供灾备外包业务。投资巨大的灾难备份实际上是在拿今天的巨额资金，去为明天的未知灾难做备份。将灾难备份交给外包企业是一个减少投资、提高水平、保证灾难备份的好办法。

共享式灾备，是指将多个数据中心的重要数据共享备份到灾备中心，所有相关单位共用一套灾备中心，实现灾备平台的集中管理和基础架构共享。共享式跟外包式的灾备实现是有区别的。外包式的灾备中心虽然放在第三方，但每个用户的灾备环境还是独立的，而共享式就可能真正共享一套 IT 资源来实现灾备。"共享灾备"解决方案的目的，就是希望帮助有能力自建灾备中心的企业降低成本，同时让没有能力建立灾备中心的企业也能享受到专业的灾备服务。

比如大型企业的分支机构遍布全国乃至全世界，如果由总公司来建立一个灾备中心，为下属各分公司集中提供灾备服务，不失为一个好的选择。但总公司与各分公司之间往往距离遥远，网络的传输就成为一个问题。此外，共享灾备模式中，多对一的备份架构自然会带来兼容性的问题，同时数据复制技术的差异，网络链路的复杂性等问题也都对厂商提出了很高的要求。

多个单位共用一套灾备中心，对此一些用户可能会担心，数据的隐私性与安全性如何保证？安全问题是"共享灾备"要解决的核心问题，这并非单纯通过技术手段就能解决。当然首先要通过数据加密和安全传输等多种技术来保证数据安全，但其次还要建立一个完善的灾备制度。此外，还应该在灾备中心里部署监控软件，以便用户可以随时监控灾备中心中设备的运行情况等。

虽然"共享灾备"与"灾备外包"在概念上有一定差异，但对最终用户来说，两者本质上是一回事，即都是由第三方通过网络来提供灾备服务，用户无须再购买软硬件设备。不管是"灾备外包"也好，还是"共享灾备"也好，某种程度上都可以当做云计算的一种。虽然以前我们较少提及云备份或云灾备的概念，而是以云存储来替代，但实际上，灾备是云计算下面的一个必要的支撑方式。

云计算的基础是虚拟化，"共享灾备"、"灾备外包"还有"云灾备"，无论哪一种备份方式都离不开虚拟化。因为，这几种方式都要求服务商在技术上能实现对用户业务的弹性反应。比如，一个企业，早上 8 点到下午 6 点之间需要集中对自己的业务数据进行备份，而另一个企业的备份需求可能集中在晚上 7 点到 11 点之间，这一段时间是他们业务的高峰期。对于服务提供商来说，根据前端用户的需求自动地调节硬件与软件资源，动态、弹性地响应前端业务对灾备的需求，做到负载均衡，保证每一个用户需要的服务水准，这一点主要是通过虚拟化的技术手段来实现。并不是说服务提供商有足够的资源，有很大的容量、很高的性能，就能保证每一个用户的需求都能够得到及时响应。

8.3.2　IBM 信息保护服务模式 IPS（Information Protection Service）

当今的企业正面临着数据爆炸性增长和前所未有的合规性要求，且关键业务数据不仅仅存在于数据中心，而是有多个远程办公场所/分支机构，管理这些数据形成了严重挑战。由于企业信息的丢失或不可用会带来潜在的巨大风险，因此对任何规模的企业来说，采取高可靠性的、针对整个企业的数据保护策略比以往更重要，它可以帮助企业确保业务连续性和有效的灾难恢复。

对于大型的企业，建立完善数据备份机制及自己的灾备中心，可以实现本地生产中心完好数据的备份，并且可以将本地的数据利用数据复制等技术实时或定时地复制到灾备中心。这种模式的技术难度大，落地成本高。对于大多数的中小企业，建立自己的完善的数据备份机制及灾备中心有很大的难度。若生产系统出现问题，不但会导致业务中断，甚至会使数据大量丢失，并且给系统的恢复带来很大难度。另一方面，无论大型企业还是中小企业，分散的数据或个人数据通过集中的数据备份机制及数据复制的技术实现灾备的成本更高，复杂度也更大。IBM 的数据保护服务能很好地解决这些中小企业数据和分散数据的数据备份难题。

IBM 信息保护服务作为一种外包式服务，是一种标准的云计算的实际应用。IPS 会为用户提供一个数据备份的解决放案，而不需要用户自己投入必需的硬件及软件成本，更不需要投入人员执行复杂的运维工作。IPS 会提供几种服务选择，各种规模的企业都能找到满足自己需要的选择，并且随需应变的模式有助于 IT 管理员更准确地预测和计划将来的费用。通过在客户的局域网安装预配置的存储设备可提供快速的现场数据恢复服务，有助于在几小时而不是几天内恢复数据。此选项专门为具有非常大数据量的客户设计。

IPS 提供安全、高效利用带宽、基于网络的日常备份，可将用户服务器及 PC 上的重要数据备份到远程的 IBM 数据中心或客户数据中心的"数据保险库"中；方案可以提供随时随地的快速、用户自助触发、基于 Web 的恢复；涵盖所有的硬件、软件，并有专家配备及全天候监控和管理的完全自动化的服务；提供 24×7 的全天候监控和技术支持服务；基于按用量按月付费，根据实际受保护数据的总量付费。

IPS 可以作为一种 SaaS 服务来交付给客户，其具备以下特点：用户按照实际用量付费；用户不需要在基础架构上投资；面对业务的增长可以自动扩展；灵活的面对客户需求的变化；具备高水平的性能和可靠性；减少用户部署新服务的成本；提供全面复杂的报表功能。

IBM 信息保护服务包括两种类型：远程数据备份（remote data protection，RDP）和在线数据备份（online data protection，ODP）。

远程数据保护服务是一站托管式的在线数据备份和恢复服务，是一种现收现付，按照使用量付费的解决方案，可提供灵活多样的数据保护策略。其所需的硬件、软件和运行支持无须客户投资，使得数据保护更快更容易。它通过现有网络将数据自动备份到 IBM 的高等级数据中心或指定数据中心，为客户的服务器、PC 和笔记本计算机提供随需应变的数据保护。

在线数据备份服务是一站托管式的基于磁带和/或磁盘的数据保护服务，用来在世界各地的数据中心或主机托管环境备份关键任务数据。随着现场数据保护方案的推出，现场数据保护服务逐渐成为企业整体数据保护策略的一个重要部分。现场数据保护服务可帮助客户提供强大的随需应变的备份和恢复服务，以保护文件、数据库和应用程序数据。借助行业标准硬件和软件及深谙行业专门技术的专家，现场数据保护服务可帮助企业公司实现数据保护的业务目标。

现场数据保护服务有助于在大多数风险情况下（从日常问题到灾难性的现场故障）快速进行数据恢复，帮助企业数据不受大多数数据丢失风险的影响。这包括提供有效的备份和恢复数据所需的硬件、软件、安装、报告和 24×7 支持。具有严格恢复时间目标和备份窗口要求的客户可能会发现，在现场数据保护服务功能中使用磁盘，可极大提高备份和恢复效率，并使关键任务应用程序持续运行。对于每天需要进行多次备份的用户，现场数据保护服务可提供多种备份时间间隔供客户选择。

在线数据保护服务的突出优势有：可为重要的文件和数据库提供全面的备份和恢复服务；采用多种加密方式和专用磁带介质帮助保护数据安全；提供世界一流的支持，进行全天候监视和管理；可支持业务及合规性要求；可减少在硬件或软件方面的资金投入；为企业提供基于 Web 的全面的管理功能和对服务环境、状态及使用情况、趋势的报表。

第 9 章

云聚
——多途公有

通过使用公有云可以帮助企业快速建立自己的 IT 基础架构，也可以避免一次性投资所带来的沉重负担。

中国 IT 企业显然看到了云计算能给中国的中小型企业带来的巨大好处，中国政府也大力支持云计算产业，一个个与云计算相关的项目如雨后春笋般地快速发展起来，通过公有云的形式为企业提供云计算服务。尽管中国的云计算产业起步较晚，但是发展却是最快的，每年都以接近40%的速度在增长。

9.1 公有云

　　由于云计算的几大特点，虚拟化、集约化、自服务、弹性扩展、节约投入等，正好可以满足当前企业的不断扩张及灵活性的需求，可以降低成本，节约开支，增加收入，因而使云计算这一理念越来越深入人心，得到了各行业的广泛支持。

　　越来越多的企业开始建设自己的私有云来降低企业运营成本，节约开支，也有越来越多的企业创建了公有云对各种企业及个人提供云计算服务，使得企业的 IT 也可以成为一种新型的业务。公有云服务百花齐发，百家争鸣，呈现出一派欣欣向荣的景象，放眼望去，各色各样的公有云飘来荡去，彩云满天。

　　目前中国拥有世界上最大的中小企业群，对于这些中小企业来说，建立自己的数据中心基本上是不可能的，因为要建立自己的数据中心，就需要自己采购硬件，自己开发软件，还要有专门的维护人员负责维护。这样的话，投资回报率低不说，还很难适应业务的快速成长。而公有云的模式正好解决了这些问题，通过使用公有云可以帮助企业快速建立自己的 IT 基础架构，也可以避免一次性投资所带来的沉重负担。也就是说，中国目前拥有世界上最大的公有云客户群。

　　中国 IT 企业显然看到了云计算能给中国的中小型企业带来的巨大好处，中国政府也大力支持云计算产业，一个个与云计算相关的项目如雨后春笋般地快速发展起来，通过公有云的形式为企业提供云计算服务。尽管中国的云计算产业起步较晚，但是发展却是最快的，每年都以接近 40%的速度在增长。

根据云计算的分类，我们可以将云计算技术分为以下四层，这四层都可以公有云服务的形式直接提供给企业，如图 9-1 所示。

* 基础架构云，简称 IaaS。
* 平台云，简称 PaaS。
* 软件/应用云，简称 SaaS。
* 业务流程云，简称 BPaaS。

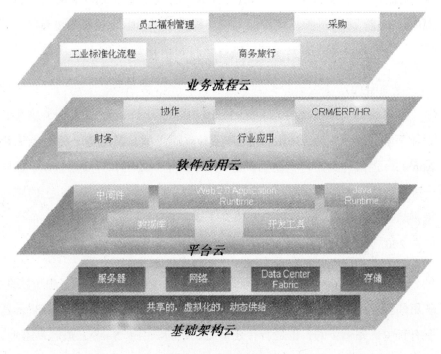

图 9-1 云计算技术

基础架构云（IaaS）将基础架构资源作为一种服务提供给最终用户，通常包括服务器资源、网络资源、存储资源等。目前市场上最有名的两个基础架构云是 Amazon 的 EC2（Elastic Compute Cloud）和 IBM 的 SCE（Smart Cloud Enterprise）。其中，EC2 强调的是方便性和灵活性；而 SCE 更强调的是稳定性和可靠性，因为它是面向企业级的公有云，要求 SLA（服务水平）的保证。

平台云将构建一个通用平台，使开发用户不需要太多的投入就可以基于这个平台创建自己的软件或应用提供给最终用户。目前世界上最著名的 PaaS 云当数谷歌的 GoogleApp 和苹果的 AppStore。

GoogleApp 开发平台为使开发者可以更加方便快捷地开发自己的应用，创建了 MapReduce 分布式编程环境。哪怕是非分布式专业的程序编写人员，也能够为大规模的集群编写应用程序而不用顾虑集群的可靠性、可扩展性等问题。开发者只需要提供自己的 Map 函数和 Reduce 函数就可以在集群上进行大规模的分布式数据处理。

而苹果公司则是将自己手机的 API 打包成一个 SDK 开发包，供开发人员下载，使开发人员可以开发自己喜欢的应用、游戏等，然后上传到 AppStore 供最终用户付费使用，而收入则由苹果公司和开发者分享。这样一来就给许多个人提供了一种创业的机会，而且也使 AppStore 上的应用越来越贴近最终用户。这种模式提升了苹果手机的知名度和销量，苹果手机在 2007 年从零起步，目前已经迅速占有了 28%的智能手机市场。

软件/应用云是通过互联网向最终用户提供软件/应用服务。由于软件/应用的多样化，软件/应用云也是目前数量和种类都最多的云。SaaS 云是所有云中最先起步的，也是所有云中最成熟的。由于 SaaS 云最容易落地，运行商只要有软件开发的能力，有一定的运行维护能力，针对用户的具体需求就可以开发一套 SaaS 应用，然后放到运行平台上出租，开始赚钱。目前市场上的 SaaS 云非常多，从最早的收费邮箱开始，有针对医疗保健的医疗云，有针对学生教育的教育云，也有针对数据分析的分析云等。

业务流程云是将整个业务流程作为一个服务提供给最终用户，而不像 SaaS 云只对用户提供一个软件或应用的服务。通常一个完整的业务流程是由多个软件或应用组成的。比如旅游服务，它包括酒店预订、航班预订、接待服务、导游服务、安全保障等。目前 BPaaS 市场上也有一些，但还不是很普及。

9.2　如何在公有云上开展业务

由于公有云计算平台的按需使用、弹性扩展和快速启动给企业用户带来了新的业务创新和快速发展的机会，因此有众多的企业可能使用公有云快速开展自己的业务，那么企业应该在什么样的情况下采用公有云呢？

企业在一夜之间将自己的 IT 系统和信息数据全部放到公有云上是不现实的，于是就必然需要考虑哪些信息系统采用公有云能够为企业的业务发展带来价值，又有哪些信息系统能够在采用公有云的过程中最小地影响日常业务运行。带着这些问题，我们从下面几种使用场景来看看公有云能够在哪些情景下帮到企业，也希望为读者和企业带来一些思考。

9.2.1　外销型企业的 Web 托管

企业类别：外销型企业。

企业通常遇到的问题包括：

（1）我的产品会出口到全球，特别是美国和欧洲，企业网站在产品宣传、资料查询、客户服务等方面越来越重要。

（2）我的网站很小，但是我需要让客户（和潜在客户）能够在美国和欧洲快速访问我的网站。

（3）在全球多个地点设置服务器不现实，因为费用、维护支持和管理都是现在无法承受的。

（4）在企业网站方面，我的预算很小。

针对这一场景，公有云能够带来的解决方案如下：

（1）选择在全球各地都建有云计算数据中心的公有云服务提供商，能够解决企业的全球化网站建设和快速访问的需求。

（2）公有云在计算资源租赁的基础上也都提供本地专线和 Internet 接入的服务。

（3）公有云云计算服务的模式可以从 0.1 美元/小时/CPU 到更大规模，企业不需要一次性的投资，并且可以根据实际需要逐渐增加或者减少计算资源的租赁。

（4）公有云往往已经将一些软件如 Apache HTTP Server、PHP 及 MySQL 等在公有云计算平台上作为标准服务项配置好了，企业可以直接采用，也可以自己配置适合自身的软件。另外，有些公有云（如 IBM 的 SCE）也可以提供商用软件的租赁，这对企业来说比购买商业软件灵活很多。

相应的优点有：

- 零启动成本。
- 应用快速上线。
- 大大简化运维投入。

9.2.2　短期计算能力要求

企业类别：软件开发商和内容服务提供商。

企业通常遇到的问题包括：

（1）我需要有"按需"的计算能力，来满足客户短期的容量峰值的要求，比如在线促销或其他不确定的计算要求。

（2）我的客户也希望能在不同区域的网站间做到流量均衡以降低网络成本。

（3）我希望能够迅速取得计算容量，并且因为是短期临时性需求，不要进行一次性资产投资。

针对这一场景，公有云能够带来的解决方案如下：

（1）公有云计算服务可以从 0.1 美元/小时/CPU 起步，并且没有一次性资产投入，几十分钟内即可部署完成。

（2）公有云计算服务提供商往往在全球各地建有云计算数据中心，允许客户选择计算能力的部署地点。

（3）公有云计算服务提供商允许客户使用虚拟私有网方式安全地连接其企业内部网络。

相应的优点有：

- 短期计算能力购买。
- 跨地域提供服务。
- 无须一次性资产投入。

9.2.3 快速演示和试用

企业类别：软件开发商和软件销售商。

企业通常遇到的问题包括：

（1）我经常需要向客户提供软件的演示和试用，但是公司的设备和人员有限。

（2）我希望能够快速搭建环境，并且提供从演示（1个小时）到试用（3个月）等多种服务类型。

（3）我的软件产品是多平台的，如 Windows/Linux/UNIX 等，我希望能够根据需要自由选择系统平台。

（4）我希望能够不需要预约地搭建环境，也不要进行一次性资产投入。

（5）我希望搭建好的演示运行环境不需要每次演示前再搭建一遍，但是也不希望演示运行环境在不需要进行演示时还要付费来维持。

针对这一场景，公有云能够带来的解决方案如下：

（1）公有云服务提供商提供多种预配置的软件平台并保证系统的稳定性和快速部署。

（2）目前主要公有云服务提供商都能够提供从 Microsoft Windows 到 Linux 等系统平台，IBM 的 SCE 甚至承诺在下一个版本将提供小型机（AIX 系统）运行环境。

（3）很多公有云服务提供商允许客户将其配置好的软件环境保存在公有云上但并不激活运行，在需要时可以在几分钟内部署到公有云上。

（4）公有云的云计算服务不需要一次性投资，并且按使用时间计算费用。

相应的优点有：

- 全球可访问的演示和试用环境。
- 多系统平台架构支持。
- 快速搭建和销毁演示环境。
- 无须一次性资产投入。

9.2.4 短期计算能力短缺

企业类别：拥有自己的数据中心，出现数据中心负荷短缺。

企业通常遇到的问题包括：

（1）我的数据中心已经满负荷，特别是电量和制冷已经没有办法扩展了。

（2）公司的业务部门需要马上使用一些新的服务器和存储，没有提前通知但下周就要使用。

（3）我只是短期需要这些容量，并且将在我的数据中心扩容完成后迁移回来。

针对这一场景，公有云能够带来的解决方案如下：

（1）公有云服务提供商的云计算平台可以让企业客户在 10 分钟内部署 Windows 和 Linux 操作系统。

（2）有些面向企业用户的公有云，还能够提供商用软件的租赁。例如 IBM 的 SCE 能够提供包含 IBM 软件产品的系统镜像，包括数据库、中间件、开发工具软件、系统管理软件等都可以按使用的小时数收费。如果客户根据需要购买了软件许可，则可以在客户自己购买的软件许可得到后，取消按小时使用付费的方式。

（3）企业客户的应用系统如果采用的是这样的商用软件，则从公有云上将应用系统迁移回企业内部的数据中心就相对比较容易了。

（4）公有云服务允许客户按系统在线时间付费，并且不需要一次性投资。这样在租用一段时间公有云资源后，企业可以毫无损失地将应用系统迁移回数据中心。

相应的优点有：

（1）除计算资源外，还可以提供系统软件和商用软件的租赁。

（2）应用系统的迁移比硬件环境的迁移（机房搬迁）要简单、成本低和稳定（应用可以在公有云环境和企业私有数据中心并行运行一段时间）。

（3）无须一次性资产投入。

9.2.5　网页内容交流

企业类别：广告公司，设计公司。

企业通常遇到的问题包括：

（1）我们为客户提供媒体和网页设计。我们的客户希望能够在线检查设计的内容，并且经常在内部或小规模用户群中"试点"发布。

（2）当一个新的设计完成后，我们希望能够简单地把网址发给客户，让客户登录检查设计内容并接受。

（3）我们不是 IT 技术专家，我们需要低成本地搭建系统。

（4）而且，我们希望能够将设计结果很快地发布并投产，并且能够持续地为我们的客户提供更新服务。

针对这一场景，公有云能够带来的解决方案如下：

（1）公有云的快速部署、低成本和标准化服务器环境的特性可以解决企业客户的以上要求。

（2）因为公有云天生的互联网特性，很多公有云提供商都提供建设网站的基础软硬件，设计公司可以选用基于 Windows 或 Linux 的多种开源或商业软件，用来为其客户设计媒体和网页。

（3）这类公司的客户可以通过虚拟私有网络（VPN）来检查设计效果，提出改进意见，组织小范围测试和试用。

（4）在双方确定设计成果后，简单的发布（Internet IP 映射，DNS 设定等）工作就可以让设计成果投产。

（5）由于设计公司能够为公有云提供商带来新的客户，因此，通过与公有云提供商签订合作伙伴协议，有可能享受到更好的折扣。

相应的优点有：

* 除计算资源外，还可以提供设计媒体和网页的网站工具软件的租赁。
* 无须一次性资产投入。
* 成为公有云产业链中的一环。

9.3 典型公有云案例及效益分析

随着云计算技术的逐步成熟，很多大家谈论的云计算的概念和解决方案也逐步走到了落地的阶段，众多企业的 CIO 们不再满足于纸上谈兵，纷纷启动了云计算相关的项目，希望借助于云计算相关的技术为企业带来实质的效益。

正当许多企业还在规划如何通过建立自己的私有云提高企业的 IT 资源利用率，降低企业的 IT 运营成本，加速 IT 对业务的响应的时候，不少企业已经开始将企业的部分应用部署到公有云上面，通过云计算服务提供商的 IaaS（Infrastructure as a Service）服务来快速部署自己的业务应用，达到时间与成本的一种最佳的结合。

下面我们将以一个企业通过采用 IBM 的智慧企业云平台（SCE，Smart Cloud Enterprise）建立一个网站为例来为读者展示一个企业使用公有云开展业务的案例，同时也为读者分析一下公有云到底能够为企业带来什么样的效益。

由于这个案例采用了 IBM 的 SCE 智慧企业公有云来作为云计算服务提供商，因此，在介绍案例内容前，我们先简要介绍下 IBM 的 SCE 公有云。

9.3.1 IBM 智慧企业公有云 SCE 简介

IBM 的智慧企业公有云是一个动态供应和可伸缩的基础架构计算资源（Infrastructure as a Service）弹性环境，可以为企业客户快速建立一整套 IT 基础架构环境。它包括了一个云计算门户来配置和管理云计算资源、镜像、存储资源和网络资源，而且还提供命令行和 RESTful 的 API 来使企业能够通过编程的方式控制云计算环境。

通过 IBM 的 SCE 公有云，企业客户可以快速地建立 IT 运行环境，仅需对 IT 环境的使用量进行支付而无须进行软硬件资产的投资。而且，企业无须再对 IT 基础架构的维护和管理有进一步的花费，避免了前期资本开支和后期运营成本。

IBM 的 SCE 通过提供以下功能来满足快速弹性的企业需求：

* 多达 9 种虚拟服务器配置可选择。
* 可以选择预先配置好软件的服务器操作系统镜像，并支持私有镜像的创建和管理。
* 可选的永久块存储空间。
* 预留和非预留资源均支持按需支付（Pay-as-you-go）。
* 可选的 IP 地址和 VPN 支持。

IBM 的 SCE 为企业客户提供虚拟计算能力，客户可以通过浏览器访问 IBM 的企业智慧云计算门户来使用和管理云计算资源。云计算门户包括以下功能：

* 提供一整套信息用来帮助账户管理员（企业客户的云计算资源管理者）开始工作，包括服务信息、管理员账户信息和各种申请表单。
* 提供 IBM 的 SCE 联系人邮件地址信息，企业客户可以通过此邮件地址提出请求或发送表单。
* 建立账户管理员账户并开通服务。
* 赋予账户管理员初始密码。
* 根据企业客户的申请请求，开通相应的计算资源、镜像等服务选项。

- 通知账户管理员服务就绪。

1. 计算资源实例

企业客户可以在以下两个表格的计算资源配置中进行选择，每个计算资源由不同的配置组成，包括 CPU 的数量、是否支持 32 位或者 64 位、虚拟内存的数量和虚拟本地存储空间大小。

表 9-1　虚拟机组件配置（32 位）

Virtual Machine Component 32-bit configuration	Copper	Bronze	Silver	Gold
Virtual CPUs @ 1.25GHz	1	1	2	4
Virtual Memory (GB)	2	2	4	4
Virtual Local Storage (GB)	60	175	350	350

表 9-2　虚拟机组件配置（64 位）

Virtual Machine Component 64-bit configuration	Copper	Bronze	Silver	Gold	Platinum
Virtual CPUs @ 1.25GHz	2	2	4	8	16
Virtual Memory (GB)	4	4	8	16	16
Virtual Local Storage (GB)	60	850	1024	1024	2048

2. 操作系统

每个计算资源实例都可以选择镜像资产目录（Image Asset Catalog）中多种操作系统中的一个，可以有两种方式：一种方式是直接选择镜像资产目录中仅带有操作系统的镜像（Operating System Image）；另外一种方式是选择预先配置好的带操作系统及特定软件程序的镜像。

目前，在 IBM 的 SCE 中，可以直接使用三种第三方操作系统软件，这些操作系统软件的使用许可已经含在企业客户和 IBM 的公有云使用协议中了，也就是说企业用户具有以下三种操作系统在 IBM 的 SCE 环境中的第三方使用许可（Third Party Agreement）：

* SUSE Linux Enterprise Server version 11.0 software。
* Red Hat Enterprise Linux 5.4 and 5.5 software。
* Windows Server 2003 and 2008 software。

并且，每种操作系统均可选择使用其 32 位或者 64 位版本。

镜像中的操作系统这部分的费用事实上已经包含在计算资源实例的按小时计算的费率中了，并且在实例可用直到被删除期间进行计量。

3. 镜像

IBM 的 SCE 中运行的所有的计算资源实例（也就是一个服务器操作系统）都必须来自于对某个镜像的实例化。任何一个镜像，最少要包含操作系统软件，此外也可以包含其他安装在操作系统之上的额外的软件程序。

镜像保存在镜像资产目录中，镜像资产目录包含每个镜像的简要描述和使用条款，如图 9-2 所示。

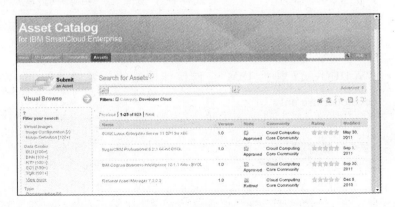

图 9-2　镜像资产目录

除了上面描述的操作系统外，镜像还可能有额外的价格条款选项，在选择镜像时使用者需要注意每个镜像不同的价格条款要求。

4. 镜像价格条款选项

在选择镜像并实例化时，有几种价格条款选项，分别是：

- PAYG：镜像及其内软件按使用量计费（Pay As You Go）。按这种方式计价的镜像，对于镜像中的操作系统，以及操作系统之上安装的额外软件程序，均依据按小时计算的使用量计费，将从实例化完成开始累计到实例被删除为止。

- BYOL：镜像中所含的软件程序按独立购买软件许可计算（Bring Your Own License entitlement）。按这种方式计价的镜像，镜像及其上的操作系统是按使用量计费的，但操作系统之上的软件许可由企业客户自己提供。目前 IBM 的软件产品均支持此种模式，非 IBM 软件则视软件提供商和企业客户之间的软件许可协议的定义而定，如果软件提供商的软件许可支持在虚拟化或者云计算环境下的运行，则企业客户就可以在 IBM 的 SCE 上按此种模式使用。

- Pre-Release：预发布模式（Pre-Release）。预发布模式的镜像以软件产品正式发布前的预览版形式存在于镜像资产目录中，此类镜像 IBM 建议企业客户用于非生产环境，仅临时使用，因为此类镜像可能会被撤销。

- PW DUO：仅用于 IBM 合作伙伴网站的开发者（PartnerWorld developer use only）。

5. 其他计算资源

IBM 的 SCE 在基本的虚拟机计算资源之外，还提供以下三种计算资源能力：

* 永久存储。
* Internet IP 地址。
* VPN 服务。

（1）永久存储

SCE 提供可选的永久块存储空间，企业客户通过云计算门户（Cloud Web Portal）就可以进行永久块存储空间的申请和管理，永久块存储空间可以附着在某个计算资源实例上来进行访问和使用。表 9-3 所列是三种可选的块存储包。

表 9-3　可选的块存储包

Storage Package	Storage Amount
Small	256 GB
Medium	512 GB
Large	2048 GB

永久块存储空间的使用和计量规则如下：

* 按每个月计算块存储包的数量和大小，在此基础上进行计量计费。
* 按每个月计算对永久块存储的输入和输出数据量进行统计，并按 MB 进行取整，在此基础上进行计量计费。

（2）Internet IP 地址

SCE 提供可选的静态公网 IP 地址功能，企业客户可以通过云计算门户进行订购和管理。在创建计算资源实例的时候，企业客户可以选择使用静态 Internet IP 地址或者让系统动态分配一个内部 IP 地址。

SCE 将根据静态 IP 地址的数量，按小时进行计量计费，无论是否把静态 IP 地址分配给了某个计算资源实例。

SCE 按照输入和输出 IBM 云计算数据中心的 Internet 访问数据传输量进行统计，按每个进行计算，以 GB 为单位进行取整。

（3）VPN 服务

企业客户可以根据需要单独订购 VPN 服务。通过 VPN 服务企业客户可以在 SCE 云计算数据中心创建一个私有的 VLAN，这样在计算资源实例化时，企业客户可以根据需要决定实例的 IP 地址属于私有 VLAN（仅企业私有网络可访问）或共享 VLAN（Internet 可访问）。

（4）应用编程接口（API）

IBM 的 SCE 提供命令行接口和 RESTful 接口，企业客户可以根据需要进行自动化控制，包括以下功能：

- 镜像管理。
- 实例管理。
- 存储管理。
- IP 地址管理。
- 密钥管理。
- 位置管理。

9.3.2 典型公有云部署案例

企业客户使用 IBM 的 SCE 搭建自己的一个公共网站 IT 基础架构环境时，需要考虑自己的实际应用系统环境，在 SCE 云计算提供的计算资源之上，搭建符合企业客户环境的整体架构。图 9-3 所示是一个典型企业客户网站的应用系统架构。

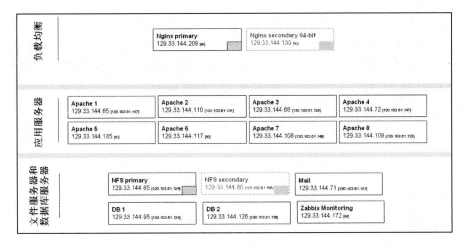

图 9-3　某企业客户网站的应用系统架构

我们看到，这个系统架构根据其用途的不同，在逻辑上划分为三个层次五个功能组件，分别是：

* 第一层为负载均衡组件，通过两台高可用配置的软件负载均衡服务器对外服务，可以针对网站的访问策略将不同的用户分配到不同的Web 应用服务器进行处理，在架构上采用主备方式实现。

* 第二层是 Web 应用服务器，通过 8 台 Apache Web 服务器集群的方式实现负载的均衡，在实现上可以统一以 Cluster 的方式提供服务，也可以根据实际功能要求，将不同应用分布在单台或多台服务器上。

* 第三层为后端数据服务层，包括文件服务器、数据库服务器、邮件服务器和监控服务器，其中文件服务器采用主备方式，数据服务器采用镜像方式实现高可用性。

该客户的整个网站架构在 SCE 上申请使用了 16 台不同规格的计算资源服务器，全部运行在 Red Hat Enterprise Linux 5.5 上面。表 9-4 列出了所有服务器的名称、操作系统和数量。

表 9-4 各服务器系统和数量

服务器名称	操作系统	数　量
负载均衡服务器	64 位 Red Hat Enterprise Linux 5.5	2
应用服务器	32 位 Red Hat Enterprise Linux 5.5	6
应用服务器	64 位 Red Hat Enterprise Linux 5.5	2
NFS 服务器	32 位 Red Hat Enterprise Linux 5.5	2
数据库服务器	64 位 Red Hat Enterprise Linux 5.5	2
邮件服务器	32 位 Red Hat Enterprise Linux 5.5	1
Zabbix 监控服务器	64 位 Red Hat Enterprise Linux 5.5	1

根据 SCE 公有云平台所提供的虚拟服务器配置选项，针对建立网站所需的不同服务器进行选择，然后就可以快速地通过 SCE 进行服务器的部署了。

9.3.3 效益分析

根据上述案例描述，下面看一下利用公有云所带来的具体效益。图 9-4 所示是一张 SCE 的价格表，实际应用时的最新价格可在 SCE 的网站上找到。

虚拟机选项	32位配置				64位配置				
	铁	铜	银	金	铁	铜	银	金	白金
虚拟CPU（1.25GHz）	1	1	2	4	2	2	4	8	16
虚拟内存（Gigabytes）	2	2	4	4	4	4	8	16	16
虚机存储（Gigabytes）	60	175	350	350	60	850	1024	1024	2048
每小时价格（USD）									
Redhat Linux OS	$ 0.190	$ 0.210	$ 0.310	$ 0.460	$ 0.400	$ 0.500	$ 0.610	$ 0.940	$ 1.840
Novell SUSE Linux OS	$ 0.095	$ 0.115	$ 0.265	$ 0.410	$ 0.350	$ 0.450	$ 0.550	$ 0.910	$ 1.540
Windows Server	$ 0.100	$ 0.120	$ 0.240	$ 0.370	$ 0.340	$ 0.400	$ 0.500	$ 0.960	$ 1.990

图 9-4 SCE 公有云可选服务器配置清单

根据网站的业务需求，以及不同应用服务器对于 CPU、内存和存储的要求，配置中主要选择了 32 位银级服务器（2 颗 CPU、4GB 内存、350GB 硬盘），64 位铜级服务器（2 颗 CPU、4GB 内存、850GB 硬盘）和 64 位金级服务器（8 颗 CPU、16GB 内存、1TB 硬盘）作为搭建网站基础设施架构的主要服务器。根据 IBM SCE 网站公布的价格清单，我们可以在其网站进行虚拟主机的价格估算，试算表如图 9-5 所示。根据这样的配置，我们可以看到，如果企业采用公有云搭建这个网站的基础设施，每个月的费用大致为 4052 美元。

Description from previous tab	Operating system	Instances	Instance type	Usage		Hours per month	Instance type hourly rate	Instance type monthly charges
负载均衡服务器	Red Hat Linux	2	64-bit Bronze	100	% of the month	1,460	$0.400	$584
应用服务器	Red Hat Linux	6	32-bit Silver	100	% of the month	4,380	$0.230	$1,007
应用服务器	Red Hat Linux	2	64-bit Bronze	100	% of the month	1,460	$0.400	$584
NFS服务器	Red Hat Linux	2	32-bit Silver	100	% of the month	1,460	$0.230	$336
数据库服务器	Red Hat Linux	2	64-bit Gold	100	% of the month	1,460	$0.740	$1,080
邮件服务器	Red Hat Linux	1	32-bit Silver	100	% of the month	730	$0.230	$168
Zabbix监控服务器	Red Hat Linux	1	64-bit Bronze	100	% of the month	730	$0.400	$292
Machine Use 8		0	-Select image-	0	% of the month	0	$0.000	$0
Machine Use 9		0	-Select image-	0	% of the month	0	$0.000	$0
Machine Use 10		0	-Select image-	0	% of the month	0	$0.000	$0
		16		44	100 % of the month	11,680	$0.347	$4,052
		Instance total	Total number of CPUs	Average instance usage		Total instance hours	Instance average rate	Total monthly instance per hour charge

图 9-5　采用公有云月成本试算表

以上是通过采用 IBM 的 SCE 平台来搭建企业的公共网站的基础设施成本，下面再来看一下，如果企业采用自建的方式，那成本又是如何？

如果企业自己搭建公共网站的基础设施，那么我们需要考虑操作系统成本、服务器成本、维护成本和机房成本等，这些成本与上述采用公有云架构的基础设施可以进行一一对比。当然除了这些成本之外，可能还会考虑一些其他的成本，例如块存储成本、网络流量成本、应用软件成本等，但是这些成本我们假定与采用公有云的相同，暂时不考虑。

1. 操作系统使用成本

网站的操作系统采用 Linux，考虑到 Linux 服务的销售模式，我们按照每个 Linux 每年的技术服务费用为 1000 美金进行计算，一共 16 台服务器，摊到每个月的成本为 1333 美元，如图 9-6 所示。

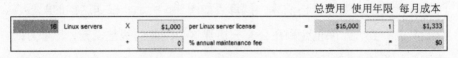

图 9-6　操作系统使用成本试算

2. 服务器成本

如果自建网站的基础设施，为了达到与公有云相同的服务器配置和服务，企业需要自己采购相关的服务器和支付相关的维护费用。在这种模式下，我们假定采用相同的服务器虚拟化架构，因此还需要为每颗物理 CPU 考虑虚拟化软件的成本。

如图 9-7 所示，按照通用的市场价格进行服务器组件成本计算，我们看到，服务器硬件成本为 13450 美元，服务器虚拟化软件成本为 6000 美元，按照三年折旧，折合到每个月的成本为 652 美元。

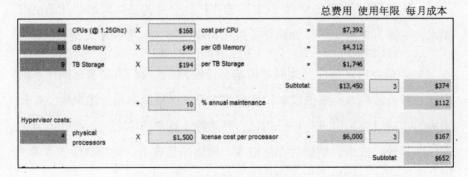

图 9-7　服务器成本试算

3. 网络设备的成本

我们在公有云中并没有考虑网络设备的成本，因为网络已经考虑在虚拟机的成本之中了，但如果要建立自己的网站基础设施，则我们需要采购自己的网络设备。在我们的计算中，假设网络设备的成本为服务器硬件成本的 20%，因此总体成本为 2690 美元，按照三年折旧，折合到每个月的成本为 97 美元。

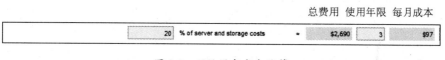

图 9-8 网络设备成本试算

4. 人员维护成本

企业建立一套独立的公共网站基础架构，必然需要雇佣相关的技术人员来管理、维护、支持所建立的服务器环境。假设企业已经建立了相关的 IT 组织来支持企业的 IT 架构，我们仅仅利用这个组织架构中的技术人员来支撑网站的基础设施，这样比较容易计算支持这个公共网站所需要的成本。而且这些人员也可以共享他们已有的组织结构、技术力量和其他管理人力资源所需的成本。在这里我们用 FTE（Full Time Employee，全职工作人员）作为单位来计算人力资源成本。假设这里用来支持网站基础设施的人员成本与支持企业其他 IT 基础架构的支持水平完全一致，每年的 FTE 成本已经考虑到这些人员所使用的相关环境和工具。

如图 9-9 所示，在支持过程中我们需要三种人员：服务器安装维护人员，监控人员和管理人员。根据我们的经验，这些资源都是可以共享的，服务器安装维护需要 0.32 FTE，监控需要 0.08 FTE，服务器管理需要 0.32 FTE，因此整个维护人员成本为每月 6887 美元。

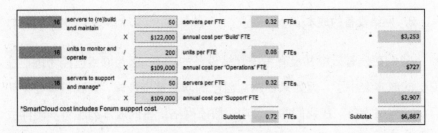

16	servers to (re)build and maintain	/	50	servers per FTE	=	0.32	FTEs		
		X	$122,000	annual cost per 'Build' FTE				=	$3,253
16	units to monitor and operate	/	200	units per FTE	=	0.08	FTEs		
		X	$109,000	annual cost per 'Operations' FTE				=	$727
16	servers to support and manage*	/	50	servers per FTE	=	0.32	FTEs		
		X	$109,000	annual cost per 'Support' FTE				=	$2,907

*SmartCloud cost includes Forum support cost.

Subtotal: 0.72 FTEs   Subtotal: $6,887

图 9-9　人员维护成本试算

5. 机房成本

建立一套独立的公共网站基础架构，还需要考虑机房、机架、电源、空调等设施来运行网站服务器等基础设施，当然这些成本我们在公有云中就不需要单独考虑了，因为公有云中已经包含了支持服务器运行的所有环境因素。

我们在上述计算中考虑了建设机房所需要的成本，同时考虑了支撑这些设备运行所需要的电源设备成本。由于这些设备的运行年限远远大于服务器的运行年限，因此我们假设数据中心可以运行 15 年，供电设备可以使用 5 年，这样折合到每个月的成本为 20 美元。当然所有的设备都需要耗费电力，根据设备的功率和我们的经验，每个月的电力费用为 179 美元。如图 9-10 所示。

总成本　使用年限　每月成本

2	Rack units are required to hold your configuration							
	I use square	feet	to measure floor space					
1.05	Floor space needed (square feet)	X	$456	construction cost per square foot	=	$478	15	$3
0.79	Rated power total (kW)	X	$20,000	cost per kW to equip data center	=	$15,714	5	$262
Power								
You will have to pay for the power consumed by your servers.								
0.79	Rated power total (kW)	X	50	% of rated power actually consumed				
0.39	Average power consumed (kW)	/	40	% data center power use efficiency				
717	Energy used per month (kWh)	X	$ 25	cost per 100 kWh	=			$179

图 9-10　机房成本试算

以上所有的计算都是基于我们的经验和市场价格而进行的，某些具体数字可能会因不同的采购流程、不同的数据中心及不同的国家地区而有所差异，因此以上计算仅供参考。

	固定法资产投资	折合每月成本	公有云每月成本
	Traditional in-house estimate		SmartCloud
	Capital investment	Monthly cost	Monthly cost
Total excluding support	$54,332	$2,527	$4,052
Support	$0	$6,887	$0
Grand total	$54,332	$9,413	$4,052

图 9-11 两种方式的成本比较

从图 9-11 所示总计数字可以看出，采用公有云架构和按照自己的模式搭建网站基础架构在成本计算上有很大的不同，从数据上看最明显的有两点：

（1）在项目的初期，企业不需要一次性投资 54332 美元来建设这套网站的基础架构，而仅需要按照成本每月支付费用。

（2）从数字上看，即使按照每月支付使用费用，采用公有云架构每月仍可以节约 5362 美元，这将占到这个成本的 57%，对于企业来讲，这是一大笔费用。

通过上述的比较可以看到，采用公有云从成本上将为企业带来巨大的效益，不仅避免了企业的一次性固定资产投资，将固定资产转化为每月的企业运行费用，同时在每月成本上也可以为企业带来节约。

除了在数字上看到的公有云所带来的这些节约，我们还注意到在上述计算中并没有软件的成本，而是假设企业自己提供所需的应用软件许可。如果采用公有云模式我们可以通过 PAYG 模式解决短期的软件许可使用问题，这将为企业带来很大的好处，不需要为这些短期需求而进行采购。

我们同时注意到在每月成本的计算中技术支持成本占到了整个企业基础设施的一大部分，将近73%，这也是采用公有云可以带来的成本优势的重要因素，因为采用公有云架构后，这些支持工作都由云服务提供商提供了，也就是包含在了公有云虚拟机中了。也许很多用户会讲，在中国人力成本并没有这么高，我们同意，但是也要看到在目前的国内市场上培养一个高级技术人员的成本有多高，而且我们都知道随着国内人力成本的不断增加，人力成本将越来越成为企业的重要考虑因素之一。

同时还要考虑到，如果企业没有现成的数据中心和IT组织可以使用，那么建立这么一套支撑企业网站的架构和技术体系将是非常昂贵的。

相信读者在看过上述的比较之后，将会在进行自己企业的云计算策略选择时有更多的理由来做决断。当然成本仅仅是企业选择自己云计算策略的一个决定因素，尤其在中国，成本有时候并不是一个决定云计算策略的决定性因素。因此，"公有云？私有云？"，企业将在很长一段时间内面临这样的选择。

以上分析仅供读者及企业参考。

第 10 章

云兴
——巧妙规划

    什么样的场景适合使用云计算？什么样的服务可以通过云计算服务来提供？如果不能全部使用云计算模式，是否有部分系统可以采用云计算的模式来提供？这些问题都是在进行云计算规划或是 IT 信息系统规划中最先要回答的。

10.1 IT 信息系统规划方法论

就如同国家定期制定中长期发展规划一样，对于一个有着明确业务目标，并且 IT 部门有着比较规范的运营管理模式的企业来讲，定期制定业务规划和 IT 信息系统规划，并不断对规划进行及时修订和纠偏，是一项必不可少的日常工作。

即使是一个中小型企业的 IT 部门，就算从未进行 IT 规划，只要日常的运维工作，不是也运行得挺好吗？其实一个内部讨论的会议，一个在餐桌上头脑风暴的过程，都是一个规划形成的雏形。这些思想付诸文字并被执行，有时候就是一个规划，只不过有时它并不是一个全面、细致的规划工作而已。

10.1.1 IT 项目的生命周期

任何一个 IT 项目的生命周期都包括评估、规划、架构、设计、实施到运维这几个步骤，如图 10-1 所示。

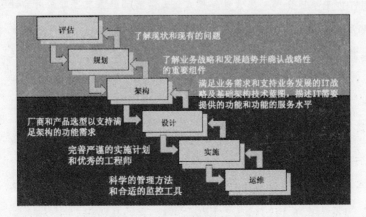

图 10-1 IT 项目周期示意图

在图示的这些步骤中，位于下面的步骤通常会对上面的步骤中所产生的结果进行回馈，实现对前一步骤中问题的纠偏。它是通过一个由浅入深，循序渐进，确保规划设计可以落地实施的方式来计划和组织的。遵循这样的步骤，才能尽量规避项目中的风险，确保项目的成功。

10.1.2　IT 规划项目的步骤

对于一个规划项目，主要的工作集中在项目周期的评估、规划和架构阶段。在一个规划项目中，通常会包括：现状评估，包括业务现状和 IT 现状的评估；策略的制定，结合业务的发展策略，制定 IT 信息系统的发展策略；制定未来目标架构，根据企业具体的、特定的业务和 IT 发展策略和特点，制定未来的 IT 信息系统目标架构；差距分析，通过对 IT 信息系统的发展策略，并结合业界的最佳实践、参考模型等，分析出 IT 现状与实现 IT 发展策略的差距所在；制定 IT 信息系统规划蓝图，根据制定的目标架构与现有架构的差距，制定未来 IT 信息系统建设的蓝图、步骤、项目计划和预算等。

10.1.3　IT 规划项目范围

一个比较全面的传统的 IT 规划通常会涉及 IT 信息系统的各个层面，从业务和 IT 的策略，到具体的基础设施，如图 10-2 所示。

下面依序逐一说明。

IT 的策略层实际上就是制定 IT 战略的层次。它是以企业业务的发展目标为依据，结合具体的业务目标和应用的需求，制定支持业务发展和推动业务创新的 IT 发展策略和 IT 治理的策略。在制定策略的时候，需要包含 IT 的各个方面和领域，如策略下面的应用和数据、服务器、存储、网络、基础设施、信息安全、IT 服务管理、业务连续性等领域的发展策略，如图 10-2 所示。

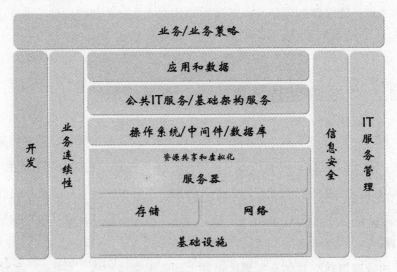

图 10-2　IT 信息架构模型

　　IT 规划中的应用和数据层是与具体的业务应用系统密切相关的。应用系统的各个组件、功能描述、数据结构、展示方式，以及数据平台、中间件、数据库的选择等都需要对业务应用做仔细调研和分析后才可以确定，并规划出合理而有弹性的系统和平台。例如 SOA（面向服务的构架）的引入，实现企业内应用和数据的整合，不再是各个系统成为独立的信息竖井（Silo），而是实现系统和信息的模块化、组件化，通过统一的 SOA 架构实现数据信息的共享等。

　　公共服务和基础架构服务是相对于业务应用系统而言的一些公共的服务，如打印服务、集中授权服务等，以及标准的 IT 服务目录中提供的基础架构服务。

　　用以支持应用和数据以及公共 IT 服务的下一层平台，就是运行在物理平台上的操作系统/中间件/数据库软件平台。在新技术的支持下，特别需要关注不同应用对中间件、数据库等的软件平台的资源共享。

在进行服务器、存储系统的规划时，特别需要关注服务器和存储系统的整合化、虚拟化和资源的动态或自动化分配的趋势。通过系统整合和虚拟化的实施，使应用系统的服务器、存储、中间件和数据库的资源实现共享和动态分配，提高资源的利用率，减少 IT 投入，简化 IT 维护管理。

在进行网络规划时，需要考虑网络不同功能区域的划分、网络拓扑结构、路由协议、IP 地址分配等领域。同时也需要考虑对网络虚拟技术的支持，如虚拟子网 VLAN、MPLS VPN、虚拟交换、虚拟防火墙等技术。在制定网络架构时，要充分考虑网络的可用性、可靠性、安全性、灵活性、可扩展性、可管理性等。

在基础设施规划中，针对 IT 来讲，最重要的是数据中心，以及数据中心内所涉及的物理安全、保卫、电力、制冷、通风、保温、防潮、防火等。这些具体的技术规划，需要符合国家对建筑施工和数据中心建设的规范和行业指标。除了这些基础设施的技术细节外，还包括数据中心的战略部署。数据中心的战略部署与业务的策略、应用和数据的备份和灾难恢复的策略要求是密不可分的。

IT 的开发测试是一个比较独立和特殊的领域，通常由一个比较独立但与业务部门紧密合作的部门，或者是一个外部的第三方伙伴所承担。在规划中需要考虑的是开发测试与本企业的标准 IT 系统体系相符，充分发挥系统标准化、规范化的作用，使系统上线可以充分利用现有的基础架构和运维管理的组织、流程和工具，降低系统运维的成本。

业务应用、数据的备份和灾难恢复，需要根据业务和应用系统对数据备份和恢复的具体要求，以及行业相关的法规，制定数据备份和灾难恢复的系统架构。系统架构的制定同时会影响数据中心部署策略的制定。有了

业务应用和数据备份和灾难恢复的系统架构，还要制定业务连续性计划
（ Business Continuity Planning ），包括业务连续性计划定义、书面化与测试
在灾难发生之前、之中与之后的企业营运组织架构与任务职责，以确定可
被接受的业务连续性运作的规范。业务连续性计划又主要由"业务恢复计
划"和"技术恢复计划"两方面来组成。

IT 信息安全在 IT 战略规划的制定中是至关重要的一部分，它贯穿于
所有 IT 领域和层面之中。它需要考虑人员的安全职责、应用、数据、操
作系统、桌面系统、网络，以及物理区域的安全等。安全同时可能会涉及
组织架构的变化等。从战略的高度考虑安全可以通用信息安全架构模型
（ ISF ）为基础。

IT 的服务管理主要可以划分为组织架构、流程和工具三个方面。将根
据企业发展的需求，建立合理有效的 IT 人员和组织架构，对不同岗位、
角色、每个具体人员，进行职责的定义、招聘、考核、培训等。不论有多
么完善的 IT 应用和基础架构，以及经验丰富的技术人员与完善的组织架
构，若没有好的流程管理，都不会有一个令用户满意的 IT 系统。建立以
流程为导向的 IT 管理体系，可以考虑参考业界最佳实践的 ITIL 流程管理
体系，制定和实施相应的、必需的流程自动化系统。工具包括流程自动化
的平台工具和日常系统监测工具等。

总之，制定企业的 IT 系统规划，应该根据企业的发展战略及企业未
来的经营策略、管理模式和流程，以及企业的特点，通盘考虑企业信息化
需求，制定包括 IT 策略、人员、流程、应用和数据、基础架构、场地机
房和安全等 IT 不同领域和层面的总体信息技术战略、信息系统架构、信
息化建设中长期规划，以及信息系统功能规划，为企业信息化投资提供统
一的建设框架依据。

10.2　云计算项目的规划

前面论述了传统 IT 规划项目的大体步骤和所涉及的范围。和许多云计算技术一样，云计算规划项目并不是一个全新的技术，也没有使用一个新的方法论。从规划的步骤和规划咨询项目的实施方式看，它与传统的 IT 规划项目是一致的，如图 10-3 所示。

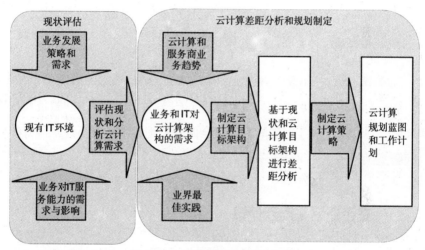

图 10-3　云计算规划项目方法论

每个云计算规划项目都遵循与其他 IT 规划项目相同的方法论，除了在云计算规划项目中可能涉及的全部或者部分传统 IT 规划内容外，每个项目可能都会有自己特定专注的内容和目标。例如有些云计算规划可能专注于云计算的新业务模式和其所带来的对业务的影响，有些规划项目可能专注于云计算在数据中心的实现，还有些项目则专注于某个具体的技术场景，如：存储云规划、测试开发云规划、桌面云规划等。

本节不会去讨论具体的技术场景，而是要从一个较广义的角度出发，讨论一个云计算规划项目应该回答的一些主要与云计算相关的问题。它们包括但不限于：是否适合采用云计算；云计算如何支持业务目标和 IT 目标；建设云计算服务的投入会是多少；在企业的运营上可以带来什么样的回报；采用云计算服务的风险是什么，如何应对；什么类型的业务、应用、基础架构服务可以采用云计算；现有的应用、基础架构是否支持云计算服务的提供；采用哪种云的类型（公共云/私有云/混合云）；云计算的参考架构是怎样的；向用户提供哪种云计算服务，是 SaaS、PaaS 或 IaaS，还是它们的组合；采用云计算后，运维管理会有怎样的变化，组织和流程上如何适应和整合；支持云计算服务存在的差距是什么；实现云计算的目标，IT 的规划蓝图是什么；下一步该做什么。

在本节，我们并不会针对以上每个问题进行阐述，因为通过项目咨询，每个企业对每个问题可能都会有完全不同的答案，同时很多问题是开放式的问题，并没有可能在短短的篇幅里全面完整地论述。以下仅就其中的部分问题提供一些思路供读者参考。

10.2.1　是否适合采用云计算

一种新的 IT 理念或者技术出现，并不代表它真的适合每一个人或者企业。就如同银行的 ATM 机自助服务和网上银行业务的引入和兴起一样，虽然它们极大地减少了人对人的柜面服务，提高了银行服务的效率，降低了运营成本，但在维护特定人群（高价值客户、老年客户等）以及特色服务等方面，一些服务仍然需要在银行的柜台或者通过专门的客户代表来进行。毕竟，有些客户还是倾向于与人打交道这种自然并带有人的社会属性的交流方式。IT 服务中的云计算服务也是如此，虽然云计算代表着 IT 发展的趋势，但也并非适合 IT 信息系统的每一个用户或者场景。什么样的场景适合使用云计算？什么样的服务可以通过云计算服务来提供？如果不能全部使用云计算模式，是否有部分系统可以采用云计算的模式来提供？这些问题都是在进行云计算规划或是 IT 信息系统规划中最先要回答的。

下面提供一些常见的考虑方向和要点供读者参考。

先来看适合考虑云计算的情况。主要有以下一些：单一的、简单的、可虚拟化的操作和应用；测试和上线前的 IT 应用系统；成熟的套装解决方案，如电子邮件、协作工具等；软件开发环境；安全性要求较低的批处理；比较独立的应用，组件之间延迟的影响比较低；存储解决方案/存储服务；备份方案/备份和恢复服务；云存储和云计算紧密连在一起的数据集中的应用。

不适合考虑云计算的情况则主要包括：包含企业敏感数据如员工信息、医疗记录等的应用不适合采用公有云；由多个相互依赖的服务组成的操作，如高吞吐量的在线事务处理；需要安全审计的业务应用，如要遵循萨班斯—奥克斯利法案的应用；没有虚拟化或不具备云计算识别能力的第三方软件；需要详细的利用率计量和计费以便用于容量规划和部门计费的应用；需要定制的应用（如定制的 SaaS 服务）。

10.2.2　云计算的投资回报

关于是否选择云计算的服务模式，投资的回报也是一个重要的决定因素。在谈论云计算的价值时，一些云计算服务模式所带来的价值有时候是很难量化的。所以针对不同的云计算服务模式所带来的回报，可以先进行定性的分析。

对于基础架构即服务（IaaS）来讲，云计算可以提高基础架构中资源特别是服务器、存储和网络资源的利用率，这是首要好处；同时，使用虚拟技术的共享基础架构平台，可以轻松有效地实现系统的冗余备份，提高IT 系统的稳定性和可靠性；自动化的部署和配置管理可以最快地响应业务应用对基础架构变化的要求；实现应用随着业务的发展自动扩展和回收配属资源。提供高效的整体的 IT 系统资源管理、资源部署、资源配置等模式；同时减少对系统的人为干预，降低由误操作造成的系统风险；提高IT 运维管理的水平，把 IT 对业务的支持角色变成服务提供者的角色；对IT 运维流程的优化、IT 服务目录的完善都具有促进作用，甚至带来根本性的 IT 运维管理上的改变。可以保护现有的投资，优化 IT 运营模式，提供新的商业机会。如自由的基础架构资源可能开放给第三方成为企业新型业务的一部分。

对于平台即服务（PaaS）来讲，云计算可以提供服务平台灵活扩展性，以较低的成本实现长尾效应。具有可编程接口的资源，使新产品的开发成本最大限度地降低。同时使云计算服务提供者在一定的投资范围内，丰富产品的种类，最大化投入产出。动态基础架构的自动化的调配资源，可以满足业务高峰期对软硬件资源的要求。如 2007 年基金热卖时期，基金公司在发行基金的当天可以调配绝大部分的软硬件资源来应付业务量的爆发。而在基金发行之后，由于基金买卖的业务并不大，资源又可以释放回它们的日常业务应用。加快应用的开发速度，使开发者可以根据自己的要求在几个小时，甚至于几分钟内得到自己所需的软硬件资源。简化系统的运维，让用户不用关注于应用运行在哪里，哪台或者哪几台服务器上，资源是否够用。

对于软件即服务（SaaS）来讲，云计算可以为中小型企业搭建信息化所需的所有基础架构（网络、服务器、存储、平台软件）和业务应用软件的平台，并负责实施、运维等 IT 标准化的服务。使用户以最快的速度进入市场，这对于竞争日渐激烈的今天是至关重要的。通过在线租赁的使用方式打破了传统软硬件高成本、低利用率和维护困难的壁垒。实现真正以业务需求为驱动的 IT 运维支持模式。按软硬件资源的使用来计费，降低了企业进入市场和建设 IT 信息系统的门槛。同时灵活的租赁方式使得企业的运营成本可以随着业务的发展进行调整，最大限度地降低运营成本和对业务的响应时间。

对于自己拥有云计算环境的企业来讲，不论是云计算服务提供者还是私有云的拥有者，都需要进行细致的定量分析以确定其商业模式或者内部核算方式。以基础架构云为例，在进行定量分析时要考虑以下几个方面。

首先是硬件回报。硬件的回报主要来自于高度虚拟化的服务器、网络硬件平台所带来的硬件采购数量的大大降低。在实际工作中，我们常常会看到硬件节省高于 60%的情况。同时，硬件的减少对于数据中心这个耗能大户来讲，在电力和机房设施上的节省也是非常可观的，可能会节省30%~70%。

其次是软件回报。在进行软件的回报分析时，很多人都没有看到其巨大的回报潜力。通常只是看到了云计算管理软件带来的软件效率提升而创造的效益提升，以及硬件虚拟化后带来的操作系统上软件许可证数量的减少。其实，软件的回报主要是通过在应用层面上进行整合虚拟化时产生的效益来体现。对于松耦合的应用架构，在应用系统的应用层和数据库层可以在同一软件上采用不同的实例方式对应用进行整合，这样可以大量减少软件许可证的数量。

另外，对于大型应用系统，很多软件许可证是以服务器 CPU 的数量来收费的。随着硬件虚拟化后 CPU 数量的减少，软件许可证的数量也将随之大大降低。

在实际案例中，我们曾经遇到过一个大型企业，近百个应用系统使用企业内部标准的软件平台。其每个应用系统都独立部署，但负载却很低。

在帮助这个企业进行软硬件优化整合后，其应用系统在软件方面得以节省近千万元。

然后是自动化部署回报。自动化部署可以带来运维人员效率的提高，同时避免由于人为操作失误所带来的风险。尤其对于大型企业，实现多个同样或者同质系统的部署过程中，使用脚本进行自动化部署所带来的效益将是非常可观的。同时，它对业务变化的响应，以及业务系统上线以期早日使产品或者服务进入市场所带来的回报也是巨大的。

此外，自动化部署对于日常的系统维护，如系统补丁的安装，在提高效率、减低维护人员工作量上都存在一定的意义。这些都是可以进行回报分析的。

再其次是生产率提高的回报。在多数企业中，对 IT 资源的申请和配置所采用的流程形式还是比较传统的，即使用纸质的申请方式，交由各个审批环节进行审批。在审批通过后，再交由 IT 运维部门准备 IT 软硬件资源，进行相应的部署和配置，然后才可以开展自己真正的工作。应用系统的开发和测试就是一个特别典型的例子。而在开发测试完成后，IT 软硬件资源的收回，有些时候几乎处于失控的状态。所有的这些工作和流程，都需要 IT 运维人员和其他的参与者的时间和精力投入，而且还是在不断重复着相同的流程，过程中面对同样的问题。

在云计算服务交付模式中，除了必要的审批动作需要人的干预，其他流程和工作都可以使用自动化工具来实现，从而使 IT 运维人员和其他的参与者可以专注于对企业贡献更大的高价值工作，而不是日常重复的低价值工作。同时，也可以使 IT 软硬件资源的回收处于可监控的状态下。

另外，效率的提高还体现在自动化后各方参与者，特别是 IT 资源申请者的资源等待时间大大缩短，其对生产效率的回报将是非常可观的。

还有系统管理的回报。系统管理的回报不仅仅体现在工具使用和系统高效管理所带来的回报。更重要的是,采用工具化的流程管理可以很大程度上提高 IT 运维管理的规范化和标准化,进而提高 IT 运维管理的成熟度。有一句话说得好,流程比人强。这一点在企业 IT 运维流程标准化和规范化的实施中显得尤为明显。通过工具的方式,实现每个流程参与者对流程执行的固化和遵从。

这里需要适当的流程工具的支持。对于已经有流程工具的地方,如何使云计算资源部署配置流程与现有流程整合则是个需要关注的问题。

最后是对绿色环保和社会的回报。支持云计算服务的动态基础架构所使用的整合虚拟化技术,对绿色环保有着重要的贡献。如前所述,在硬软件整合虚拟化之后,软硬件的部署数量大大降低。为维持这些 IT 系统运行所消耗的电力和产生的碳排放量也会大大降低,很显然这为构建节约、环保的社会做出了贡献。

特别是对拥有和使用大型数据中心的大型企业来讲,除了运营成本显著降低外,通过使用云计算的虚拟化技术来为环境保护做贡献,也是一种对社会回报的方式。对于负有一定社会责任的大型企业来讲,这种对环境和社会的回报是无法用金钱来衡量的。

10.2.3 云计算类型的选择

一个企业是采用私有云、公共云还是混合云的方式,是和企业的业务特点、模式,企业的合规要求,应用的特点,云计算服务使用者的类型和物理位置,以及 IT 投资的情况等密切相关的。在这里没有办法提供一个全面和放之四海而皆准的标准模板,我们只能从云类型的特点来分析一下可能的情况,供读者参考。

对于一个拥有公共云的所有者来讲，建立公共云的目的是使用合理的技术、产品和方案建立可以为他人共享的云计算中心，通过互联网向用户提供付费的云计算资源。所以在决定建设公共云时，对目标用户群的需求，以及本身商业赢利模式的分析是至关重要的。这包括但不限于：我们的目标用户群是谁？有多大的用户群？这些用户群会考虑使用公共云计算服务吗？为什么？我们的优势是什么？我们和其他传统的或者已有的服务提供者有什么区别？我们应该提供哪些云计算方面的服务？是 IaaS、PaaS 还是 SaaS？我们的盈利模式是什么？我们需要在业务、软硬件、运营、服务分销上寻找合作者吗？什么样的合作者？在什么方面合作？我们有相应的政策支持吗？我们需要多大的投入？一次性是多少？后续是多少？投入的回报周期有多长？

在业务和商业模式确定后，还要在建设云计算环境时考虑技术方面的因素，这包括但不限于：硬件平台的选择，一种还是多种；软件平台的选择，根据提供的云计算服务类型，选择包括：操作系统、中间件、数据库、云计算资源管理软件、监控运维平台、测试开发工具等；运维队伍、流程和技能的创建；所提供云计算服务和产品的技术成熟度；是否有现有的资源可以利用。

通过回答上面的问题，将帮助我们思考是否要建立提供公共服务的云计算中心，以及提供给用户什么样的云计算服务等。

而拥有私有云的所有者多数是企业内部的 IT 部门，为企业内部的业务部门提供 IT 服务。企业的决策者首先要回答前面提到的是否适合采用云计算的问题。就我们所看到的多数企业和政府的应用而言，都至少有一部分可以应用云计算的方式来实现。

这种方式也和我们通常看到的 IT 发展过程和方向相一致。

在实际工作中，我们看到企业的数据中心都是在随着企业业务的发展,从数据中心和应用系统的物理整合开始,然后在基础架构和应用架构开始虚拟化进程,以此提高基础架构的效率,降低在企业高速发展过程中所带来的投入和基础架构不能满足业务高速发展需求的问题。这种情况在实际工作中正越来越容易在各种领域内看到。

同时,一些 IT 成熟度比较高的企业或者政府 IT 部门,在两三年前开始尝试自动部署在开发测试环境及非核心应用方面的实际应用。并且有的企业开始从 IT 运维管理的角度推动整合虚拟化、IT 服务目录和流程化的进程,从而在某种程度上向私有云计算的方向前进。

我们也常会遇到用户对云计算表示排斥的情况,对于这些用户来讲,云计算好像离得太远,不是他们现在所关注的问题。但其实在多数情况下,他们现在所从事的工作最终会沿着整合、虚拟化、自动化而发展到云计算的服务模式。甚至于国外很多企业在完善其企业对内 IT 服务目录、IT 运维流程的时候已经实现了部分的云计算服务交付模式,包括对内的成本核算方式。以至于有些企业的 IT 部门成为单独的服务公司,对原企业提供独立核算的 IT 服务,并开始对外提供相应的 IT 服务。

10.2.4 运维管理和流程

云计算服务交付是需要一系列的工具来支撑的。这些工具包括很多对基础架构平台监控和管理的工具、自动部署的工具、云计算软件和应用平台的管理工具等。在一个云计算管理平台中,其运维管理工具通常都会涉及一些 IT 运维流程,或者因为云计算的引入,需要对现有的 IT 运维流程进行优化和改造。在进行云计算信息系统规划时,就会涉及对现有运维管理组织架构、运维管理流程及其支持工具的评估和后续的优化、改造。

在制定云计算规划中需要考虑但不限于:现有 IT 运维组织是否支持

云计算服务的交付和运维？是否有具有云计算技能的人员？如何使我们的云计算服务为用户所了解？相关的培训是否需要？云计算如何整合到需要的 IT 服务目录中？采用云计算服务是否和我们现有的运维流程冲突？或者现有的流程是否阻碍云计算服务方式的采用？如果流程存在问题，问题在哪里，如何优化和改造？现有的流程支撑工具是否可以与云计算服务管理工具整合？工具是否可以支持不同的云计算平台？如何使云计算平台管理工具整合到现有的 IT 运维框架中？

　　云计算服务不只是一种或者多种技术的采用，它往往会带来对现有业务、IT 服务交付模式和 IT 运维方式的改变。因此在云计算规划项目中，对运维管理和流程的评估和规划是必不可少的。

10.2.5　企业 IT 信息系统的规范化和标准化

　　云计算是基于 IT 信息系统的规范化和标准化实现的，企业 IT 信息系统的规范化和标准化是其基础之一。一个没有任何标准的 IT 信息系统是难于进行管理和控制的，并且运维成本很高，不具有系统灵活性，同时也难以想象它可以使用云计算的服务方式。

　　所以在制定 IT 信息系统规划和 IT 信息系统发展策略时，首要的任务

就是要进行 IT 系统的规范化和标准化。这不是说 IT 信息系统一定要走云计算的道路，单从 IT 发展的角度来看，这也是必需的。同时，这里提到的规范化和标准化是指 IT 软硬件以及运维管理的范畴。

在实际工作中，我们碰到过一些大型企业为了在商业谈判中有议价空间，并且降低可能的商业风险，而采用不捆绑在一个硬件或者软件系统供应商平台上的情况。因此，标准化到一个统一的软件或者硬件平台上是不现实的。所以，在企业的 IT 信息系统标准化和规范化的进程中，将系统平台维持在不多于 2～3 个厂商产品的规模，还是比较合适的。

在进行云计算规划项目时，通常会对咨询项目的工作内容进行详细的定义。但是由于咨询项目的特点，有时候在工作说明书中很难把工作的界限划清。同时，用户进行项目咨询也是一个不断学习的过程，在项目执行过程中，新的需求可能会被加入到项目中。

因此，从一个比较全面的云计算规划项目来看，云计算规划咨询项目团队需要配置有以下的资深顾问：业务分析人员，帮助理解和分析用户的业务模式和未来发展；相关业务应用的架构师，帮助制定在云计算模式下应用的架构；应用中间件、数据库的架构师和分析人员，帮助制定软件虚拟化的策略和高端技术方案；服务器系统方面的资深顾问和架构师；存储系统方面的资深顾问和架构师；网络系统方面的资深顾问和架构师；IT 运维组织、流程和工具方面的资深顾问；IT 信息安全体系方面的资深顾问。

第 11 章

云胜
——行业转型

　　众所周知云计算具有 3 大特性，即虚拟化、标准化和自动化。也就是基于这 3 个特性我们可以根据不同的业务需求创造出不同的业务模式。虚拟化可以让所有资源得到充分的共享；标准化可以细分这些共享的资源而形成统一的标准的单位计算能力，不同公司会有不同的标准；自动化能让这些标准化的计算能力达到真正的随需应变。根据不同的业务模式我们可以选择不同的投资模式。

11.1　云计算与业务模式创新

本节我们以运营商 IDC 业务模式创新为例说明具体如何进行商业模式创新。

11.1.1　市场背景

传统运营商及其合作伙伴的激烈竞争导致 IDC 增值业务市场份额下滑，多种业务增长缓慢，甚至面临流失的风险。

云计算作为 IDC 的增值业务，包含了 IDC 机房租用及云计算系统服务器租用，这将大大提高运营商在云计算市场的覆盖，增加业务收入，也更能为客户提供优质的服务。

云计算项目的实施将使传统运营商快速进入云计算市场并在 IDC 增值业务上迅速增长，并且在与竞争对手的角力中取得战略性优势。

11.1.2　市场及业务需求

随着国内互联网市场规模的不断增长，IDC 及云计算的市场需求日益增长。据中国 IDC 圈与赛迪顾问联合发布的《2009-2010 年中国 IDC 业务市场研究报告》显示，截止到 2009 年底，中国 IDC 市场规模达到 72.8 亿元人民币，同比增长 49.5%；中国 IDC 圈预测，中国 IDC 市场规模 2011 年将达到 131.6 亿元，同比增长 21.9%，IDC 市场存在较大的增长空间。IDC 业务种类也由最初的网站和服务器托管、应用托管等基础业务延伸到网络加速、负载均衡、网络安全方案、云计算、虚拟专用网等增值业务范畴。

随着市场变化和企业客户业务的不断发展，企业客户对于通信及信息服务的要求正在发生重大变化，主要体现在以下方面：日益提高的成本压力，IT 和通信资产利用率低，管理复杂，运行成本高，导致竞争力下降，无法持续发展；更高的服务期望，希望从日益增多的资产、应用和服务中获得更优质的服务体验；新风险和威胁，业务变革速度加快，传统基础设施面临前所未有的安全性、弹性和合规性挑战；不断出现的新技术。必须利用更加智能、更具适应能力的技术，例如云计算、虚拟化和 Web 2.0 来推动业务创新，提高效率和快速响应能力。

为应对上述挑战，目前越来越多的客户 IT 部门已经开始转变其采购通信及信息服务的方式，由传统的设备和线路带宽采购转变为基于用量的信息服务采购。

项目第一期需求包括：云计算管理平台及其建设和运营服务；云计算平台所需的机房和线路资源；业务发展预测。

运营商可根据自身的业务计划，初期拟建设一个最低规模的以 CPU 核为单位的云计算平台。云计算的技术特点是扩容方便，部署快捷，可以根据客户及市场的需求迅速扩展，并根据业务计划来规划未来 3~5 年甚至 10 年的云计算平台规模，以将投资风险减至最低。

11.1.3　建设方案及规模

在这里，我们的建设方案是：根据客户的需求，充分发挥资源优势，与合作伙伴共同整合相关技术、产品和服务，以满足客户的要求，节约成本。

方案所涉及的云计算平台硬件、软件及服务应根据客户要求定制，常规的服务内容如表 11-1 所示。

表 11-1　常规的服务内容

服务项目	服务内容
系统建设期服务	云计算平台的规划和设计
	云计算平台硬件集成
	云计算平台开发与测试
	云计算平台部署和上线
	云计算平台业务受理知识转移
云计算运行维护期服务	云计算平台运营支持
	帮助台（Help Desk 热线）服务
	云计算平台日常管理
	云计算平台技术支持服务
	TivSAM 管理服务
	虚拟化技术支持
	服务器监控服务
	服务器维护管理服务
	网络监控服务
	备份及恢复服务
	云计算平台硬件 MA 服务

11.1.4　项目风险

用户采用云计算以后，将有可能降低现有托管数量，影响 IDC 现有收入。但同时也应考虑到，用户降低托管服务器数量后，相应地会空出托管空间，节省 IDC 运营成本。由于现有 IDC 的高速增长性，空出的空间可用来发展新的客户，对未来 IDC 业务成长性影响不大。

面临用户业务发展需求变更，带来用户需求的变更的风险，比如用户由于经济形势，及自身发展导致业务需求变更，导致对项目的需求减少。

11.1.5 投资收益

云计算运营商可以根据以下表格计算出投资回报周期。不同的投资规模和收费标准会有不同的周期，此表仅作参考。

第X月	事　　件		投资	当月设备服务	当月运维服务	当月收入	累计投资+运维	累计收入
	云计算平台建设、运营	累计卖出CPU核心						
0 4	XXX个CPU核心的云计算平台建成，累计规模：200	-	-	-	-	-	-	-
9	云计算平台扩容 XXX 个 CPU 核心，累计规模：XXX	-		-	-	-	-	-
14	云计算平台扩容 XXX 个 CPU 核心，累计规模：XXX	-		-	-	-	-	-
19	云计算平台扩容 XXX 个 CPU 核心，累计规模：XXX	-		-	-	-	-	-
24	云计算平台扩容 XXX 个 CPU 核心，累计规模：XXX	-		-	-	-	-	-
28 29	云计算平台扩容 XXX 个 CPU 核心，累计规模：XXX	-		-	-	-	-	-
34	云计算平台扩容 XXX 个 CPU 核心，累计规模：XXX							

续表

第 X 月	事 件		投资	当月设备服务	当月运维服务	当月收入	累计投资+运维	累计收入
	云计算平台建设、运营	累计卖出 CPU 核心						
35		-		-	-	-	-	-
36	云计算平台扩容 XXX 个 CPU 核心，累计规模：XXX	-		-	-	-	-	-
37		-		-	-	-	-	-
38				-	-	-	-	-
39		-		-	-	-	-	-

11.1.6 IDC 云计算模式创新实例

以下是某省级运营商 IDC 基于云计算的业务模式创新的实例分析。实施内容如图 11-1 所示。

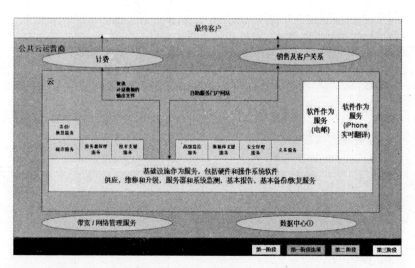

图 11-1 某运营商 IDC 基于云计算的业务模式创新实施内容

具体实施主要可分为以下几个论证和执行阶段：

1. 市场需求

与运营商共同确定基于云计算平台 IDC 的服务产品、服务范围、定价和服务水准。

2. 市场推广

运营商负责市场、销售以及客户合同管理，合作方提供销售和技术支持。

3. 维护/运营模式

合作方根据市场需求及运营商销售预测，提供运营及维护服务，以满足客户需求的服务交付能力。

4. 财务分析

共同投资，共担风险：双方根据一定比例或金额，共同投资建设和运维最小规模的云环境，并根据客户需求共同追加后续投资。

共享收益：根据实际销售情况，与运营商营收分成。

5. 运营商的收益

迅速进入云计算等增值服务业务领域，分享新的业务收入和利润。

适用云种类：公共云。

	第一年	第二年	第三年	第四年	第五年
业务计划	950	1900	2850	3800	4750
业务计划的客户					
小型客户 （10 个核/客户）	50	100	150	200	250
中型客户 （50 个核/客户）	5	10	15	20	25
大型客户 （100 个核/客户）	2	4	6	8	10

运营商可以从现有的客户群中发展客户，要完成这个业务计划只需要一年内开发小型客户 50 个，中型客户 5 个，大型客户 2 个。

合作双方需要建立合作的管理模式，管理销售计划和销售成果。

6. 运营商的收费模式

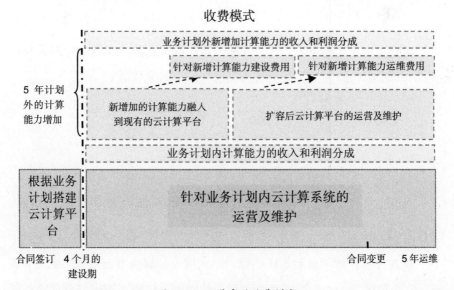

图 11-2 运营商的收费模式

11.2 云计算与投资模式创新

从投资模式看，在云计算平台建设及运营项目中，除了传统的项目投资模式即全部由甲方投资外，还包括以下两种典型的投资方式。

11.2.1 项目融资模式

项目融资可向具有资信的客户提供整合的融资设备，以匹配云计算平台和系统的要求和持续时间。融资结构高度可定制，甚至可针对最复杂的项目计划进行定制，并且可覆盖项目的整个生命周期。项目融资结构可包括咨询服务、实施服务、基础结构投资、数据中心设备和业务流程实施。IBM 项目融资有助于降低由于项目延期或合同范围缩小等引起的风险。

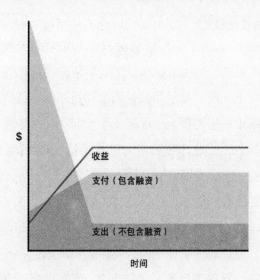

要点为云计算平台和系统提供一站式融资；解决方案可包括服务、硬件、软件和移交成本；保证现金流和贷款额度，使成本支出与预期收益匹

配，并支持有助于促进项目通过审核的自筹资金项目；高度可定制的融资解决方案使企业能够轻松执行特定实施以及实现财务目标。

适用云种类：公共云，私有云，混合云。

11.2.2　BOT 模式

BOT（build—operate—transfer）即建设—经营—转让模式，是指运营商通过契约授予外资企业或私营企业以一定期限的特许专营权，许可其融资建设和经营运营商云计算平台，并准许其通过向用户收取费用或出售产品以清偿贷款，回收投资并赚取利润；特许权期限届满时，该基础设施无偿移交给运营商。

在国际融资领域，BOT 不仅仅是包含了建设、运营和移交的过程，更主要的是项目融资的一种方式，具有有限追索的特性。所谓项目融资是指以项目本身信用为基础的融资，项目融资是与企业融资相对应的。通过项目融资方式融资时，银行只能依靠项目资产或项目的收入回收贷款本金和利息。在这种融资方式中，银行承担的风险较企业融资大得多，如果项目失败银行可能无法收回贷款本息，因此项目结构往往比较复杂。为了实现这种复杂的结构，需要做大量前期工作，前期费用较高。上述只能依靠项目资产或项目收入回收本金和利息就是无追索权的概念。在实际 BOT 项目运作过程中，政府或项目公司的股东都或多或少地为项目提供一定程度的支持，银行对政府或项目公司股东的追索只限于这种支持的程度，而不能无限追索，因此项目融资经常是有限追索权的融资。由于 BOT 项目具有有限追索的特性，其债务不计入项目公司股东的资产负债表，这样项目公司股东可以为更多项目筹集建设资金，因此受到了股本投标人的欢迎而被广泛应用。

●━┤ 免责声明 ┝

读者应仔细阅读本声明。凡以任何方式阅读或直接、间接使用本书内容者，均视为对本声明全部内容的认可和接受。

1. 本书作者或 IBM 公司对本书所引用资料的版权归属和权力的瑕疵情况不承担核实责任。如任何单位或个人认为本书涉嫌侵犯其合法权益，应及时向本书作者提出书面意见并提供相关证明材料和理由，本书作者在收到上述文件后将采取相应措施。

2. 本书所引用涉及非 IBM 公司产品的资料，是从相应产品供应商所提供的说明或其他公开获得的资料中获取的。本书作者或 IBM 公司没有对这些产品进行测试，无法确认其功能、性能、兼容性，也无法确保该产品完全具备声明的其他特性。

3. 本书所引用资料的作者不因本书的引用行为而与本书作者或 IBM 公司之间产生任何关系或关联。

4. 本免责声明以及其修改权、更新权及最终解释权均属本书作者所有。

電子工業出版社·
PUBLISHING HOUSE OF ELECTRONICS INDUSTRY

《云那些事儿》读者交流区

尊敬的读者：

感谢您选择我们出版的图书，您的支持与信任是我们持续上升的动力。为了使您能通过本书更透彻地了解相关领域，更深入的学习相关技术，我们将特别为您提供一系列后续的服务，包括：

1. 提供本书的修订和升级内容、相关配套资料；

2. 本书作者的见面会信息或网络视频的沟通活动；

3. 相关领域的培训优惠等。

您可以任意选择以下四种方式之一与我们联系，我们都将记录和保存您的信息，并给您提供不定期的信息反馈。

1．在线提交

登录www.broadview.com.cn/14607，填写本书的读者调查表。

2．电子邮件

您可以发邮件至jsj@phei.com.cn或editor@broadview.com.cn。

3．读者电话

您可以直接拨打我们的读者服务电话：010-88254369。

4．信件

您可以写信至如下地址：北京万寿路173信箱博文视点，邮编：100036。

您还可以告诉我们更多有关您个人的情况，及您对本书的意见、评论等，内容可以包括：

（1）您的姓名、职业、您关注的领域、您的电话、E-mail地址或通信地址；

（2）您了解新书信息的途径、影响您购买图书的因素；

（3）您对本书的意见、您读过的同领域的图书、您还希望增加的图书、您希望参加的培训等。

如果您在后期想停止接收后续资讯，只需编写邮件"退订+需退订的邮箱地址"发送至邮箱：market@broadview.com.cn 即可取消服务。

同时，我们非常欢迎您为本书撰写书评，将您的切身感受变成文字与广大书友共享。我们将挑选特别优秀的作品转载在我们的网站（www.broadview.com.cn）上，或推荐至CSDN.NET等专业网站上发表，被发表的书评的作者将获得价值50元的博文视点图书奖励。

更多信息，请关注博文视点官方微博：http://t.sina.com.cn/broadviewbj。

我们期待您的消息！

博文视点愿与所有爱书的人一起，共同学习，共同进步！

通信地址：北京万寿路 173 信箱　博文视点（100036）　　电话：010-51260888

E-mail：jsj@phei.com.cn，editor@broadview.com.cn

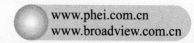
www.phei.com.cn
www.broadview.com.cn

反侵权盗版声明

电子工业出版社依法对本作品享有专有出版权。任何未经权利人书面许可，复制、销售或通过信息网络传播本作品的行为；歪曲、篡改、剽窃本作品的行为，均违反《中华人民共和国著作权法》，其行为人应承担相应的民事责任和行政责任，构成犯罪的，将被依法追究刑事责任。

为了维护市场秩序，保护权利人的合法权益，我社将依法查处和打击侵权盗版的单位和个人。欢迎社会各界人士积极举报侵权盗版行为，本社将奖励举报有功人员，并保证举报人的信息不被泄露。

举报电话：（010）88254396；（010）88258888

传　　真：（010）88254397

E-mail：　dbqq@phei.com.cn

通信地址：北京市万寿路 173 信箱

　　　　　电子工业出版社总编办公室

邮　　编：100036

关于作者

王胜航，现任IBM大中华区云计算事业部总经理，领导IBM中国云计算团队为大中华区各行业客户提供云计算解决方案的咨询、架构设计、商业模式创新等服务以及市场拓展的工作。王胜航自1991年进入IT领域，至今已有20年IT从业经验。1997年加入IBM，历任IBM大中华区IT优化解决方案实施部技术总监，IBM大中华区商业银行技术总监，IBM中国技术支持中心总经理。

王仕，IBM科技服务部大中华区云计算解决方案经理，曾先后任国内两家上市公司售前技术部经理和营销副总经理。目前从事SOA、云计算等相关解决方案应用及技术的研究和实施，并负责大中华区云计算解决方案产品化工作。

赵建华，IBM科技服务部大中华区客户解决方案总监，有24年工作经历，有多年IBM AS/400系统的售前工程师经验、ERP系统建设、中间件服务，如：ITIL、SOA软件服务咨询、数据中心规划咨询及IT架构规划咨询的解决方案经验。目前专职担当石油、石化的信息系统架构师，是IBM能贯穿于硬件、软件及咨询服务、售前并售后实施经验的专家之一。

温海峰，IBM科技服务部大中华区资深云计算架构师，从事IT工作15年，IBM认证高级IT技术专家、云计算资深架构师。先后从事IBM系统技术支持、数据中心IT基础架构设计、IT资源优化等工作，目前专职负责云计算架构规划工作。

乔卫东，IBM科技服务部大中华区云计算业务拓展高级执行官，曾担任IBM小型机华东及华中区经理，IBM政府事业部行业销售经理。现从事IBM云计算方案的推广工作。

余晓东，IBM认证的资深咨询顾问，先后就职于IBM加拿大和IBM中国。目前从事云计算、IT基础架构等方面的咨询和实施，并从事过多年的国内外网络和网络安全的咨询、设计和实施工作。

胡鸣，IBM科技服务部大中华区云计算服务经理，从事IT存储优化管理、云计算等相关解决方案应用拓展。在加入IBM之前，曾先后任国内外大型系统管理软件公司渠道总监和行业拓展经理。

万涛，IBM科技服务部大中华区云计算首席安全顾问，16年信息安全行业经验。目前从事云计算安全和安全云架构、解决方案应用及网络犯罪取证等方面技术的研究。

于东凯，IBM全球科技服务部大中华区政府行业云计算服务咨询顾问。2001年开始从事云计算早期产品以及SOA解决方案的技术工作，先后任产品工程师，解决方案架构师等职务，经历了IBM云计算解决方案从早期的技术储备到今天成熟方案的整个变革过程，在IaaS、PaaS、SaaS领域都有较深入的研究。

孙启仲，IBM科技服务部大中华区云计算解决方案销售顾问，在IBM中国任职十年。先后就职于硬件部（STG），服务器部（GTS），从事过售后、售前、解决方案销售等工作。熟悉IBM服务器和存储产品及虚拟化技术、ITO（IT Optimization）及云计算解决方案。

王华标，IBM云计算事业部云计算架构师。有二十多年的软件研发经验，钻研云计算技术多年，具有丰富的理论和实施经验。

李明喆，IBM全球信息科技服务部大中华区云计算解决方案资深信息技术架构师，曾先后在IBM多个部门担任资深架构师和高级咨询师等工作，具有10多年的IT项目方案规划、咨询服务、架构设计和项目实施经验，客户涉及金融、电信、制造和政府等行业，包括多个全球和国内500强企业。目前主要从事IBM云计算相关解决方案在大中华区的应用及技术推广。

孙宇纶，IBM大中国区云计算业务发展总监。从事IT行业18年，在IBM服务部门任职的七年中，曾担任IBM中国区网络部门销售经理、山东省分公司经理和客户服务总监等职位。